Rainar Nitzsche: Ins All - Im Eins

Der Autor: Rainar Nitzsche wurde am 27.12.1955 in Berlin-Zehlendorf geboren, ging im Saarland zur Schule und wohnt seit Oktober 1974 in Kaiserslautern, wo er Biologie studierte und promovierte. Nach einjähriger Arbeit als Biologe in einem Öko-Programm in Idar-Oberstein und Verlagsgründung 1989 schulte er zum Buchhändler um und war fünf Jahre in Pfälzer Buchhandlungen tätig. Inzwischen arbeitet er schriftstellerisch und fotografisch-künstlerisch. Bereits 1975 begann er inspiriert von seinem Namensvetter Friedrich Nietzsche zu schreiben: Gedichte, Kurzprosa, Romane und Sachbücher sowie wissenschaftliche und populärwissenschaftliche Artikel. Sein erstes Buch »wir ... menschen der erde« erschien 1982. 1989 gründete er seinen Einmannverlag mit Büchern noch unbekannter gegenwärtiger AutorInnen und den Schwerpunkten Fantasy, Horror, Science Fiction und Lyrik sowie Sachbüchern über Spinnen. Inzwischen veröffentlicht er nur noch eigene Titel.

Zum Inhalt: Weiter reist Manfreds Seele durch die Welten des Sonnensystems, die Galaxis und Raumzeiten jenseits unserer Welt. Und auch seine Liebe Nairra, deren Seele ihm vorausging, sowie Moyo, die ihm zwei Kinder schenkte, erkunden den Kosmos und werden zu Weltenschöpfern. Werden sich alle drei finden und zu einer Einheit verbinden? Und wer sind die anderen der Sieben, die sich immer wieder begegnen? Werden sie alle vollkommen erleuchtet im TAO aufgehen, dem Namenlosen, der Leere in allen Dingen - in UNS, dem EINEN, das alles ist und vieles zugleich, das zahlreiche Namen trägt: BRAHMAN, JAHWE, GOTT, ALLAH? Geschieht dies alles wirklich oder träumt da nur irgendwer, dass es geschähe? Denn ein kleiner Junge, einst ein alter Mann, erzählt uns von all diesen Abenteuern seines Lebens. Und dann ist da noch Er Dort Oben. Und irgendwo über allem schnurrt eine geheimnisvolle Katze. Und jenseits von ihr ...

Biofantasy, das ist anspruchsvolle Fantasy, in der neben einigen Menschen zahlreiche Tierarten Hauptdarsteller sind, zoologisch fundiert, meditativ und religiös zugleich. Wen wundert's, wo doch der Autor Zoologe und Fantasyfan ist und sich zudem sehr für Mythologie interessiert.

Rainar Nitzsche

Ins All - Im Eins

Band 4 der Pfadwelten

Bibliografische Information der Deutschen Nationalbibliothek: Die Deutsche Nationalbibliothek verzeichnet diese Publikation in der Deutschen Nationalbibliografie; detaillierte bibliografische Daten sind im Internet über dnb.d-nb.de abrufbar.

Impressum
Rainar Nitzsche
Ins All - Im Eins
Band 4 der Pfadwelten

Der vorliegende Titel erschien erstmals 2008 als handsignierte, nummerierte und auf 50 Exemplare limitierte Erstausgabe im Rainar Nitzsche Verlag. Das E-Book erschien 2015 bei neobooks. Er ist auch in dem im selben Jahr bei dort erschienenen Gesamtband *Die Pfadwelten* enthalten.

Coverbild: Dr. Rainar Nitzsche, Autorenfoto: Elke Bouché
Computersatz: Dr. Rainar Nitzsche.
© 2017 Herstellung und Verlag:
BoD – Books on Demand, Norderstedt
ISBN: 9783743172883

Allen kommenden Träumern
und nicht nur den Spinnen
unter den Spinnern

Es werde Licht!
So
werden
Welten
Welteninseln
Universen
geboren.

Ach ja, die Liebe!

Und nach all dem, was du gelesen und mit ihnen erlebt hast, glaubst du, liebe(r) LeserIn, noch immer, Manfred, Nairra und Moyo wären gewöhnliche Menschen, nun ja, Menschen mit übermenschlichen und nichtmenschlichen Eigenschaften, aber letztendlich doch nur Menschen wie du und ich? Glaubst du das wirklich?

Dann hätte auch ihre Liebe auf Erden nur einen Augenblick (Stunden, Tage, Jahre) gewährt, wäre entstanden, gewesen und wieder vergangen, nicht mehr.

Das denkst du und hast Recht und irrst dich zugleich gewaltig. Denn die Liebe der Kleinen Götter währt länger als Menschenleben - durch alle Zeiten, durch alle Gestalten und Körper hinweg. Also endet nichts, geht alles über den Tod hinaus, weiter und immer weiter im Kreislauf von Geburt, Leben, Tod und Wiedergeburt.

Eine Katze

Wir erinnern uns: Manfred der Magier ist der Gute, der sich mit all seinen Kräften redlich müht und doch nicht verhindern kann, dass auch er wie alle Wesen der Erde und aller anderen Welten, wie alle Planeten und Sonnen, wie alle ... immer älter und schwächer wird, der keine Chance gegen die dunkle Seite, seinen Gegenspieler hat, den er einst in der Umkehrung seines eigenen Namens *Drefman* nannte, der aber viel mächtiger als er war und ist und immer sein wird, größer gar als die gesamte Menschheit, und der zugleich nur der männliche Teil, also ER von ES von T-her ist. Und wäre Manfred erst IHR begegnet, ach herrje ...

Also gab es kein Happyend, weder im ersten noch im zweiten noch im dritten Roman. Also mussten so viele Lebewesen sterben, müssen es, auf dass andere leben können, so wie es immer wieder im Kreislauf der Dinge und Wesen geschieht. Also opferten sich Manfreds Samurai für ihren Herrn und Meister. Doch alle Mühe war umsonst, denn ER tötete Nairra, Manfreds große Liebe. Und schließlich musste im letzten Kampf Manfred durch SEINE Hand sterben. Manfreds Seele ging, und sein Körper wurde Staub. Nur Moyo und ihre Kinder Ra und Rani überlebten, jedoch auf einer parallelen Erde. Geboren werden, voller Freud und Leid existieren, sterben und wiedergeboren werden, das ist Leben und Wiederleben und ...

Was aber bedeutet überhaupt dieses Schnurren, das der aufmerksame Leser von Zeit zu Zeit vernehmen kann? Was macht denn eine Katze in dieser Menschenmagierwelt, in der auch andere Katzenwesen und Moyo leben, die als Leopardenmensch Frau und Schwarze Pantherin in einer Person ist? Wo existiert diese Katze überhaupt, dass sie immer wieder plötzlich wie aus heiterem Himmel erscheint? Wo und wann, wieso ist da eine Katze, die lächelnd - können Katzen lächeln? - alles hört und sieht und riecht - oder aber einfach nur so still den Tag durchträumt, wie es Katzen nun einmal zu tun scheinen?

Ein zehnjähriger Junge

schaut dir in deine tränenüberströmten Augen. Und wäre er eine Frau, nähme er dich in seine Arme und drückte dich an seine Brüste, um dir Trost zu spenden. Dann spricht er mit seiner hellen Kinderstimme, doch seine Worte, seine Gedanken sind die eines erwachsenen Mannes, der sich an alles erinnert:

»Ja, so starb Manfred der Magier, so starb ich im Alter von achtzig Jahren in den höchsten Bergen der Erde.«

Und er fährt nach einer kurzen Pause fort: »So überlebte Moyo, sie und unsere Kinder Rani und Ra. So kehrte ES wieder in SEINE Heimat T-her zurück. Doch ich wurde wiedergeboren - als alter Mann, als der ich starb, um dir alles zu erzählen - von meinem Leben, meiner Liebe und IHM. Ich lebe, auch wenn ich immer jünger und bald von der Erde verschwunden sein werde.

Habe ich Angst?

Ich weiß es nicht. Ich sehe die Leere.

Irgendwann werde ich plötzlich zehn Jahre jünger sein, also geboren werden.

Doch wo werde ich vor dem Tag meiner Geburt sein?

Im Bauch meiner Mutter?

Na klar, wo sonst?

Und neun Monate weiter zurück nur ein befruchtetes Ei und dann?

Das alles wird geschehen, doch jetzt bin ich zehn und will dir von den Dingen berichten, die ich dort oben (er zeigt mit dem Zeigefinger seiner rechten Hand in den Himmel) nach meinem Tod auf Erden erlebte. Folge mir ins Sonnensystem und weiter, immer weiter hinaus! So viele Welten warteten dort auf mich, liegen dort noch immer für uns Menschen verborgen und harren der Entdeckung, so viele Dinge und so viele Wesen - so viele Abenteuer und Erfahrungen ... Nun aber schließe deinen staunenden Mund - sei still! Schließe auch deine Augen, Ohren und Nase, damit du riechen, hören und sehen kannst, und erfahre alles in dir - JETZT!«

8. Welten über Welten

Es zieht vorbei der Wanderer
auf seinem weiten Weg
ins Nichts.
Unterwegs

Du erwachst.
Nein du hast nicht geschlafen.
Du erwachst aus den Träumen deiner Tage.
Wo bin ich?
Was tue ich hier?
Wer bin ich, der da fragt?
Aus den Spiegeln vor dir und ringsherum
schauen dich zitternd fremde Wesen an.
Erinnerungen

Lächelnd
durch Wände gehen,
durch Raum und Zeit,
Bewegung im Verharren,
Sein werden
Sein sein.
Jenseits aller Illusionen.
Lächelnd

Kleine Götter im weiten All

Mit aufgerichtetem Haupt
blicke ich
über das Himmelsgewölbe hinweg.
Ich habe mein Menschsein überwunden
Lu Hsiang-Chan

Aus den Himmeln geworfen, gesandt aus WEISS
in *eine* expandierende Welt
voller Chaos, Lug und Trug
nicht nur unter den Menschen
sondern auch bei Pflanzen und Tieren
In eine der Höllenwelten mit Menschennamen
Universum
wurde der geboren
den wir Manfred den Magier nennen
Gefallen

Im Weltraum reisen, heißt:
Entweder die Erde mitnehmen – Körper und
Technik
oder loslassen - körperlos sein im All
sich neue Körper schaffen auf anderen Welten
und in ihnen wohnen.
Nur so, nicht anders
dachte körperlos wiedergeboren
Manfreds Seele
Im Weltraum

Reise durchs Sonnensystem

Im Orbit

Öffne die Au...

Da sind keine Augen und kein Kopf - kein Menschentierpflanzenkörper. Und doch ist er da, für Menschenaugen unsichtbar. Er sieht, hört, riecht, schmeckt und fühlt mit all den Sinnen der Erdenwesen, die er einst war, mit den Sinnen der Menschen, ihrer Vorfahren und all der anderen Säuger, aber auch mit denen vor ihnen: Reptilien, Amphibien, Fische und mit denen, die sich parallel zu ihnen entwickelten und sich im Federkleid als Vögel erhoben. So ist er weder Mensch, Androide noch K. I. (Künstliche Intelligenz), sondern ähnelt mehr einem Vertreter der neuen Art, die morgen schon zwischen den Sternen im kalten All, in bläulicher Schwärze mit Funken von Licht, existieren wird.
Wer?
»Der, der einst Manfred der Magier war«.
Welch langer Name für einen Toten! Nennen wir ihn der Einfachheit halber weiterhin »Manfred«.
Manfred ist nun wie Horus der Falke, wie der in der Ferne, der alles sieht. So schaut er sich zunächst einmal in der Umgebung um und erblickt ein sonnensegelbestücktes Gerät, das nicht das erste seiner Art ist, aber nun schon seit siebzehn Jahren im Erdorbit schwebt.

Gewaltig ragt es vor mir auf, der ich nicht viel mehr als ein Staubkorn bin und zudem auch noch fast materielos. Erinnere mich. Einst sah und hörte ich die Meldungen, las ich in Büchern und im Internet seinen Namen: *Hubble-Weltraumteleskop*. Acht Jahre, bevor meine Reise begann, 1990 wurde es mit einem Space Shuttle, einer Weltraumfähre namens *Discovery*, in den Erdorbit gebracht. Doch die ersten Fotos von den Sternen, die ohne störende Erdatmosphäre alles bis dahin Gewesene in den Schatten stellen sollten, enttäuschten. Erst drei Jahre später gab es mit korrigiertem Spiegelsystem jetzt scharfe, im infraroten, sichtbaren und ultravioletten Bereich aufgenommene Bilder von den Sternen. Und auch ich bin nun nicht mehr an Menschenaugen gebunden, kann jetzt über das gesamte Spektrum hinweg die Sterne sehen, wenn ich es will. Doch noch bin ich wohl sehr erdgebunden, schaue Hubble an, erinnere mich daran, dass es in 590 Kilometer Höhe die gute alte Mutter Erde umkreist. Aha, da weiß ich ja nun, wo ich bin. Gab es da nicht einmal eine Zeit in meinem Leben, wo ich hoch hinaus wollte? 590 Kilometer ist doch schon was - für den Anfang.

Dann hänge ich mich mal an Hubble dran - gar nicht so einfach, fast substanzlos Halt zu finden - und kreise in anderthalb Stunden einmal um die Erde. Das hat doch was und wäre was fürs Guinnessbuch, wenn denn eine lebende Seele davon erführe: die erste Hubble-Toten-Erdumkreisung. Andererseits, woher weiß ich mit Sicherheit, dass ich der Erste bin? Könnten ja in den letzten Jahren noch andere verstorbene Magier hier oben gewesen sein, vielleicht auch menschliche Seelen von Nichtmagiern. Andererseits hat jedes Wesen seine speziellen Gelüste, und über Geschmäcker lässt sich bekanntlich nicht streiten. So bin ich vielleicht doch die erste körperlose Seele hier.

Für die Ewigkeit ist Hubble nicht gemacht, fällt mir ein, soll irgendwann in den Ozean fallen. 2013 soll es durch das neue »James Webb Teleskop« ersetzt werden. Schöne Aussichten im wahrsten Sinne des Wortes, wenn auch nur in Infrarot, für alle Menschen die jetzt dort unten leben und bis dahin geboren werden. *Wo* aber und vielleicht auch *was* mag *ich* dann sein?

Ach ja, die Lebenden, all die vielen Milliarden dort unten mit ihren vielen alltäglichen Sorgen, was kümmern sie mich eigentlich noch! Ich bin ja tot, gestorben und begraben. Loslassen heißt jetzt also die Devise, die Erde verlassen, hinfort schweben.

Oder aber wiedergeboren werden, eingehen ins Licht?

Das sehe ich nicht - *noch* nicht oder nie, das ist hier die Frage - oder ist sie es nicht?

Wie auch immer, ich löse mich von diesem Menschenwerk, das in tiefste Weiten, also älteste Zeiten sieht und uns Menschen lehrte, wie sich Galaxien entwickeln, Supernovae ausdehnen, und das Schwarze Löcher in den Kernregionen naher Galaxien fand.

Menschen?

Keine Magierseelen, doch einige wenige Menschen aus Fleisch und Blut müssten eigentlich für kurze Zeit hier oben gewesen sein?

Nein, im Hubble wohnen sie nicht, das holten Astronauten zwecks Reparatur in die Ladebucht ihres Shuttles.

Aber da war doch was. War da nicht einst einmal eine, waren es gar mehrere?, da gibt es doch hier in der Nähe wieder eine große ... So ein Ding, dessen Name mir einfach nicht einfallen will.

Unter mir strahlt herrlich blau und unvergesslich meine Menschenheimat Erde: blau, blau, blau. Und weiße Wolken wehen darüber hin. Ein wenig rot und braun, das ist Afrika, der Norden, die große, wachsende Wüste, Sahara, Sahel. Moyo, ich denke an dich, dort lebst du noch immer und lebst du doch nicht, sondern auf einer parallelen Erde, du und unsere Kinder Rani und Ra. Wolken verdecken Afrikas Zentrum. Das ist dein Ursprung, Moyo, und der der Menschheit, das einst so fruchtbare, damals vertrocknende Land. Und darunter der Süden, heute ist er trocken und klar zu erkennen. Wie war er gestern - wann? Wie wird er morgen sein? Erde, das ist zwei Drittel Meer mit Wolken darüber und hellem Wüstenland. Wer sie einmal sah, vergisst sie nie wieder bei all dem Gelb, Rot, Grau und Schwarz der anderen Planeten und Monde, die noch auf mich warten. Ob sie wirklich so sein werden, wie ich sie während meines Lebens dort unten auf Erden nur auf Fotos sah?

Manfred bewegt sich, schwebt, ein wenig leuchtend, mit silhouettenhaftem Menschenkörper, fast materielos, im Orbit lautlos dahin, gestorben und doch voller Energie. Dann hat er die andere, die dunkle Seite, die Erdennacht erreicht.

In der Ferne leuchten Sterne. Nah und klar, gigantisch groß strahlt hell die Volle Mondin, nicht weiter als einen Katzenmagiertotensprung entfernt. Erinnern: Fantastisch klar war der Himmel einst dort unten nur in den Wüsten und über den Wolken in den Höchsten Bergen der Erde. Dort aber funkelten die Sterne hinter der Atmosphäre. So scharf und klar wie jetzt sah ich sie mit Menschentieraugen nie. Denn hier oben sind weder Smog, Wolken noch Atmosphäre. Auch sehe ich hier die Volle Mondin in allen Farben und Spektren, ich sehe sie groß und nah und winzig klein zugleich. So ist mein optischer Sinn mehr als die Summe aller Teile der Wesen, die ich war, die vor mir waren, die neben mir dort unten lebten.

Noch einmal schaue ich zurück. Tausende Lichter flackern dort unten. In einer von diesen, ach nein, es waren ja mehrere, lebte einst auch ich. Hatten sie alle unterschiedliche Namen? Erinnere mich nur noch an *ein* Wort für all diese Lichtermeere. Ja, *ein* Name ist es, der für all diese Welten steht, in die ich geboren wurde, wo ich aufwuchs und vieles lernte, die ich einst verließ, ganz zu Beginn meiner großen Reise mit Namen »Leuchtender Pfad«, der mich führte, dem ich durch WALD und NEBEL-LAND, über STEPPEN hinweg bis zu den HÖCHSTEN BERGEN folgte, wo ich schließlich starb, dieser Name lautet STADT. Nun lausche ich von hier oben den Stimmen der STÄDTE, ja, das ist der Plural von STADT, ich erinnere mich. Alle sind sie so verschieden, wie die Menschen, die sie schufen. Keine STADT ist wie die andere. Alle zusammen aber bilden sie einen Chor, der dort unter mir pulsiert und singt.

Noch andere Dinge entdecke ich nicht so fern nun unter mir. Weit nach oben schießen »Kobolde« empor. Rot leuchten diese fantastischen Gestalten, auch wenn es »nur« Blitze sind, über blauen Gewitterwolken.

Das alles geschieht - jetzt, in diesem Augenblick.

Dann aber sehe ich IHN in mir. ER, der Nairra fand und tötete, ER, mit dem ich meinen letzten Kampf auf Erden focht und der mir mein Leben nahm. Dann sehe ich IHN in den Nordlichtern weilen. Äonen lang wohnte ER, der aus den Wassern des Meeres kam, in den Wolken, zog bei Nacht im Mondinlicht über die Erde dahin. So viele Wesen höre ich vor Angst und Furcht, vor Schmerz und Pein unter SEINEM Schatten schreien. So viele Augen erblickten SEIN Wetterleuchten, wenn ER sich als Blitz in der Wolke entlud, sahen

IHN von Wolke zu Wolke springen. Die meisten Wesen aber wussten nicht, wer ER war, doch spürten sie die Gefahr, versuchten zu fliehen und entkamen IHM nicht. Menschen gab es damals noch nicht. Eines Nachts sprang ER wieder hinab, so wie ER hinaufgelangt war. Als Blitz zwischen Wolken und Erde spaltete ER den großen Baum im Norden Australiens. Dann blieb ER dort unten und durchquerte in vielerlei Gestalt die Kontinente der Welt, die wir Menschen Erde nennen.

Das alles geschah, das alles war, das ist vergangen.

Das alles existiert für immer und ewig - *noch* immer unerreichbar für den Menschengeist, nicht aber verschlossen für mich.

Ich sehe es in mir.

Weil ich tot bin und mein Menschsein hinter mir gelassen habe?

Weil ich ein Magier war und bin?

Weil ER und ich für immer verbunden sind?

Oder aber weil Er Dort Oben über mir es so will?

Dort Oben kann ich nicht hin. Also schaue ich nun nicht mehr zurück, nicht mehr hinauf in andere Dimensionen, schaue ich mich weiter in meiner Umgebung um. Überall schwirren Satelliten herum, die militärischen, GPS – Ortsbestimmung und Navigation auch für zivile Verkehrsmittel, die Fernsehsatelliten, die Hunderte von Programmen ausstrahlen und von den kleinen Satellitenschüsseln auf den Häusern und den großen fürs Kabel-TV empfangen werden. Viele Erdendinge aus dem beginnenden 21. Jahrhunderts, die für die Menschen dort unten, die Lebenden, ungeheuer wichtig sein mögen, haben für mich, der ich hier oben über all diesen Dingen körperlos schwebe, keine Bedeutung mehr.

Halt, eine Sache fällt mir noch ein: Der erste deutsche Satellit zur Oberflächenerfassung schwebt hier irgendwo. »Deutsche, Deutscher«? Ja, das war ich ja einmal, so heißen die Menschen in einem kleinen Land, das mitten in Europa liegt, also im Westteil des großen Kontinents Eurasien. Einst soll es sogar zwei Deutschlands gegeben haben, sehr eigenartig, kaum zu glauben. Und davor ein Deutsches Reich. Und Jahrhunderte früher viele kleine Fürstentümer, die sich alle eifrig bekriegten. Das müssen ja irre Zeiten dort unten gewesen sein. So viel Leid, Zerstörung und Tod, überall und immer wieder.

Und erst die vielen Trümmer, Raketenteile hier oben - Weltraumschrott. Es führt kein Weg daran vorbei: Irgendwann muss hier einmal gewaltig aufgeräumt werden, muss die Menschheit daran gehen, ihren Müll mit automatischen Systemen einzusammeln und zu recyclen. Es muss geschehen, um zukünftige Katastrophen zu verhindern. Und wäre es bereits getan worden, hätten Astronauten in diesem Jahr keine Schutzschilde an der neuen Weltraumstation anbringen müssen.

Ach ja, »Weltraumstation«, das war das Wort, was mir vorhin nicht einfallen wollte. Als Frischverstorbener vergisst man wohl doch ziemlich viel vom Leben vor dem Tod.

In der Station müssten Menschen leben. Da schaue ich doch mal schnell vorbei.

Kaum daran gedacht, da taucht sie auch schon unter mir auf: die noch immer unvollendete, erste internationale Raumstation der Menschheit, die den Namen *ISS* trägt. Allein schwebt sie dort über der Erde, so wie einst eine andere mit Namen *MIR* (Frieden).

»Nach fünfzehn Jahren und 16 000 Experimenten im Orbit kehrte diese 2001 in den Schoß von Mutter Erde zurück, verglühte, Restteile stürzten in den Südpazifik«, flüstert die Stimme in mir.

Dann prasseln Informationen zur *ISS*, die mich gar nicht interessieren, auf mich ein, wie etwa: »Andere Namen trug sie einst: Alpha, Isis und Freedom. Seit 1998 gibt es sie hier oben, zunächst war da nur das Fracht- und Kontrollmodul Sarja.«

Welch seltsamer Zufall. Das war ja das Jahr, als ich von einem Stammtisch in der kleinen Stadt Kaiserslautern aufbrach und meinem Leuchtenden Pfad folgte, der mich immer weiter nach Osten in den Himalaja und über meinen Tod hinaus schließlich hierhin führte. Aber wenn das so war, woher weiß ich dann Dinge, die dort unten auf Erden in den folgenden Jahren in den STÄDTEN verkündet wurden, so zum Beispiel die Sache mit den neuen Schutzschilden für die *ISS*? Ach ja, Er Dort Oben wusste es und flüsterte es mir ein, wer sonst. So muss es gewesen sein.

Und wieder spricht seine Stimme in mir: »Langsam nur schreitet der Bau der Raumstation voran, denn die amerikanischen Shuttles fielen für viele Jahre aus. Hauptsächlich scheint sie aus Solarsegeln, 4500 m² trapezförmigen Platten, die der Energiegewinnung dienen, zu bestehen. Dabei sind doch die zylindrischen, rechtwinklig montierten Module, Knoten und Andockstationen im Zentrum das Wesentliche.«

Und wie vor kurzem mit Hubble, so kreise ich nun auch mit der ISS mit 29 000 km/h alle 90 Minuten einmal um die Erde. Allerdings bin ich ihr wieder nähergekommen. Lächerliche 360 km trennen mich von ihr.

Jetzt flüstert die Stimme mir wieder Namen zu, die irgendetwas auf Erden bedeuten mögen: »ESA, Japan, Kanada, NASA, Russland.«

Begeistert denke ich: »Das ist ja das größte zivile internationale Projekt der Geschichte, - bisher natürlich und nicht das größte aller Zeiten, wie es, soweit ich mich erinnere, da unten jedes Jahr aufs Neue heißt.

Dann aber frage ich mich, wo denn die anderen Nationen sind, denn da waren doch noch viele mehr. Warum sind denn sie nicht mit dabei? Sind sie etwa zu arm? Gibt es da unten auf Erden nicht so etwas wie eine Organisation der Vereinten Nationen, UNO heißt die wohl? Wieso baut sie, bauen alle Menschen der Erde nicht an diesem großen Werk mit?

Doch meine Gedanken interessieren die Stimme in mir wohl nicht. Denn sie spricht einfach weiter: »Zwischen November 2000 und April 2003 lebten hier permanent drei Menschen, die nach fünf bis sieben Monaten von anderen abgelöst wurden. Nach dem Unglück der Raumfähre Columbia wurde die Besatzung auf zwei Personen reduziert und der weitere Ausbau erst einmal gestoppt. Lediglich die Versorgung der Station wurde durch russische Versorgungsschiffe sichergestellt. In ihrem Endausbau wird die ISS mit 80 Metern Länge die größte Raumstation sein, die jemals gebaut wurde. Bereits jetzt ist sie das größte und das leuchtstärkste künstliche Objekt im Erdorbit. Neben der eigentlichen Raumstation werden zu dem Komplex noch ein Personentransportsystem, ein europäisches Raumschiff und mehrere Rettungsfahrzeuge gehören.«

Doch nun ... sieh an, da kommt ja gerade eine amerikanische Raumfähre, ein Space Shuttle, geflogen.

Die werden wohl jemanden bringen und andere zur Erde zurück mitnehmen. Auch Nachschub haben sie sicherlich an Bord. Ach ja, dort unten feiern die Christen der römisch katholischen Kirche und auch die Protestanten, alle Christen der ehemaligen Westkirche heute am 24.12. Weihnachten, die Geburt von Jesus Christus, ihrem Erlöser und Gottes Sohn. Erinnere mich oder ist es die Stimme in mir, die es mir zugeflüstert hat?, Weihnachtsmänner aus Schokolade von der Erde bekommen die russischen Kosmonauten geschenkt, die jetzt fotogen schöne rote Mützen tragen, auch wenn die orthodoxe Kirche erst Anfang Januar Weihnachten feiert und unter ihnen auch Atheisten sein mögen. Doch was spielt das hier oben schon für eine Rolle!.

Da ich nun so vieles weiß, schenke ich es mir, bei den Kosmonauten, Astronauten oder wie auch immer sie sich nennen mögen - Taikonauten soll es ja auch noch geben - Namen, nichts als Schall und Rauch, in der *ISS* zu erscheinen.

Dann frage ich mich aus welchen Gründen auch immer noch, ob die *ISS* wirklich jemals vollendet sein wird.

Ja, ich nehme es an, wenn auch wohl Jahre später als geplant. Auch menschliche Weltraumkolonien auf dem Mond, dem Mars und andernorts gibt es ja noch nicht, obwohl sie nach früheren Vorstellungen längst existieren sollten. Muss wohl an den Kriegen liegen, die irre Führer großer Nationen dort unten noch immer gegen kleine Länder und Guerillas führen.

»Ja«, meint die Stimme in mir, »das freut die Rüstungsindustrie, führt zum Staatsbankerott und der Weltraumforschung fehlen die Mittel.«

Werden andere Weltraumstationen anderer Staaten, Konzerne oder gar der UNO dieser derzeit einzigen folgen?

Wie viele und wann?

Werden sie und die anderen eines Tages Stationen im Orbit einer geeinten multikulturellen Erde ohne Nationalstaaten sein?

Oder werden die Kriege und Rivalitäten heutiger Staaten dann durch die der multinationalen Konzerne ersetzt, wie wir es aus Science Fiction-Romanen und -Filmen kennen?

Ich lasse die ISS hinter mir, spiele nicht Geist für die Menschen, die dort für kurze Zeit mit all ihren zum Überleben ihrer Körper nötigen Maschinen wohnen, auf dass sie sich nicht noch zu Tode erschrecken.

Sie leben.

Ich aber ...

Der Gedankenstrom verebbt.

Stille kehrt ein.

Ein Abschied von den Menschen.

Ein Abschied von der Erde, die mich gebar, auf der ich lebte und - starb.

Dort unten sind meine sterblichen Körperreste zerfallen und begraben.

Dort unten bin ich in den Kreislauf der Stoffe eingegangen.

Dort unten bin ich tot.

Hier oben habe ich mich nun von der Erde verabschiedet. Hier beginnt meine Reise zu den Sternen: durchs Sonnensystem, unsere Galaxis und den »leeren« Raum hin zu fernen Welteninseln. Weiter und immer weiter durch so viele Universen in diesem Multiversum und ..., denkt träumend meine Seele, die alles ist, was blieb, mit der ich mir als ehemaliger Menschenmagier Körper bilden kann, so viele und wann immer ich will.

Eine unsichtbare Träne weine ich aus materielosem Auge, denn wo kein Körper ist, sind weder Wasser noch Salz.

Dann springe ich lachend davon, dem hellen runden Licht entgegen, das dort nicht allzu weit entfernt seit Jahrmilliarden Jahren leuchtet.

Mondin

Du schaust empor
Schwärze - dunkle Linien siehst du
im gelben Licht der leuchtenden Scheibe.
Die Mondin schreit in deinen Augen.
Du schaust empor - noch immer gebannt.
Ewig wirst du hier stehen - ewig und starr
während die Wölfe sich sammeln.

Geschah es nicht einst einmal? Sah ich nicht immer wieder in all den Nächten staunend mit offenem Mund und weinender Seele zu *ihr* hinauf? Waren da wirklich Wölfe, die *sie dort oben* anheulten?

Achtzig Jahre lebte ich unten auf Erden und wandelte bei Nacht unter *ihrem* Licht dahin. Jetzt nach meinem Tod gibt es nur noch den *einen* Gedanken: endlich hin zu *ihr*.

Kaum gedacht ist's schon geschehen. Ich bin dort, umkreise *sie* - noch schüchtern und zaghaft in gewisser Distanz. Jetzt bin ich ein *Satellit*, ihr nah wie nie zuvor. Schaue mir zunächst von oben die Krater an. Das hat schon was, so ganz allein hier zu sein.

Dann lande ich auf der Mondin bei den ersten Menschendingen.

»Mare tranquilitas - Meer der Ruhe«, flüstert die Stimme in mir.

Doch nicht nur hier ist's auf der Mondin still, der eine Atmosphäre fehlt.

Aha, das also ist der erste Landeplatz, an dem ein Adler, der kein Adler war, eine Landefähre namens *Eagle* niederging. Erinnern: 21.07.69. Neil Armstrong war der erste Mensch hier oben - von dem wir wissen. Vielleicht brachten Aliens vor Zeiten andere Menschen her. Mag auch sein, dass es einst uralte irdische Kulturen gab, die noch zu entdecken sind, die die Raumfahrt beherrschten und uns vorausgingen - in Ruhm und Untergang. Auch Amerika wurde nicht von Kolumbus entdeckt. Wie auch immer, was auch immer einst geschehen sein mag, Armstrong blieb zwölf Stunden, sammelte Gestein, stellte einen Seismografen zur Bebenmessung auf und einen Laserreflektor, mit dem der genaue Abstand Erde - Mondin gemessen wurde. Ja, ja, pro Jahr entfernt sie sich um drei Zentimeter von der Erde. Das wissen wir nun. 1972 waren die letzten Menschen hier. Wann aber werden die Siedler kommen?

Ach ja, die werden ein paar Dinge zu lösen haben: Keine Luft, viel Strahlung, und dann ist da noch der Muskelschwund, ein großes Problem für an die irdische Schwerkraft angepasste Körper - für Lebende, aber nicht für Tote, für lebende Seelen wie mich.

Also schaue ich mich in Ruhe mit meinen neu geschaffenen, mit dunkler Nickhautblende überwölbten Menschenaugen um. Als Toter habe ich ja Muße, »unendlich« viel Zeit. Kein ER ist hinter mir mehr her. Das hat doch was!

Und was haben wir denn da? Müll oder wertvolle Antiquität?, das ist hier die Frage. Nun ja, auf jeden Fall kein Souvenir für mich. Da ist zunächst einmal eine Flagge, die im Erdenwind wehen soll. Wie niedlich! Und wie die aussieht: ein lustiges Fähnchen mit Streifen und Sternchen drauf, kitschig blaurotbunt, die wohl irgendwas irgendwo auf Erden bedeuten mag. Ach ja, Seismometer und Laserreflektor sind auch noch da. Und da ist ja das Landegestell, das die erste Mondfähre hier bei ihrem Rückstart zur im Orbit kreisenden Kapsel zurücklassen musste. Wieder eine Menge Müll, der eigentlich hier nicht hingehört, könnten zukünftige Umweltschützer sagen.

Andererseits war ja der erste Schritt auf einen anderen Himmelskörper ein Meilenstein für die Menschheit. Ich sehe die Zwölf vor mit, mit ihren Körpern in dicken Schutzanzügen. Ja, zwölf Lebende gingen mir voraus - der Seele eines Toten. Millionen Menschen werden folgen. Stille und Reglosigkeit waren ihre ersten Eindrücke - und die totale Schwärze jenseits der hellen Wüstenoberfläche. Die Gesteinsbrocken, die sie einsammelten und hinunter zur Erde brachten, waren 4,5 Milliarden Jahre alt und identisch mit denen der Erde. Und so entstand ein neues Bild unserer fernsten Vergangenheit. Hier landeten die ersten Menschen. Also werden hier ein Denkmal, ein Museum und Souvenirshops entstehen. Scharen von Touristen werden mit Shuttles hierhergekarrt werden und staunend alles betrachten, zumindest die, die Körper tragen und sich noch fortbewegen. Ich höre den Androiden, der die Touris führt, sprechen: »Meine Damen, meine Herren, liebe Kinder. Stellt euch vor, drei Tage dauerte damals die Reise der ersten Menschen hierher. *Apollo* hieß das Programm nach dem lateinischen Namen für den griechischen Gott Apollon, der aus Kleinasien stammte, als Kind den Python tötete und die Delfine so liebte wie wir alle. Ganze zwölf Menschen schafften es Ende des zwanzigsten Jahrhunderts, mit viel Aufwand ihre Körper hierher zu bringen. Ich nenne Ihnen die unvergesslichen Namen, die Sie vermutlich längst schon kennen, in der Reihenfolge, in der sie die Mondin betraten: Neil A. Armstrong, Edwin E. »Buzz« Aldrin, Charles P. Conrad, Alan L. Bean, Alan B. Shepard, Edgar D. Mitchell, David R. Scott, James Irwin, John W. Young, Charles Duke, Eugene A. Cernan und Harrison H. Schmitt. Und was fällt Ihnen bei all diesen Namen auf? Richtig. Sie klingen alle englisch. Es waren Amerikaner, Nordamerikaner, Bürger der Vereinigten Staaten von Amerika, kurz USA. Ja, und alle waren Männer. Doch diese Zeiten sind ja bekanntlich vorbei. Es gibt keine Staaten mehr. Hier und auf Erden sind Männer längst in der Minderheit, angesichts all der Frauen, Kinder, Hunde und Androiden. Selbst Insekten und Spinnen leben nun hier in den Kolonien.«

»Und Katzen!!!«, schnurrt es empört und gewaltig von oben und unten und außen und innen zugleich. Das Universum erzittert.

Das weckt mich aus meinen Träumen. Bin wieder ganz im Jetzt und Hier. Alles ist öde und leer bis auf die Relikte der ersten Landung. All diese größeren Dinge und … Da war doch noch was. Las ich nicht einst von einem goldenen Lorbeerblatt als Friedenszeichen, das hier zurückgelassen wurde? Was hatte denn das für einen Sinn auf einer öden Welt?

Ich schwebe davon, suche mir unberührte Natur und lege mich mit meinem transparenten Körper hin, fließe in den Sand, verschließe alle Sinne, stelle alles Denken ein.

Und die bekannte Stimme in mir singt mir träumend ganz außer sich zu: »Mondin, Schwester der Erde, kleiner Teil, der um den großen kreist, der unser aller Mutter ist. Durch dich, Manfred, bin ich ihr nun so nah wie nie zuvor, ihr, die ich einst auf Erden in den Nächten nur winzig klein am Himmel sah. Jetzt endlich liege ich in ihrem Schoß.«

Und dieses Lied lässt mich Mondin werden. Ich stehe auf und schaffe mir einen festen Mondinkörper.

Und das geht nicht, indem Manfreds Seele sich einfach so in Materie umwandelt, denn aus dem bisschen Seelenenergie lässt sich nicht viel Form, Gestalt, Körper bilden. Wie wir alle wissen, ist es ja gerade umgekehrt, dass im winzigsten Atom Unmengen von Energie stecken ($E=mc^2$). Der Trick ist der: Manfred sammelt aus der Umgebung Materie, saugt sie ein, saugt sie auf, formt daraus einen neuen Körper und haucht ihm eine, seine Seele ein. Also ist er Schöpfer und Kreatur zugleich, schafft sich selbst nach seinem Ebenbild.

Zu einem Riesen von sechsfacher Menschengröße bin ich nun geworden. Zwerge wären menschliche Astro-, Kosmo-, Taikonauten und wie auch immer sie sich nennen mögen, wären sie jetzt hier bei mir. Ich schaue in den klaren Sternenhimmel empor und sähe mit Menschenmondinaugen keinen einzigen Stern, sondern nur Schwärze über weißer Landschaft - kein Himmelsblau wie auf Erden, denn hier gibt es fast keine Atmosphäre, keine Farben außer der einen in der Landschaft, denn hier fehlen Meere und Seen, Pflanzen und Tiere. Weiß und Schwarz sehe ich. Doch ich sehe mehr als Schwarz dort oben, denn meine Seele ist in keinem Menschenkörper mehr gefangen. Also sehe ich die Sternenmeere, die *noch* so fern und schon bald mir so nah sein werden. Staunend schaue ich auf. Lange verharre ich so in Schweigen.

Abrupt werde ich aus meinen Träumen gerissen. Die Mondin bebt.

So baut sie all ihre Spannungen ab, denke ich, ja, so ist es, so und nicht anders. Ich stehe auf, drehe mich um und sehe - die *Erde* nun zum ersten Mal in meinem Leben über der Mondin stehen. Viel größer als die Volle Mondin von Erden aus, ja, und doch so fern und klein scheint sie mir nun zu sein, blau mit Weiß, wolkenbedeckt sehe ich nur die obere Hälfte von ihr.

»Neuerde«, wispert es in meiner Seele, die hier niemals auf- noch untergeht. Und doch gibt es hier eine Vierzehntagenacht, und doch gibt es hier auf der Vorderseite der Mondin eine totale Sonnenfinsternis, wenn der Sonn hinter der schwarzen Erde verschwindet«

Mutter Erde, Heimat, denke ich, werde ich dich jemals wiedersehen?

Und die Stimme in mir flüstert ergriffen nur den einen Satz: »*wir ... menschen der erde* lautete der Name meines ersten Buches.«

Das sagt mir gar nichts, müssen wohl Seine Erinnerungen sein, die von Ihm Dort Oben, meine jedenfalls sind es nicht.

Erde war. Sie und alles, was dort geschah, sind Vergangenheit für mich. Mondin ist die einzige und wahre Realität ringsum, die zählt. Und doch ist alles mit allem verbunden.

Ich steige von der Oberfläche auf, schaue weit über der Mondin schwebend hinab und sehe in mir rasend schnell - geraffte Zeit -, was einst geschah, sehe den marsgroßen Himmelskörper mit der Erde kollidieren, schaue die aus der Erdkruste und dem Mantel des Meteoriten in die Erdumlaufbahn geschleuderte Materie, sehe sie sich zusammenballen und die Mondin aus sich formen. Sie schmilzt, ein Ozean aus Magma bedeckt ihre Oberfläche. Er kühlt sich ab, die leichten Minerale bleiben oben und bilden die Oberfläche, die schweren sinken nach unten. Dann folgen Einschläge durch die Kruste, Krater bilden sich, Lava quillt empor, *Maria* entstehen. Menschen stellten sie sich einst als Meere vor, die dunklen Tiefebenen, die aus über drei Milliarden Jahre alten Basalten bestehen. *Terrae* heißen noch heute die Hochländer, die einst als Kontinente inmitten der Mondmeere galten. Sie sind mehr als vier Milliarden Jahre alt. Trockener, aschgrauer Mondinstaub, dieser besondere Sand aus zersplittertem Gestein und Kügelchen aus Glas mit

Namen *Regolith*, bedeckt nun die gesamte Oberfläche, die großen Magmaebenen, Gräben, Rillen und Kettengebirge. Ich schaue zurück und sehe die Mondin sich abkühlen und schrumpfen und Faltengebirge sich bis in 10 Kilometer Höhe aufwölben. *Mondrillen* durchziehen die Oberfläche, gerade, gebogen und in Mäandern. Lava sehe ich in ihnen unter längst eingestürzten Decken fließen. Überall aber trägt die Mondin wie Pocken in allen Größen Krater auf ihrem Körper. Dann sehe ich einen winzigen Augenblick lang Astronauten mit Schutzanzügen, ihre Atemluft in sich tragen. Denn niemals entstand hier eine so dichte Atmosphäre wie auf Erden. Teilchen des Sonnenwindes umgeben mich. Kosmische Strahlung, die bis einen Meter Tiefe unter die Oberfläche reicht, durchdringt meinen Seelenkörper. Helium 3, fällt mir ein, wäre der Stoff für die Kernfusion der Zukunft, wenn es die denn gibt. Trocken ist die Mondin seit Beginn, auch wenn da Wassereisreste aus Kometen in Kratern an den Polen lagern, die niemals vom Sonn beschienen werden.

Ich schwebe wieder hinab. Seltsame Gedanken steigen zugleich in mir auf. So ist also alles, hier und da und überall, ein ständiges Auf und Ab, und gestern und morgen im Heute vermischt. Sah ich nicht einst auf Erden einen Regenbogen bei Nacht, aus Mondinlicht und Regentropfen gemacht? Betrachtete ich damals nicht auch im eisigen Winterdunkel den grüngelben Hof der Mondin? So war es doch!? Oder war es ganz anders? Ich weiß es nicht mehr. Sind es meine Erinnerungen oder die Seinen?

Was auch immer auf Erden geschehen sein mag oder auch nicht, eine im wahrsten Sinne des Wortes naheliegende Frage lautet doch: Werden hier oben auf der Mondin Städte entstehen?

Ich denke, ja. Und nicht nur auf der erdzugewandten Seite, sondern über die ganze Oberfläche und unter der Oberfläche verteilt, also auch dort, wo ich jetzt träumend im Sonnenlicht badend liege: auf der »dunklen Seite«, die der Erde niemals zugewandt ist.

Irgendwann erhebe ich mich wieder, steige auf, schwebe über der Rückseite dahin und nehme mit Menschen- und Nichtmenschensinnen alles dort unten wahr und in mich auf: Unmengen von Kratern, Hochländern und auch das gewaltige Aitken-Südpolbecken, kilometertief, gigantisch in seinen Dimensionen.

Was schlug hier wann wohl ein?

Dort liegt der große Krater namens Bailey mit einem Durchmesser von 295 Kilometern und 4000 Meter Tiefe, der sie sicherlich nicht erwartet, die eines Tages auf ihm herumtrampeln werden: die ersten Bergsteiger und Touristen.

Und da ist noch etwas anderes. Oh ja, ich kenne es ein wenig. Es ist ein Teil von dem, das auf dem Grund des Erdenmeeres liegt. Es ist von ES und ist es doch nicht. Es schlummert und träumt von Dingen, die kein Mensch, weder Geist noch Seele, jemals verstehen kann. Es träumt von seiner schwarzen Heimat T-her.

Und mir wird einiges klar, was ich niemals sah und was doch geschah. Ich sehe die Bilder von damals, von den Donnerpferden der Prärie, von den großen Knochen, die die Krieger fanden und andere später Dinosaurier nannten. Ich sehe IHN dort in der Nacht mit erhobenem Schwert stehen. Ich sehe in mir, was einst fern von hier auf Erden geschah: ER hält SEIN Schwert mit Namen MO empor. Nun glüht es auf, färbt sich rot in der heraufziehenden Nacht. Rote Flammenzungen züngeln ringsum, darin, aus IHM heraus. Sonst geschieht nichts.

So bleibt es lange Zeit.

Dann schießt ein Feuerstrahl aus der Klingenspitze in die schwarzen Wolken dort oben, die nun im Rot des noch immer untergehenden Sonn brennen.

Dies geschieht. Mehr passiert nicht.

Wieder vergeht Zeit.

Der Sonn ist längst versunken. Es ist Nacht. Noch immer steht ER dort still, zur Säule erstarrt. Von tiefstem und reinstem Schwarz ist SEIN Körper, und schwarz ist MO. Schwarz ist der Himmel - sternenlos, dort, wo SEIN Körper ihn verdeckt. SEINE Augen strahlen rot - glühende Sonnen in der Nacht. Hell scheint die Volle Mondin dort über IHM. ER und MO, längst schon eins, schimmern in mildblauem Schein. Dann und wann springt ein Blitz vom Schwert zur Mondin empor. Und auch von oben zu IHM hinab?

Jetzt verstehe ich. Kommunikation. ER schickte Signale aus. Zu wem?

Hier nun, fast eins mit der Mondin geworden, weiß ich, dass sie es nicht war, mit der ER damals sprach, sondern mit jemandem auf oder tief in ihr. Mittels der Blitze aus SEINEM Schwert sprach ER einst mit SEINER Schwester hier oben auf der »dunklen« Seite der Mondin, mit IHR, die Millionen von Jahren älter war als ER. Wie aber gelangten die Blitze auf diese erdabgewandte Seite? Gingen sie durch sie hindurch, in dem sie sich in Schall verwandelten, die Mondin erbeben ließen und die Empfängerin erreichten? Nein. Sie bildeten einen Ring aus der gewaltigen Energie, die irdische Blitze in sich tragen, einen um die Mondin rotierenden Ring, der SIE suchte und hier an dieser Stelle, wo ich nun schwebe, fand und schwarze Feuerpulse zu IHR hinunter sandte. Und schwarze Blitze schickte SIE IHM auf dem gleichen Weg zurück, die kein Mensch sah und kein Erdenwesen außer ES und SEINEN Kindern wahrnehmen konnte.

SIE ist es, die ich dort unten spüre. Nein, SIE ist nicht mehr da. Dort lag SIE und schlief und träumte. Jahrmillionen ist es her, dass SIE die Erde verließ und sich hier zur Ruhe legte. So war es bis zu der Nacht, in der sie alle, ER und SIE in ES, nach T-her heimkehrten. Das aber ist noch gar nicht lange her.

Ich denke an den Tod, denn ER und SIE, beide gingen in ES auf. Ich denke an den Tod und weine. Wie oft tat ich es, als ich noch lebte! Nun bin ich selber tot, körperlos lebe ich doch und weine noch immer. Ach ja, da ist ein Unterschied. Damals waren da noch Tränen aus Wasser und Salz, die beide Wangen meines Menschengesichts hinabliefen. Jetzt weint »nur« meine Seele.

Ich kehre auf die erdzugewandte Seite der Mondin zurück, doch lande ich nicht mehr, bin einfach nur da, schwebe über allen Dingen, und meine Seele atmet die Stille, die nirgends auf Erden mehr ist, seit es dort eine Atmosphäre gibt.

Ach ja, fällt mir ein: Die Schwerkraft, von der wir immer reden und die es gar nicht gibt, denn es ist ja die Raumkrümmung der Massen, die die Dinge an sich zieht, diese sogenannte Schwerkraft beträgt auf der Mondin bekanntlich nur ein Sechstel so groß wie auf Erden. Ich sehe die ersten Astronauten vor mir: Einer unter ihnen schlug hier einst einen Golfball 200 Meter weit. Ein anderer entdeckte, dass die Fortbewegung durch Kängurusprünge, wie es auch Menschenkinder gerne tun, hier einfacher als Laufen ist. Also hüpften hier einst Astronauten in ihren weißen, klobigen Anzügen über den Sand. Ich fand ja ihre Spuren. *Ein kleiner Schritt für einen Menschen und ein großer Sprung für die Menschheit.* So soll es doch ganz spontan einer gesagt haben?

Wie auch immer, auch ich könnte ja hier ein Zeugnis für meinen Besuch hinterlassen. Einen Körper besitze ich nicht mehr, doch alles ist nur eine Sache der Konzentration, von Gelassenheit, Stille. So lasse ich Steine sich schärfen, ha, die Steinzeit hat jetzt hier begonnen. Und mit einem Faustkeil, der eigentlich gar kein Faustkeil ist, denn ich bilde keinen Körper, also auch keine Hand, und forme keine Faust, mit ihm schreibe ich in den Stein:

FÜR ALLE MENSCHEN NACH MIR
Grüße von einem Toten,
der ewig lebt in allen Dingen.
Kommt in Frieden - Werdet endlich eins
– Menschen!

Manfred

Ich schwebe zurück und schaue mir meine Worte an, die gewiss auch bald auf Erden bekannt sein und heftige Spekulationen über Aliens auslösen werden.

Werden?

Werden hier irgendwann zwölf Meter große, grazile Wesen leben, deren ferne Ahnen Menschen waren, die längst Kinder der Mondin sind, deren Körper nicht mehr für die Erde taugen?

Ich schwebe davon.

Noch einmal schaue ich zurück.

Wie seltsam dreigeteilt und verzerrt sie mir nun erscheint, die ich nie mehr im Le..., im Tode betreten werde.

Ich drehe mich um und sehe einen Wirbel vor mir, der immer größer wird.

Also komme ich näher. Oder nähert er sich mir?, frage ich mich noch.

Schwärze.

Nairras Tod und Wiedergeburt

Du hältst Manfred fest umschlungen. Denn *er* ist *die* Liebe deines Lebens, die erste, einzige - und letzte. Dich gebe ich nie wieder her, denkst du so glücklich. Du könntest die ganze Welt umarmen. Ach, jetzt halten wir uns gar an den Händen wie Hänsel und Gretel im dunklen Wald. Doch da … Er lächelt dir zu. Das letzte Bild, das du ewig von ihm in dir trägst, als etwas von unten … Schreist du noch vor Schmerzen auf? Ist da was? Was ist da in dich eingedrungen? Da ist doch wer in dir. Du …

Nairras Körper fällt, denn SEIN Schwarzes Schwert mit Namen MO hat sie von unten nach oben, durch Geschlecht, Bauch, Brust, Hals und Kopf, in zwei Teile gespalten. Lautlos fallen ihre Körperhälften zu Boden. Kein Urin, kein Kot, kein Blut, denn alles verbrannte und versiegelte MO. Nairras Seele steigt auf.

Dort unten nimmst du verschwommen die Reste deines Körpers noch wahr. Dort unten ist ER, der nicht lieben kann und deshalb alle Liebenden hasst!? Dort unten hörst du ein letztes Mal Manfred, deine große Liebe, der IHM seinen Schmerz, doch auch seinen Hass entgegenbrüllt: »SCHAI-TAN!!!«

Dann siehst du IHN gehen und Manfred vergeblich versuchen, deinen Körper wieder zum Leben zu erwecken. Wie verzweifelt er ist! *So* sehr hat er dich geliebt! Du hauchst ihm Mut zum Weiterleben ein, denn *noch* ist die Zeit der Wiedervereinigung nicht gekommen. Du siehst, wie er dich unter einem Steinhügel begräbt: in sitzender Position mit dem Gesicht nach Osten, dem aufgehenden Sonn entgegen.

Jetzt ist alles gut. Manfred ist weitergezogen. Alles ist gut. Und du, die du den Menschennamen Nairra trägst, denn irgendwer gab ihn dir einst für alle Zeit, du schließt deine Augen, die keine Augen mehr sind, schließt deine Ohren und deine Nase, schließt alle Menschensinne. So treibst du still dahin. Keine Gedanken, keine Frage nach dem Wohin und dem Sinn. Zeit vergeht - oder auch nicht. Sinnenlos, besinnungslos schwebst du in der Leere.

Erwachen. Wo bin ich?

Du liegst auf einem weißen Strand aus Sand - so sähen ihn Menschenaugen, die du, körperlos wie du nun bist, nicht mehr hast.

Dein Seelenkörper richtet sich auf, ein Hauch mehr als nichts.

Ein Hauch? Ein mehr? Ein Meer?

Wellen hörst du ans Ufer schlagen.

Sand rieselt an deinem unsichtbaren Körper empor und bildet ihn neu.

Jetzt hast du dir selbst - oder wer oder was war es? - Arme und Hände und Finger geschaffen. Du schaust sie mit deinen neugeborenen Augen an. Du siehst hinab auf deinen nackten Menschenkörper. Dort ragen deine Beine auf, ganz unten stehen die Füße, die Zehen im Sand. Du hebst deinen Kopf und schaust dich um.

Endlos weit und menschenleer zieht sich der Strand. Wind weht vom Meer.

Du setzt dich mit ineinander gefalteten Beinen in den Lotos. So schaust du aufrecht geradeaus. Du lauschst den Wellen, die sich am Ufer brechen. Du hörst den feinen Unterschied und weißt, dass keine wie die andere ist. Du denkst an dein Leben, das vorher war. »Erde« war das Wort für die Menschenwelt. So viele Menschen, so viele Lebewesen, jedes eine Besonderheit. So viele Leben, Geburten und Tode, damals dort, doch vielleicht auch hier an diesem Ort zu anderer Zeit?

Du weinst salzige Tränen, die aus Meerwasser sind. Denn aus dem Meer kommen wir alle, erinnerst du dich. Und wenn es auch ein anderes war und noch immer ist, irgendwo so fern, im Leben vor dem Tod.

Atmest du?

Was atmest du ein?

Du weißt es nicht. Du bist gestorben. Du bist tot. Du bist wieder auferstanden, wo auch immer dies sein mag.

Es wird dunkel. Eine gewaltige rote Sonne »versinkt« dort in der Ferne im Meer. So dämmert die Nacht. Und noch immer ist es still.

Hier lebt sonst niemand außer mir, denkst du. Dann stellst auch du dein Fragen ein, legst dich zur Ruh und schläfst ein.

Du träumst von einer Stimme, die dich dreimal fragt: »Willst du wiedergeboren werden? Willst du zurückkehren auf die Erde als Menschenfrau und noch einmal Manfred begegnen? Willst du seine Kinder gebären?« Du träumst davon und antwortest dreimal mit »Ja!«

Also wird ein Massaibaby im Mutterkontinent der Menschheit geboren, ein Mädchen, das wegen ihres Mutes zu Recht den Namen »Moyo« erhält. Und sie bricht von zu Hause auf und wandert in den Norden Afrikas, bis sie die Großen Pyramiden erreicht. Unterwegs vereinigt sie sich mit Manfred. In Ägypten aber bringt sie ihre und seine Zwillinge zur Welt und versucht, den von IHM getöteten Manfred aus einem Finger neu zu erschaffen, zum Leben zu erwecken und - versagt. Dann zieht sie ihre Tochter Rani und ihren Sohn Ra in einer Welt auf, die parallel zur Erde liegt, damit ER sie nicht finden und töten kann. Viele Jahre lang lebt sie dort, bis sie schließlich in der Welt und am Ort ihrer Geburt stirbt. Ihre Seele kehrt in den Kosmos heim.

Mars

Schlafe ich? Träume ich?

In mir flüstert eine Stimme: »Siehst du den weißen Fleck am Pol. Dort ist Wasser, so wie es einst vor langer Zeit überall auf der Oberfläche des vierten Planeten zu finden war und auf dieser Welt, der die Menschen den Namen des griechischen Kriegsgottes gaben, irgendwann auch wieder fließen wird.«

Ich sehe das Weiß dort unten im wirbelnden Rot, Braun und Grau.

Weiß - WEISS ist alles, alles ist eins. Alles wird sein wie einst, denke ich, igendwann wieder, das weiße Licht, die weiße Welt, WEISS.

Und wieder versinke ich in Schwärze.

Eins mit Geist und Welt ringsum treibt Manfred traumlos und unsichtbar hinab. Irgendwann dann landet er als erster Mensch, nun ja, als Menschenseele, auf dem Roten Planeten, während die Sonde der ESA mit Namen Marsexpress weiterhin den Mars umkreisend nach Wasser sucht und es auch schon in Kratern und als gigantische Vorkommen unter der Oberfläche gefunden hat.

Öffne meine Sinne, die alten des Erdenmenschen zuerst, dann all die anderen. So höre ich, sehe, fühle und ...

Nun bin ich erwacht und erinnere mich an die Frage der Fragen, die sich einsame Menschen wie auch Naturwissenschaftler immer wieder stellen: Marsmenschen, gab es die je?

Keine Menschen, doch andere Wesen, Marswesen, die waren wie wir, als er vor weniger als zwei Milliarden Jahren noch eine Atmosphäre besaß?

Ja, doch. Sie waren da. Wir werden Spuren von ihnen entdecken. Und auch echte Marsmenschen - Menschen unserer Art wird es in wenigen Jahren auf dem Mars geben. Halt, sie werden nicht die ersten sein. Denn es gibt ja schon einen, und wenn er auch tot ist, so ist er doch hier. Und dieser eine bin ich.

Maschinen schickten wir Menschen schon vor vielen Jahren, die ihn umkreisen und es noch immer tun. Andere landeten, auch flogen einige wieder davon. Eine sehe ich in mir: Westlich des Kraters Mie steht noch immer die Landeeinheit von Viking 2 inmitten von Sand, Geröll, Raureif und Eis. Und das bedeutet Wasser auf dem Mars. Wolken fallen mir ein.

In mir flüstert die Stimme: »Der höchste Berg, den wir Menschen bisher kennen, ist ein erloschener Vulkan. *Olympus Mons* haben wir ihn nach dem Göttersitz der alten Griechen genannt, 27 Kilometer ragt er auf, und sein Haupt umkrönt eine Wolke.«

Wolke sein. In dieser Wolke steige ich vom Gipfel des Berges auf. Nun schaue ich aus Menschenaugen und sehe die Farben des Mars, wie ich sie einst vor langer Zeit in Büchern auf Erden sah: Rot ist der Staub, der Sand, rot vom Eisenoxid, das alles überzieht. Eine verrostete Welt, die einst einmal blühte. Wie wird die Erde in Jahrmilliarden aussehen?, frage ich mich.

Dunst am Horizont zeigt mir die dünne Atmosphäre an. Das Kohlendioxid ist da, das irdische Pflanzen brauchen. Marspflanzen sehe ich, nicht die aus alten Zeiten, sondern die aus der Zukunft, die speziell gezüchtet an die derzeitigen Temperaturextreme angepasst sind. Mit ihren Wurzeln holen sie Wasser aus der Erde und mit den Blättern atmen sie Kohlendioxid und Sonnenlicht. Ein Pflanzenparadies ist dieser Planet.

Ich schaue in die Weite, wo Stürme wüten und Sand aufwirbeln. Sie hüllen alles ein, wo einst in dichterer Atmosphäre gewaltige Flüsse flossen, deren Canons heute noch zu sehen sind. Roter Sand weht dort unten über ödes Land.

Dann ist Stille.

S t i l l e.

Nirgendwo fahren jetzt diese niedlichen, immer noch aktuellen Roboter auf Rädern, noch gehen da die zukünftigen auf allen Achten, Sechsen, Vieren, noch laufen Menschen über die Weiten. Der Himmel wird klar bei Nacht. Dort oben gehen die gleichen Sterne wie über der Erde auf. Ich lausche, bin tot und lebe. Alles ist gut.

S t i l l e.

»Einst, das war im Jahr 2003, lange war der Mars nicht mehr der Erde so nah gewesen, schauten viele Menschen auf. Manch einer dachte an die Invasion der kleinen grünen Marsianer aus der Science Fiction Literatur, die doch eigentlich gut getarnt eher rot und groß sein sollten. Andererseits sähen Marswesenaugen anders als Menschaugen, also …«, spricht die Stimme in mir und fährt fort, eine unsichere Zukunft auszumalen, spricht von 2011, dem Landungsjahr der Roboter, und von 2030, dem Jahr, in dem die ersten Menschen den Planeten betreten sollen.

Nun ja, die ersten lebenden Menschen werden's nicht leicht haben, es sei denn, die Kälteschlaftechnik ist bis dahin ausgereift und schnellere Antriebe sind entwickelt. Denn sonst werden sie große Mengen an Lebensmitteln mitnehmen oder sie anbauen müssen. Muskeln und Knochen heißt es in der Schwerelosigkeit zu bewahren und wieder aufzubauen. Dann sind da die starke Weltraumstrahlung, die Temperaturen und das Fehlen von Sauerstoff draußen im Raum und hier auf dem Mars. Ja, so oder so ähnlich wird das alles geschehen, wenn auch die zeitlichen Angaben noch nie stimmten. Wen wundert's, wenn auf Erden noch immer Milliarden für Kriege von Menschen gegen Menschen ausgegeben werden.

Menschenprobleme, die die heute Lebenden und zukünftige Generationen lösen müssen.

Ich aber bin doch tot, habe all das längst hinter mir gelassen, sollte man meinen. Doch so ist es ja nicht.

Bin jetzt hier allein in der Stille.

Das muss man erlebt haben: *Valles Marineris*, diesen Canyon aller Canyons. Hier hindurchschweben, -fliegen, -rasen und in die Tiefen tauchen, fällt mir ein. Welch ein Menschentraum!

Ich tue es, erlebe es, ohne am Leben zu sein.

Berauscht tauche ich schließlich wieder an der Oberfläche auf und fliege in der dünnen Marsatmosphäre nach Norden, der weißen Polkappe zu.

»Schon bald wird hier Phoenix landen und das Wasser auf Leben analysieren«, flüstert die Stimme in mir.

Schon von der Erde aus zu erkennen, hier aber so dicht unter mir einfach gigantisch und fantastisch, erstreckt sich die nur im Sommer ein wenig abschmelzende kilometerdicke Eisdecke über Tausend Kilometer rings um mich herum. Hier ist Eis, gefrorene Flüssigkeit, gefrorenes Kohlendioxid, aber auch Wasser, das einst über die Oberfläche in Flussbetten floss? War es so und wenn es so war, wann war das?

Gibt es noch immer flüssiges Wasser in den Tiefen? Hatte der Mars einst eine Atmosphäre? Gab es hier Leben? Und wie sah es aus?

Ja, ja, ja.

Ach, einen weiteren kleinen Scherz nach meinen Steinzeichen auf der Mondin möchte ich mir doch noch erlauben. Dorthin, wo die Stürme sind, zieht es mich. Und sind sie nicht da, so entfache ich sie. Mit dem Sturm über die Weite treiben, Staub sein und eine Wolke umformen, sie wieder verlassen und hinaustreiben in die Schwärze, das tue ich - jetzt.

Und wieder wie schon einmal sind viele auf Erden außer sich. »Da ist ja der Beweis von intelligentem Leben auf dem Mars«, jubeln und schreien sie, »das nun erwacht mit den Menschen kommuniziert.« Denn die Sonden haben es aufgezeichnet und an die Erde übermittelt, ein Wort nur, nicht mehr, doch nicht die Menschenzeichen, die eine Kreuzspinne in ihr Netz spann, um ein kleines Schwein vor dem Schlachten zu retten, sondern ein einfaches »Hallo« aus Menschengeist. Und die Naturwissenschaft spricht von Zufall. Und das Wolkenwort verweht. Kein Beweis ist geblieben. Kein Marsmensch hat es gebildet, wie wir alle wissen, und auch kein Lebewesen anderer Art, sondern ein Toter, nun ja, die Seele eines Toten, Manfred der Magier hat es getan und sich köstlich amüsiert.

Jetzt schaue ich doch kurz noch bei den beiden Marsmonden vorbei. Ach, sie sind ja nur kleine, eingefangene, unregelmäßig geformte Felsbrocken - Planetoide. Und sie tragen die Namen der Pferde, die den Kampfwagen des Kiegsgottes Mars zogen: Furcht und Schrecken - *Phobos* und *Deimos*. Doch wo ist der Wagen, den sie ziehen? Und den Mars ziehen sie sicher nicht, auch wenn alles mit allem verbunden ist und sich hier und da und allüberall die Raumzeit krümmt.

Phobos ist der äußere. Der sieht wie eine Kartoffel aus und trägt einen riesengroßen Krater. Ich sehe und verstehe: Ein einschlagende Meteorit erzeugte ihn und wandelte Phobos in einen Geröllhaufen um. Also könnten in ihm viele

Höhlen verborgen sein.

Ich bin in seinem Innern, schließe alle äußeren Sinne und sehe hier Raumschiffe landen und starten, denn Phobos' Schwerkraft ist gering. Füße wirbeln die schwarze meterdicke Staubschicht, zerpulverter Stein, beim Gehen auf. Für einen lebenden Menschen ohne Schutzanzug ist es abgesehen vom Fehlen der Atmosphäre hier ein wenig extrem. Die Temperaturunterschiede zwischen Tag und Nacht reichen von unter Null bis über 110°C. Das wäre ja schon wieder was für die Tourismusindustrie, denke ich gerade und sehe, höre und fühle auch schon den ganzen Trubel: Einmal den Roten Planeten sehen und sterben.

»Irgendwann wird Phobos vom Mars auseinandergerissen werden und einen Marsring bilden oder aber auf den Mars stürzen«, flüstert mir die Stimme zu.

Oder aber unsere Nachfahren halten ihn in der Zwischenzeit, 50 Millionen Jahre sind ja eine lange Zeit, davon ab, fällt mir ein. Das müsste doch wohl zu schaffen sein.

Deimos hingegen wird in einer noch ferneren Zukunft dem Mars entfliehen, es sei denn, unsere Nachfahren haben mit ihm ganz etwas anderes vor.

In nur 6000 Kilometer Entfernung sehe ich gelblich den gewaltigen Mars aufgehen. Dann erweitere ich meinen optischen Sinn über den Spektralbereich eines Menschenauges nach unten ins Infrarote und nach oben ins Ultraviolette, wechsle hin und her in den Spektren, schließe meine Augen und sehe ihn in mir, und meine Seele lacht.

Nairras zweites Erwachen

Irgendwann hörst du Stimmen, erst leise, wie von fern, dann immer lauter. Sie flüstern dir Worte zu, die du nicht verstehst, Worte in so vielen Sprachen, Worte aus so vielen Mündern und von Flügeln und Beinen schrillend erzeugt, ganz so, wie es auf Erden Heuschrecken und Grillen tun. Noch immer verstehst du nicht das Geringste in diesem babylonischen Sprachenwirrwarr.

Hörst du dich ein oder ändern sich die Laute? So oder so muss es sein, denn allmählich weicht der chaotische Lärm einem einzigen harmonischen Klang, den alle Wesen nicht mehr dort draußen, sondern tief in dir singen. Und du beginnst zu verstehen, was sie dir sagen wollen: »Einige werden sich finden im Kreis. Alle werden wir wieder eins, werden »Wir«, wie einst einmal irgendwo irgendwann vor unserer Geburt zum Leben.«

Nach dem Hören mit neuen Ohren gebärt deine Seele einen weiteren Sinn: Augen entstehen, die du öffnest, die du schließt, die du öffnest. Jetzt siehst du den leuchtenden Kreis in der Schwärze des Alls vor dir.

Du erinnerst dich an deinen alten Körper auf Erden. Du erinnerst dich an deinen Namen, den dir irgendwer gab: Nairra. So hieß ich einst, so heiße ich in Ewigkeit, denkst du. Du erinnerst dich aber auch an einen anderen Namen: Moyo. Ja, auch diese war ich, ich bin auch sie, weiß und schwarz, schwarz und weiß vereint. Nicht so hell und nicht so dunkel war die Haut unserer fernen Vorfahren. Bräunlich ist mein Körper nun.

Du erinnerst dich an den Kreis im Sand dereinst in einer von vielen Wüstenwelten. Immer klarer tritt er aus dem Flimmern heraus. Er nähert sich dir, du näherst dich ihm, wir kommen uns nah.

Zugleich siehst du einen namenlosen Mann. Du weißt, dass Er es ist, Er Dort Oben. Dort irgendwo sieht dieser junge Mann auf einer Wand Dinge und Menschen sich bewegen.

»Einen Film sah ich einst, der *Highlander* heißt«, flüstert Er dir zu.

Jetzt schaut Er auf und weint. Denn in diesem »Film« geht es um Altern und Tod, um eine Trennung: Einer bleibt zurück, der andere geht. *Er* blieb, *sie* ging. Wie dort, so auch hier, denkst du. Manfred lebte weiter, wie lange wohl noch, ob er noch immer lebt und an mich denkt? Ich ging.

Du weinst.

Jupiter

Ich tauche aus meinen Träumen auf und schaue staunend mit Menschenaugen aus körperloser Seele diesen Riesen aus Gas mit seinen hellen und dunklen Bändern und dem Großen Roten Fleck. Da gibt es kein Halten mehr. Dort will ich hin!

Also stürze ich mich durch die Ringe, deren Staub in 100 000 Jahren vom Jupiter aufgesaugt sein wird, rase auf den Gasplaneten zu, tauche in den Großen Roten Fleck ein.

Haha, was heißt hier Fleck, welch rasender Tanz in wirbelnder Luft!

Tiefer und tiefer dringe ich ein.

Längst bin ich eins mit den Molekülen.

Bin ich noch Gas, schon flüssig oder fest?

»Jetzt bist du Metall, jetzt wirst du Stein, jetzt bist du flüssig, jetzt wieder Gas, und nun setze ich deine Seele wieder frei«, flüstert die Stimme in mir.

Ich verlasse den Gasriesen. Was für eine Reise, den größten Planeten des Sonnensystems einmal körperlos/leibhaftig durchquert zu haben!

Worte erklingen, während meine Seele in der Schwärze treibend träumt. Menschenworte sind es: »Adrastea, Aitne, Amalthea, Ananke, Autonoe, Callirrhoe, Carme, Chaldene, Elara, Erinome, Euanthe, Euporie, Europa, Eurydome, Ganymed, Harpalyke, Hermippe, Himalia, Io, Iocaste, Isonoe, Kale, Kallisto, Kalyke, Leda, Lysithea, Megaclite, Metis, Orthosie, Pasiphae, Pasithee, Praxidike, Sinope, Sponde, Taygete, Thebe, Themisto, Thyone.«

Ich weiß, wer die Worte sprach. Doch was mögen sie bedeuten? Schon fällt es mir siedend heiß ein, denn einige Worte kenne ich. Es sind Namen für Jupitermonde. Wie aber heißen all die anderen, die es hier noch gibt? Sollten sie gar nur Ziffern und Buchstaben tragen? Schaue ich mir also einmal die interessantesten Monde an.

Also sehnt sich meine Seele wohl noch immer nach festem Boden unter nicht mehr vorhandenen Füßen, nach Erde, die nicht mehr Mutter Erde ist.

Beginne ich mit dem innersten, der seinen Namen von einer Geliebten des Zeus, dem griechischen Göttervater, den die Römer Jupiter nannten, erhielt. Aha, ja, da ist sie ja, ihm noch immer so nah: Io. Auf ihr mache ich Rast auf meiner Reise in die Weiten des Alls. Eiseskälte und Lavahitze, nichts für Menschenkörper, Höllen der einen und der anderen Art, aktive Vulkane überall auf der Oberfläche.

»Und Loki ist der Name des Höchsten hier, der mit 80 Kilometern Höhe all die anderen überragt«, flüstert die Stimme in mir.

Das ist doch der Name des listenreichen Gegners der alten germanischen Götter, Vater vom Fenriswolf, Hel und der Midgardschlange, der als Stute den Hengst Sleipnir gebar, sich in vielerlei Gestalten verwandeln konnte und den Weltuntergang namens Ragnarök herbeiführen soll? Ja, in diesen mythischen Dingen kenne ich mich aus, und dies ist eine wahre Höllenwelt mit einer Atmosphäre aus vulkanischen Gasen. Jupiter und all die anderen Monde zerren an der Geliebten Io. Hin- und hergerissen gebar sie so ihre zahlreichen Vulkane und wurde zum heißesten Mond des Sonnensystems.

Hier schwebe ich nun in eisiger Kälte in dieser höllenheißen Welt und sehe einen Surfer auf der Flucht vor einem Lavafluss auf mich zu rasen und ihm entkommen und glühendes Gestein meine Seele umschließen. Viele Farben nehme ich noch wahr: grünen Schwefel, rote glühende und schwarz erkaltete Lava. So wie es hier heute ist, war es auch einst auf Erden. Nichts für Menschen: Hitze und Eiseskälte und eine gewaltige Radioaktivität, die kein Menschenkörper verkraften kann. Hier oben niemals. Doch unter der Oberfläche in alten Lavaröhren könnten eines Tages Menschen oder deren Nachfahren sowie Roboter und Androiden leben.

Ich aber steige noch einmal auf, schaue zum Abschied hinab und sehe so etwas wie Neonröhrenleuchten, wie Nordlichter, als würden jetzt und hier viele Scheinwerfer ins Weltall strahlen. Das sind die Lichter von Io.

Ich schwebe weiter empor und hinweg. Fort von all der Strahlung und Hitze und den Schwefeldämpfen, steige in höchste Höhen in klares All auf, besuche den zweiten Mond, der schon wieder einen Menschennamen nach einer Geliebten von Zeus trägt. Der scheint sich hier einen ganzen Harem zu halten. Weiß Hera das und wo ist sie überhaupt? Dieser Mond trägt den Namen *Europa*. Seine/ihre Oberfläche besteht aus Eis mit Einschlagskratern darin. Kilometer dick sollen die sein, erinnere ich mich, Menschensonden sollen sie einmal durchschmelzen, um im Ozean darunter nach Leben zu suchen. Ich lande körperlos, gleite träumend kilometerweit hinab durchs Eis und erwache tatsächlich in einen Ozean aus Wasser, der sich bis in gewaltige schwarze Tiefen erstreckt. Um mich nehme ich Leben wahr: bakterienartige Mikroorganismen. Ich schaue mich um - in Raum und Zeit, schließe meine äußeren Sinne und erblicke in mir schwimmende Wesen, die die Größe von Menschen haben, doch auch kleinere und größere sind unter ihnen. Es sind wundersame Wasserwesen vielerlei Arten mit Flossen und Tentakeln, Fischen und Tintenfischen gleich.

Sind sie hier? Lebten sie hier? Werden sie einst hier leben?

Aliens sind sie uns heutigen Menschen. Doch sie kommen nicht von anderen Sternen, parallelen Welten und Zeiten, sondern werden Nachfahren von uns sein, Menschenwesen in erwärmtem Wasser.

Dort oben ist die Eisschicht stellenweise durchbrochen. Ich tauche mit ihnen auf und schaue mich um: Siedlungen, Raumflughäfen, Hotelanlagen für Sightseeingpauschaltouristen mit Jupiterblick für die auf dem Land lebenden Nachfahren, die es einfach nicht lassen können, durch Welten zu reisen, die ihren Urlaub hier verbringen oder auf der Durchreise zu den Kolonien weit draußen sind. Im Orbit könnten die großen Sternenschiffe parken. Ich aber sehe sie nicht. Waren sie etwa nur Fantasieprodukte fantasiearmer Menschen des 20. und 21. Jahrhunderts? Ist hier ein Sternentor, ein Transmitter installiert? Nimmt man überhaupt seinen Körper mit, wenn man zu den Sternen reist?

Das glaube ich nicht.

Und schon zieht es meine Seele sehnend weiter hinaus.

Zeit der Zusammenkunft

»Irgendwann werden sich alle treffen, sich wieder-hören-sehen-fühlen«, spricht Manfreds Stimme immer wieder in dir.

»Wir müssen die Tore durchschreiten, die aus den Heimatuniversen hinaus und uns alle wieder zusammen führen, dorthin, woher alles kommt und alles geht und Vieles und

EINS zugleich ist.« Wir sprechen diese Worte und gehen auseinander.

Du erinnerst dich. Eine von ihnen warst und bist *du ja selbst*! Wer aber sind die anderen?

Noch siehst du nur Schatten, einen Kreis von Wesen, die von überall her kommen, an diesen Ort, in dieser Zeit der großen Zusammenkunft, doch nicht um zu sterben oder um zu kämpfen, weil es nur *einen* geben kann. Weshalb aber dann?

Du weißt es nicht. Woran du dich jedoch erinnerst, was du in dir siehst, voraus siehst, ist dieses Bild: Jetzt halten wir uns an den Händen, so verschieden sie auch sind. Unsere Körper und Seelen verschmelzen im weißen Licht zu *einem*. Eine Vielheit - *Wir*.

Wir singen die Lieder unserer Heimatwelten, der Erde und all der anderen, deren Namen kein Mensch niederschreiben kann, einer nach dem anderen zunächst, reihum, dann alle gemeinsam. Und all diese mit so vielfältigen biologischen Körperinstrumenten erzeugten Klänge und Gesänge so vieler bewohnter Welten verschmelzen zu einem einzigen gewaltigen Chor. Jetzt, wo Wir alle eins sind, sind Wir Titanen, Götter diesseits und jenseits aller Räume und Zeiten. Wir singen und tanzen und schauen still meditierend - hier und da und dort. Unsere Kraft scheint grenzenlos. Wenn Wir wollten, könnten Wir jetzt nicht nur Welten erschaffen, sondern auch vernichten. Ein Gedanke nur – und ein gewaltiger Planetoid setzte sich in Bewegung und schlüge auf einem von Leben wimmelnden Planeten ein. Und all die Wesen auf anderen Welten, die davon erführen und sich für intelligent halten, würden schockiert Ströme von Tränen über das billionenfach vernichtete Leben weinen und erführen niemals, dass die »intelligenten« Wesen der nun vernichteten Welt Äonen später *ihre* Welten und somit auch sie selbst vernichtet hätten, aus welcher »Notwendigkeit« auch immer.

Und auch Wir weinen Tränen in die Sternennacht über all das Leid, das alles Leben auf allen Welten in allen Universen in sich trägt und immer und immer wieder selbst erzeugt. Und so ist es hier wie auf Erden: Leben will leben. Einer isst den anderen auf. Der am besten Angepasste setzt sich durch – für kurze Zeit und rein statistisch, versteht sich. Hätte es dort manche Führer und Fanatiker nicht gegeben, so wären viele Menschen und andere Lebewesen durch Menschenkriege und Menschenterror nicht gestorben. Das ist klar. Doch andere wären niemals geboren worden. Daran denken wenige nur. Kein Mensch konnte, kann und wird die Zusammenhänge jemals wirklich begreifen.

Wir könnten in die Evolution eingreifen, wie ER und SIE es vielleicht einst auf Erden taten. Neue Stämme und Klassen von Lebewesen könnten wir aus unserem Geist erschaffen. Schöpfer wären wir dann, biologische Designer.

Wir erinnern uns, dass auch die führenden Arten auf unseren Welten, so auch die Menschen auf Erden versuchten, Schöpfer zu spielen, es sogar schafften, erlernten und noch immer tun.

Und doch gibt es Mutation und Selektion, und Darwin hat Recht.

Und doch wären Wir, die Wir dies täten, für viele unserer Geschöpfe Götter.

Und doch sind wir nicht der *eine* GOTT und sind es zugleich. Denn GOTT ist in allen Dingen, enthält alle Wesen und Welten und Wahrheiten in sich. ER/SIE/ES lächelt aus allen Dingen dich an, singt, summt und duftet dir zu.

Auch Wir lachen in allen Sonnen, aus dem Innern von Planeten, Monden, Planetoiden und Kometen. So ziehen wir durch das All dahin und sind zugleich überall - in allem Anorganischen und Organischen, in allen Lebewesen.

Da ist eine kleine »Spinne«, eine Arachnoide. Sie ist viel größer als es Spinnen auf Erden sind. Dort lebt sie auch nicht. Sie hatte einen Vater, klar, den sie nicht kennen lernte. Auch ihre Mutter starb und gab ihren Körper ihren Kindern zu ihrem ersten Mahl. So leben ihre Gene und ihr Fleisch in ihr fort. Elternlos wuchs sie mit ihren Geschwistern auf. Sie aber ist anders als all die anderen neben ihr.

All diese Spinnenwesen sind fast so groß wie irdische Menschen, haben ein effektiveres Atmungssystem entwickelt als die Spinnen auf Erden und atmen eine sauerstoffreiche Luft. Sie alle sind intelligente Wesen.

Diese eine Spinne aber weint. Nicht, dass da Tränen flössen aus einem ihrer sechs kleinen oberen oder den beiden vorderen großen Augen. Innerlich weint sie und betet zu ihrer Spinnengöttin, dass sie ihre Geschwister wiederbringe, die ein großes Ding - vielleicht war es ja ein gewaltiger Schnabel oder ein Kiefer? - ihr nahm. Wir hören ihr Gebet einen Augenblick lang aus all den Wünschen so vieler Wesen dieser von uns erschaffenen Welt. Wir haben die Macht, ihren Wunsch zu erfüllen. Wir könnten es, und tun es doch nicht. Täten Wir es, dann würde ein junger Riesenvogel verhungern. Und zahlreiche Beutetiere/Mahlzeiten dieser wiederbelebten Spinnen müssten dann sterben, die so überleben. Und manche ihrer Geschwister würden eine Zeitlang leben und dann doch verhungern. Denn ihre Welt ist grausam, und ihr Leben ist hart. Und diese würden die ungerechte Göttin beklagen, denn sie hatten doch niemandem etwas getan außer dem, was ihnen angeboren war, nämlich andere Wesen zu töten und zu essen. Womit hatten sie all das verdient? Das war doch einfach nicht fair.

So ist es. Stirbt nicht der eine, stirbt ein anderer.

Wäre einst auf Erden die eine oder andere Spitzmaus erbeutet worden, so hätte es vielleicht niemals Halbaffen gegeben, keine Affen, keine Menschen und keine Menschengötter, zu denen einige von Uns wurden.

Und das alles sind nur die Gedanken kleiner Götter, Unsere Gedanken.

Nur GOTT allein weiß, was wie alles anders geworden wäre und wie es vielleicht in unzähligen parallelen Welten realisiert ist.

Wir wissen es nicht.

Saturn

Jetzt schwebe ich über dem sechsten Planeten mit dem römischen Götternamen *Saturn*.

Still scheint auch er da zu stehen, einen Augenblick lang. Dann verändere ich die zeitliche Auflösung meiner Sinneswahrnehmung. Jetzt kann ich das, was einst auf Erden nur Kameras konnten, ich sehe vor mir, seine Ringe sich im Zeitraffer drehen. Auch hinken die Pole dem Äquator ganz schön hinterher. Ist eben alles nur Gas, nichts Festes. Da haben wir ja schon etwas gemeinsam. Körperlos, wie ich bin, Seelengeist, könnte ich dort unten eins mit Helium und Wasserstoff werden, ein winziges Teilchen vom großen Ganzen - Saturn.

Hier oben aber warten die Ringe auf mich.

Und eine Stimme in mir spricht: »Eine Milliarde Kilometer reisen und dann in deinen Ringen aufgehen, das wäre doch was!«

Ja, da gebe ich meinem Herr und Meister Dort Oben Recht. Ich tue das, wovon Er nur träumen kann. Körperlos dringe ich in einen der vielen Steine ein und werde eins mit ihm. Bin nun einer von vielen, doch nicht im Mineral aufgegangen und verloren. Ich denke, also bin ich.

Und all die anderen denken wohl nicht und sind doch?

So ist es. Träumend treiben wir durch stillen Raum dahin.

Irgendwann, es mögen Sekunden, Tage, Jahre, Jahrzehnte oder auch Jahrhunderte, Jahrtausende - die irdischen Zeitbegriffe sind noch immer in mir lebendig - vergangen sein, löse ich mich aus meinem träumenden Treiben.

Und da flüstert mir schon wieder die Stimme, der ich andächtig lausche, Namen zu. Worte sind es, Menschennamen: »Albiorix, Atlas, Calypso, Dione, Enceladus, Epimetheus, Erriapo, Helene, Hyperion, Ijiraq, Janus, Japetus, Kiviuq, Methone, Mimas, Mundilfari, Narvi, Paaliaq, Pan, Pallene, Pandora, Phoebe, Polydeuces, Prometheus, Rhea, Siarnaq, Skathi, Suttungr, Tarvos, Telesto, Tethys, Thrymr, Titan, Ymlr. So viele Monde gibt es hier, so viele und noch viel mehr.«

Unter all den vielen rufen nur drei Erinnerungen wach. Drei Monde ziehen mich magisch an.

Auf *Japetus* landen und verweilen. Dort stehen, Saturn und seine Ringe sehen. Welch ein Traum, den unsere Kindeskinder erleben werden, die keine Menschen mehr, sondern Cyborgs und neue Wesen sein werden, die ihre Körper nach ihren Bedürfnissen wechseln, so wie es die Lebenden unter uns Menschen heute mit ihrer Kleidung tun. Auch ich kann das. Doch sie werden es als Lebende tun. Sie sind noch nicht geboren. Ich bin tot, stehe doch nun hier auf

Japetus und schaue den Saturn mit seinen Ringen.

Dann ist da der Mond, der den Namen des zweiten Göttergeschlechts trägt: *Titan*. Einst war er bei den alten Griechen Sohn des Himmelsgottes Uranos. Sohn von Saturn ist er hier, der fing ihn mit seiner gigantischen Masse ein. Titan ist sein größtes Kind, nicht öde, leer und nackt, wie so viele Planeten und Monde, sondern nebelbedeckt. Das weckt meine Neugier. Ich schwebe zu ihm hinab.

In mir flüstert die bekannte Stimme von längst vergangenen Erdendingen: »*Mein Mond*, nannte vor mehr als 300 Jahren Christian Huygens *Titan*. In Ferngläsern und Teleskopen zeigt er sich, und die Sonden Pioneer, Voyager sowie Cassini-Huygens erkundeten und landeten auf ihm.«

Ich aber verweile jetzt körperlos hier und fühle mich in ihn ein. Da ist in der Tiefe ein steinerner Kern, umhüllt von Wassereis. Über mir ziehen Wolken aus Methan in dieser in Menschenaugen orangenen Stickstoffatmosphäre. Wäre es hier nicht so kalt, so könnte dies die Urerde sein.

Sollte es etwa hier Leben geben?

Ich spüre es nirgendwo.

Noch einen gibt es, der unter all den vielen Monden auffällt, denn er trägt unter seinem Eispanzer ein Wassermeer. Es ist der kleine *Enceladus.* Und hier auf ihm im Süden inmitten von Eisbrocken schaue ich mich um. Doch wie kam ich hierher? War ich nicht vor einem Augenblick noch auf Titan? Folgt mein körperloser Geist noch immer dem Ruf des Wassers, dem irdischen Lebenselement, aus dem Menschen-, Tier- und Pflanzenkörper zum größten Teil bestehen? Sollte auch hier dem irdischen ähnliches einfaches Leben welcher Art auch immer existieren? Wenn nicht schon jetzt, so wird es mit den Menschen kommen: Bakterien und Pilze, Pflanzen und Tiere, Viren und - Mischwesen, neue Wesen, die es heute auf Erden noch gar nicht gibt.

Genug gegrübelt, jetzt geht's in die Außenbereiche des Sonnensystems, doch nicht in Sprüngen mit Leere, Traum und Erwachen, nein, da hat mich wohl das Wasser munter gemacht, in rasendem Flug komme ich nun voran, bin schon da und halte staunend an.

All die Kleinen dort draußen

Im hellen Blau erstrahlt da Uranus. Erde, denke ich beim Anblick dieser Farbe, während ich noch immer auf den siebten Planeten zustürze, näher und näher komme und die Wolkenbänder wahrnehme. Schon bin ich mitten in seiner Atmosphäre aus Wasserstoff und Helium, ein wenig Methan und weiteren Stoffen. Jenseits liegen Ringe und Monde mit Namen aus Sommernachtsträumen und von Engeln. Hier aber auf dem Planeten mit dem Namen des alten Himmelsgottes toben gewaltige Wirbelstürme. Also tobe auch ich mich ein wenig aus. Bin Sturm unter Stürmen und brause so wochenlang dahin.

Schließlich löse ich mich hoch im Norden wieder auf. Losgelöst und frei steige ich auf. Schaue mich noch kurz im Süden um, wo die Stürme sich hin und her wiegen, als tanzten sie zu einer unhörbaren Melodie, die Uranus ihnen singt. So scheint es von hier oben, wo alles nun im Zeitraffertempo vorüberrast.

Weiter geht meine Reise zum nächsten Planeten, dem achten. Ich falle ihm förmlich entgegen. Auch er strahlt so wunderbar blaugrün.

»Die Farbe kommt vom Methan in seiner Atmosphäre«, flüstert die Stimme in mir, »ja, er ist nun der äußerste, denn die, die dann noch kommen, werden heute nicht mehr zu den Planeten gezählt.«

Stürme soll's hier geben wie nirgendwo sonst, ja, und gratis dazu für Menschenkörper tödliche Kälte.

Ich lasse Ringe Ringe sein und stürze mich sofort hinab ins Toben der Naturgewalten, leihe mir ein wenig Materie und kann nun durch die Lüfte reiten. Stürme davon und immer weiter und ringsherum, bis ich schließlich meine Ruhe wiederfinde. Jetzt reinige ich meinen Seelengeist von allen Neptunteilchen, lasse sie unter mir, hinter mir zurück und steige wieder auf.

Hier oben kreisen die Monde. Einen suche ich mir aus.

»*Triton*«, flüstert die Stimme in mir.

Welch schöner Name, denke ich, lande und forme mir einen Menschenkörper im Raumanzug. Erstaunlich, dass ich das noch kann. 30°C über Absolutnull, das sind ja -240°C, die mein Temperaturmesser anzeigt. Werden einst hier Menschen stehen, vermummt wie ich oder irgendwann auch körperlos hier anwesend sein?

Schaue mich um und sehe eine Welt voller Geysire und Vulkane. Und doch ist da nirgendwo Hitze, nur Kälte überall. Eisig sind die Vulkane dieser sonnenfernen Welt. Flüssigen Stickstoff spucken sie aus, und aus Stickstoff besteht die Atmosphäre, wie mir meine Außensensoren melden. *Das* immerhin ist ja ganz wie auf der guten alten Mutter Erde.

Welch köstlicher Gedanke, damals zu Lebzeiten auf Erden tat ich es nicht, aber jetzt und hier, ja, da tue ich es doch glatt: Ich springe in einen der vielen Geysire, bade nun in einem Stickstoffsee.

Längst haben sich Raumanzug und Menschenkörper aufgelöst. Verflüssigt steige ich kilometerweit mit all den anderen Teilchen auf. Kohlenstoffdurchdrängt wehen wir nun alle als schwarzer Rauch von der Drehung des Mondes gelenkt dahin.

Aha, da ist er ja, dort sehe ich ihn vor/in mir, den hellsten von allen, die hier draußen noch kommen: Pluto.

Ich höre die Stimme in mir flüstern und immer leiser werdend allmählich verklingen: »Und dem zehnten Planeten gaben wir den Namen *Xena*, 560 Jahre benötigt er, um einmal den Sonn zu umkreisen, welche Zeitspanne, wie viele Menschengenerationen. Vor einem Xenajahr war auf Erden in Europa noch Mittelalter. Jetzt erst entdeckten wir ihn. Wen wundert's, er ist ja nicht groß und nur einer von so vielen. Alle sind sie Zwergplaneten, Planetoide. Und das heißt? - Es gibt keinen zehnten Planeten, auch keinen neunten und - da waren es nur noch acht.«

Dann ist da nur noch ein Murmeln, die reinste Hypnose, die schläfert mich ein, der ich nun träumend durch die dunklen Weiten treibe und berauscht dem Gesang der Sterne lausche.

Erwacht sehe ich mich von außen inmitten all der dunklen und schwarzen Felsen, den kleinen und großen Planetoiden jenseits des Neptuns schweben.

In mir singt die Stimme: »Transneptune. Wie lange wird

es noch dauern, bis die Menschheit ihre Füße hierhin setzt, bis sie die äußeren Himmelskörper des Kuipergürtels erreicht?«

Hier sind sie ja alle: die wenigen, die einen Namen erhielten, die Doppelsysteme - Pluto-Charon und Xena-Gabrielle, und all die anderen.

»2003 IB 313«, flüstert die Stimme in mir, die alles immer besser zu wissen scheint und auch noch schrecklich pedantisch ist.

Keine Ahnung, was Er Dort Oben damit meint. Wichtig für mich ist allein, dass ich hier zwischen all den Felsen dahintreibe und schließlich mit einem verschmelze. Wieder bin ich nun beseeltes Gestein, trage jetzt aber auch eine dünne Atmosphäre, eisig bin ich und mondumgeben. Dann trenne ich mich wieder und schwebe neben den beiden.

»Xena und Gabrielle«, spricht die Stimme in mir.

Da gab es doch auch einen Erzengel gleichen Namens? Gabriel!

Bist also du, Gabrielle, dann eine Engelin?

Wo überhaupt sind die Frauenseelen?, frage ich mich. Müssen wir Seelen einsam und allein durch die Weiten ziehen und ohne Liebe »leben«?

Erinnerungen brechen schmerzlich auf. Also bin ich noch lange nicht erlöst, fällt mir ein, noch immer mit meinem letzten Leben verbunden. Ach ja, die Liebe. Viel zu früh starbst du, Nairra, durch IHN. Ich habe dich bestattet. Als Moyo kamst du wieder und hast mich überlebt. Ich weiß, dass du und unsere Kinder auf einer parallelen Erde leben. Ja, sie leben, also lebe ich in ihnen weiter. Und wir Drei werden uns wiederfinden, niemals mehr im Leben, denn zwei von uns sind ja schon tot und die Dritte wird es auch irgendwann sein, sondern posthum als Seelenwesen.

Und weiter zurück reichen meine Erinnerungen, die niemals die von einem Lebewesen sein können und es auch nicht sind, denn damals gab es mich noch nicht und auch sonst keinen Menschen noch Leben noch Erde, als es geschah:

Alles ballt sich zusammen und entzündet sich. Das ist die Geburt des Sonn. Planeten fangen Trümmer ein und wachsen. Wir alle treiben. Die kleineren von uns schlagen auf den größeren ein, wir verbinden uns und formen Erde und Mondin. Wir werden eins mit den großen Planeten. Wir kreisen allein für uns in den leeren Zonen mit all den anderen, die es auch heute noch gibt.

»So alt bist du, sind wir alle, so alt und noch viel älter, denn alles, was ist, das wandelt sich beständig. Seit 4,6 Milliarden Jahren schweben all die Objekte hier im Kuipergürtel«, spricht Er Dort Oben in mir.

Wo bin ich?

Ich suchte meinen Weg von der Erde nach außen. So müsste ich also nun ... So fern wie nie zuvor bin ich dem Sonn. Besäße ich noch einen Menschenkörper, er wäre längst zu Eis gefroren.

Noch einmal schaue ich zurück, doch nicht mit äußeren Sinnen. Tief blicke ich in mich hinein und sehe die dunklen Sonnenflecken.

Und die Stimme in mir flüstert: »Das sind die Stellen, wo Magnetismus Materie hält, Strahlungseruptionen. Alle elf Jahre nehmen sie zu. Dann vermehren sich die Polarlichter im Magnetfeld der Erde, der Satellitenfunk wird gestört. Das geschieht schon seit Jahrmillionen, doch jetzt erst berührt es uns, zu dieser Zeit mit dieser Technik. Bald ist diese und dann sind auch wir nur noch Vergangenheit. Denn die, die uns folgen, werden keine Menschen mehr sein. Und irgendwann wird auch unsere alte Heimat untergehen, denn dann dehnt sich Vater Sonn aus, schluckt Merkur und Venus und verbrennt Mutter Erde. Und alles, was dann noch darauf lebt, vergeht. *So* wird es geschehen.«

Mag sein, mag sein, denke ich, der ich hier und jetzt nicht in ungeborenen Feuern brenne, sondern hier draußen an den Grenzen des Sonnensystems schwebe, die gar keine Grenzen sind, denn das All ist grenzenlos.

»Oortsche Wolke«, flüstert die Stimme in mir einen Namen, der nur ein Menschenwort ist, nicht mehr.

So viel Leere überall, dort innen, dort außen. Und hin und wieder ein Körnchen Staub, ein Bröcklein Gestein, ein wenig Eis.

Ich bewege mich und setze die Bewegung in Gang. Einer der eisbedeckten Felsen treibt nach innen, hin zum Sonn. Einst wird er in den Augen der Menschen als neuer Komet aufgehen. Ich sehe ihn sich entzünden im Sonnenwind, spüre seinen Schweif, bin jetzt ein Teil von ihm, eins mit der Materie – Stein und Eis, taste mich durch ihn hindurch hin zur sonnenzugewandten Seite, beginne mich auch schon aufzulösen, empor- und davonzuwehen. Das hat doch was. So etwas ...

Jahrzehnte später schauen Menschen der Erde den Kometen. Diesmal jedoch waren es nicht Priester, die ihn als Zeichen Gottes und nahenden Unheils begreifen, Buße tun und auf das Ende der Welt warten, sondern Naturwissenschaftler, also Gläubige anderer Art, die ihn nicht mit bloßem Auge, sondern mit viel Technik viel eher, als es früher möglich war, entdeckten. Einer unter ihnen ist außer sich vor Freude, denn er meldete ihn als erster und gab ihm eine Nummer, und nun trägt der Komet seinen Namen. Jetzt ist dieser Mensch unsterblich - heißt es. Milliarden schauen - nicht in den Himmel, sondern meist über die Medien, staunend und ergriffen den neuen Kometen am Himmel aufgehen und wissen doch nicht, weshalb er da ist, wo er ist, und dass da ein Teil von ihm einst einmal von Manfreds Seele durchdrungen war. Der aber hat sich längst weiterentwickelt, ist nicht mehr allein, sondern mit den anderen verbunden, die sind wie er, es immer waren und sein werden.

Träume ich?
Ich sehe Kometen, Planetoiden, Monde, Planeten und Sonnen. Nach innen, nach außen, ringsherum im Kreis und hin und her, überallhin schweben sie im Raum, werden eingefangen, lösen sich, stürzen hinab, prallen auf, enden und enden doch nicht, sondern existieren weiter als Teil von etwas anderem. Solches geschieht mit Gasen, mit Flüssigkeiten, Gesteinen und den Körpern von Lebewesen. Menschen sehe ich. Nein, ich erkenne keinen unter ihnen, die da in Kitteln herumwuseln, als wären es Ameisen in einem Ameisenhaufen. Ja, jetzt erkenne ich, was sie da bauen.

Mit Raketen schicken sie diese Satelliten von der Erde ins All. Die meisten von ihnen sind Augenblicke, Tage, Wochen, Monate, Jahre später nur noch Weltraumschrott. Weniger aber sind noch immer aktiv.

»Voyager«, flüstert die wohlbekannte Stimme in meinem Traum.

Ich sehe die beiden Voyager-Sonden dort schweben, jede mit einer goldenen Schallplatte unter der Schutzhülle auf der Außenseite, die für die »Ewigkeit« und außerirdische Zivilisationen gemacht sein soll. Sehr lustig, denke ich. Dabei ist es doch ein Mensch, nun ja, eine menschliche Seele, der sie hier als erster findet. Andere Menschen in Weltraumschiffen werden mir folgen. Also stellt sich nicht die Frage nach den Aliens, sondern eine ganz andere über das Schicksal dieser und all der anderen Sonden: Wer wird sie - nach mir - zuerst finden? Werden es Weltraumpiraten sein, die sie ausschlachten, Konzerne oder eher doch eine Weltregierung, die sie einfängt und in ein Museum auf der Erde stellt? So oder so, wie es auch immer kommen mag, hier bei Voyager 2 frage ich mich nun, wo da ein Abspielgerät für die Platte ist. Kann keins entdecken. Doch halt, da ist es ja unter der Goldplatte mit der spinnennetzartigen Struktur verborgen. Schon ist die Scheibe aufgelegt, ein wenig Energie hinzugefügt, und die Grußworte in ach so vielen Sprachen an, aha, Deutsch, von einer Frauenstimme gesprochen, ist ja auch dabei, erklingen: »Herzliche Grüße an alle!« Dann vernehme ich die Worte eines amerikanischen Präsidenten, der es längst nicht mehr ist, und stimme ihm zu. So ist es. Die Menschheit hat tatsächlich so lange überlebt, um mein Zeitalter zu erleben. Haha. Ach so, wird mir klar, ich bin ja gar nicht der Adressat, gemeint ist ja eine ferne außerirdische Zivilisation. Ich lausche dem Wind und dem Donner. Tierstimmen erklingen und die Musik der Welt - die alten Lieder der Völker, Bach, Mozart und Jazz.

Weine ich?

Ich tue es - tränenlos.

Und schon flüstert die Stimme mir ein anderes Wort zu, das da lautet: »Pioneer 10.«

Ich sehe den Satelliten in mir, während ich durch die Leere schwebe. Nein, er trägt keine Schallplatte, sondern eine goldene Plakette: Mann und Frau, Sonn mit seinen Planeten und der Kurs, der vom dritten nach außen führt, und weitere Zeichen.

Wo bist du jetzt? Noch immer auf dem rechten, sorry, richtigen Weg?

»Aldebaran ist der Name des Sterns, den du in zwei Millionen Jahren erreichen sollst«, höre ich es flüstern.

Ich kichere. Welch ein Witz, als ob sich die menschliche Raumfahrt nicht weiterentwickeln würde. In ein paar Jahren werden Pioneer 10 und all die anderen alten Sonden sowie der Weltraumschrott von Menschen oder deren Maschinen eingesammelt werden. So wird es sein und nicht anders.

Doch das ist Zukunft.

Ich bin hier und jetzt, auf Erden gestorben, doch immer noch existent.

In alle Ewigkeit? In dieser Form? Allein? Und wohin geht meine äußere Reise überhaupt, von der inneren einmal ganz zu schweigen?

Galaxis

Blaue Pyramide und Roter Zwerg

Manfred hat die Grenze des Sonnensystems erreicht, eine Grenze, die offen ist, die es gar nicht gibt, wo der Raum, der voller Materiebrocken ist, in die Leere übergeht, die keine vollkommene Leere ist, sondern Atome in geringer Dichte enthält. Er durchschwebt die Oortsche Wolke.

Erwache. Schlief ich denn? Müssen Seelen ruhen? Wo bin ich?, frage ich mich lautlos selbst.

»Wer bist du?«, flüstert aus weiter Ferne eine seltsam vertraute Stimme.

Ich bin.

Ich werde.

Ich werde aus dem, was ich bin, erschaffe mich aus dem Menschenbild von mir, das ich noch immer in mir trage. Zunächst ist da nur meine rechte Hand. Ihre Handfläche lasse ich zu einem Spiegel werden. Still betrachte ich mich darin. Sehe einen Menschenkörper entstehen – ach ja, so sah ich einst in jungen Jahren aus.

Und da ist noch mehr: ein Leuchten im Zentrum meiner Stirn, mein Drittes Auge, Ajna Chakra. Wärme wird zu blauweißem Licht.

Während ich schaue, versinke ich, falle tiefer und immer tiefer hinein.

Dort in meinem Dritten Auge dreht sich im Zentrum blau leuchtend in der Schwärze eine Pyramide.

»Mein Weg zu den Sternen«, flüstere ich und befinde mich schon in ihrem Innern.

»Wer bist du?«, ruft nun lauter zum zweiten Mal die unbekannte Stimme aus dem Irgendwo, dem Nirgendwo.

Und noch ein drittes Mal ruft sie, brüllt jetzt sogar – weil ich ihr noch immer keine Antwort gab!?: »*Wer* bist *du*?«

»Ich ... ich ... ich«, stottere ich – jedes »Ich« lässt die Pyramide vibrieren – »bin!«, schreit meine Seele endlich, »ich bin, ich bin, ich bin!«

Schon sehe ich die Pyramide im Zeitlupenfall lautlos zerbersten.

Es folgt der Zeitlupenflug der tausend Scherben ins schwarze kosmische Meer.

Endlich bin ich frei und schaue mich in dieser neuen Welt um. Also habe ich einen weiteren Schritt hinaus getan, denke ich, denn ich weiß, dass ich als erstes menschliches Wesen das Sonnensystem verlassen habe.

Doch schnell vergehen diese Gedanken in der scheinbaren Leere, in der ich schwebe und träume. Denn es gibt so viel zu sehen, unendlich viel zu sehen. Welten über Welten sehe ich werden und vergehen. Welten über Welten entdecke ich. Welten über Welten erträume ich mir.

Ich komme von der Erde und streife durch das Sonnensystem.

Wen wundert's da, dass ich nun im Orbit einer anderen Sonne erwache. Ich gebe ihr den Namen Sol 2.

»Gliese 581 ist der Erdenname des 20,5 Lichtjahre entfernten Roten Zwerges, und einige Planeten umkreisen sie in engen Bahnen, der kleinste im Abstand von nur 11 Millionen Kilometern, doch bei der geringen Strahlungsenergie ...«, flüstert die Stimme in mir.

Mich hält jetzt nichts mehr. Meine Neugier ist grenzenlos, und Schwindel ergreift mich bei dem Gedanken, dass ich der erste Mensch bin, der gleich körperlos fern der Erde in einen fremden Ozean eintauchen wird, in dem es von Leben nur so wimmelt. Also wähle ich mir den kleinsten und der Sonne am nächsten Planeten aus, stürze hinab, tauche ein und unter.

Unten wandle ich mich in beseeltes Wasser, bin Wasser im Wasser, das hier wirklich irdisch-angenehme Temperaturen besitzt, 30 °C, das ist ja fast Körpertemperatur für irdische Säuger, also auch Menschen meiner Zeit und der Vergangenheit. So gehe ich in dieser Welt auf und spüre, ja, bin das Leben, das sich hier entwickelte und immer noch entwickelt und weiterentwickeln wird. Wer weiß, ob oder wann hier einmal ein lebendiger Mensch oder einer seiner Nachfahren herkommen wird? Dann werden sie ihr einen

Namen geben, ich gebe ihr schon jetzt den einfachsten, nenne sie einfach nur »Wasser«.

Und nun breite ich mich aus. War ich eben nur Wasser, so bin ich nun eins und Vieles, bin alles zugleich, von den Bakterien und Einzellern angefangen bis hin zu den mollusken- und fischartigen Wesen, die sich vom Plankton und den kleineres Verwandten ernähren. Billionenfach bin ich hier nun in allen Wesen wiederauferstanden - und dennoch in meinem tiefsten Innern Manfred geblieben.

Nicht nur die Schwerkraft zieht uns an

Manfred ist es, der da in seinem gestaltlosen energetischen Körper über einem Hügel schwebt und sich nicht regt. Und das ist nicht der Wasserplanet, sondern eine gewaltige Welt mit großer Schwerkraft und andersgestalteter Atmosphäre als die, die wir von der Erde her kennen. Fern, so fern schwebt, treibt, kreist auch dieser Planet nicht im Nirgendwo, sondern in dieser einen Galaxis, die die Menschen Milchstraße nennen. Jetzt nimmt Manfreds Seelengeist seinen alten - nein, einen menschenähnlichen, viel massigeren Körper an. Zuvor aber geschah dies:

Irgendwann ist alles vorbei. Ich öffne Ohren und Augen und Mund und all die anderen Sinne, die ich einst bei Menschen und anderen Wesen fand und die nun die meinen sind. Ich schaue von oben auf eine mir so neue Welt hinab. Niemals kann sie so sein wie die Wasserwelt, auf der ich mich eben noch befand. Niemals kann sie die Erde meiner Erinnerungen und Träume ersetzen. Und doch fühle ich mich hier heimisch: Eine gelbe Sonne, Planeten mit ihren Monden und Planetoiden, die sie umkreisen, alles ist da. Und ich bin der erste Mensch von sechseinhalb Milliarden zu meiner Zeit auf Erden, der nun hier alles erblickt, erhört, ertastet und erfühlt. So wenige Menschen lebten damals auf Erden im Zentrum von Afrika, Menschen der *einen* Art, die sich weiter zu der unseren entwickeln würde. Mein schwarzer Feind, ER sah es. ER war bei ihnen. Wie viele Menschen auf wie vielen Welten werden wir Menschen schließlich sein, wenn andere Wesen uns ablösen werden?

Doch vor dem Ende kommt der Anfang. Und besonders die goldene Mitte sollte niemand vergessen. Und die liegt vielleicht hier unter mir. Schaue ich mir also diesen Planeten näher an. Denn auch dort unten mag es Wasser geben und in ihm Leben, anders und doch gleich dem unsrigen auf Erden und dem Wasserplaneten. Vielleicht auch Leben an Land oder gar in den Lüften?
Ich steige hinab.

Alles dreht sich und denkt immer wieder im Kreis: Nach hinten überkippen, dann sich auflösen, kippen, zerfließen, Neues werden. Das aber wäre die Auflösung des für diese Welt neu geschaffenen Körpers, der Zerfall des Einen, das überleben will, um jeden Preis, sein Untergang, sein Aufgehen im Vielen. Das aber hieße vergehen, verwehen, gewesen sein.
Keine Schwärme von Fledermäusen, keine Vögel, weder Ratten noch Würmer oder Spinnen sind es, in die ich mich nun verwandle. Es kann kein Tier der Erde sein, denn diese ist fern, vergangen, und die Schwerkraft ist viel zu groß, als dass sie hier existieren könnten. Mag sein, dass eines Tages Nachkommen von Menschen und ihrer Haustiere hierher gelangen, die sich an jede Atmosphäre und Schwerkraft anpassen können, mag sein. Wie auch immer, jetzt ist nur einer von der Erde hier, und der bin ich. Also existieren da rings um mich Wesen ohne Menschennamen. Und so soll es auch bleiben. Da kriechen, krabbeln und winden sich schwer gepanzerte Gliederfüßer mit zahlreichen Beinen auf der Suche nach Beute und Partnern bei Nacht. Sie sehen unseren Hundertfüßern ähnlich, flach sind sie alle, doch gewaltig und extrem lang. Anderen, noch Größeren, gehört der Tag. Gleich Schlangen gleiten sie dahin. Viele kann ich nicht sehen, denn sie lauern in Verstecken. Doch ich nehme die Wärme ihrer Körper wahr. Der Luftraum aber ist leer.
Öffne meinen Geist, stehe in meinem der gewaltigen Schwerkraft angepassten, winzig kleinen, kräftigen Menschenmagierkörpers, der jetzt andere Luft als auf Erden atmet, vor der Höhle und gehe hinein. So betrete ich diese *eine* kleine von Millionen.

Nirgendwo kann ich hier ein Lebewesen entdecken. Wahrlich seltsam scheint mir das. Allein rotes Licht lebt hier in ihr. Rot wie Magma, wie Höllenfeuer. Höhlenhöllenfeuer?

War es das Leuchten, der Schein, der mich rief und lockte und dem ich folgte, folgen musste?

Im Zentrum steht ein steinerner Sockel. Auch ihn, wie alle Wände um mich herum, sehe ich rot. Ist es überhaupt ein Sockel? Wenn ja, wofür? Denn nichts steht darauf. Ist er tatsächlich aus Stein? Auf Erden könnte es auch ein sporentragender Pilzkörper sein, so schirmartig sieht er aus. Doch feuchtwarm ist es hier ja nun gerade nicht, sondern trockenheiß.

Staunend schaue ich mich um.

Zeit vergeht.

Irgendwann geht ein Ruck durch mich, ich schrecke auf und wundere mich: Waswaswas? Irgendetwas ist geschehen, hat sich von einem Augenblick auf den anderen verändert. Irgendetwas stimmt jetzt ganz und gar nicht mehr. Dann begreife ich schlagartig, was es ist: Überall ringsum glühen die Wände nun rot, *überall*! Nirgendwo sehe ich den Eingang, das Tor, durch das ich trat. Der Weg zurück ist verschlossen! Nirgendwo vor mir erblicke ich meinen Leuchtenden Pfad. Also bin ich gefangen.

Endet hier mein zweiter, wenn es denn der zweite ist, endet hier mein posthumer Lebensweg?

Vergeht nun hier meine Seele so wie in den Höchsten Bergen der Erde einst mein Körper starb?

Das denke ich noch und muss schon lachen. Gefangen? Bin doch Seele, körperlos, in Materie nur gefangen, wenn ich es denn will. Auch Totsein hat seine Vorzüge, sollte man meinen: Man kann nicht mehr sterben! Oder doch? Ich bin Geist, Seele, Energie und mehr. Also brauche ich meinen aus den Elementen dieser Welt geschaffenen Körper gar nicht mehr, dessen Original einst im Himalaja und in der Ägyptischen Wüste auf Erden verging. Also sollte ich ihn einfach abwerfen und diese Wand körperlos durchdringen können.

Ich tue es, versuche es, immer wieder, vergeblich. Ich kann meinen Körper einfach nicht verlassen.

Der Eingang war da, der Ausgang fehlt, ich bin gefangen. Wenn mein Weg weitergehen soll, dann weder durch eine Tür noch einfach so körperlos durch eine glühende Wand.

So gebe ich meine Versuche auf und schaue mir das einzige Objekt, diesen Sockelpilzkörper, oder was auch immer er sein mag, einmal näher an. Na klar, denke ich und berühre den kühlen Stei..., nein, er ist ja warm, war es schon immer oder ist es gerade erst geworden, pulsiert lebendig unter meinen Händen. Oder überträgt sich mein Puls auf ihn? Er fühlt sich an wie einst einmal vor langer Zeit das weiche Moos auf einer Lichtung in einem Wald der Erde, mein Kopf lag darin ...

Das Glühen ringsum erlischt. Schwärze. Allein dieser Körper im Zentrum leuchtet noch, nun nicht mehr rot, sondern bläulichweiß.

Es tut sich was, denke ich und will meine Hände heben.

Sie aber kleben fest.

Es kribbelt, als fließe da Strom, ist angenehm wie das Streicheln von Fingern über meinen Hals. Ich schaue hinab. Das blauweiße Licht beginnt zu wandern. Schon ist es in meinen Händen und gleitet meine Arme empor. Bald wird es Hirn und Herz erreichen.

Es ist in mir.

»Wer bist du?«, hallen die Fragen, seine und meine, in mir/in ihm wider und wieder und immer wieder wider.

Und die Wände der Höhle erzittern im Rhythmus der abgehackten Worte: »Wer bist du? Du - du - du! Woher kommst du, Fremder?«

Frage, Antwort, Erkennen. Wir sind uns ja gar nicht fremd.

Verliere ich nun meinen Halt vor Glück? *Sie* ist *mir* nicht fremd. So kann doch auch *ich ihr* nicht unbekannt sein!

Du bist es ja, die ich immer schon suchte, die ich so selten durch Zweige winken und einst auf den Strahlen der Vollen Mondin auf Erden herabsteigen sah. Ach, immer warst du ja in so vielen Wesen und Formen um mich herum, neben mir, in mir und bei mir. Und ich war blind. Einst warst du Nairra, meine große Liebe, dann Moyo. Du und du - immer nur du. Und nun, Nairra, wo bist du? Moyo, lebst du noch mit unseren Kindern Rani und Ra auf der parallelen Erde oder bist du ins Land der Massai nach Afrika zurückgekehrt? Lebst du noch oder bist auch du jetzt eine Seele auf der Suche nach mir, nach dir, nach uns? Sind unsere Kinder schon erwachsen? Wie viel Zeit mag auf Erden vergangen sein, seit ich dort starb?

Wir haben uns wiedergefunden - für einen Augenblick, wir alle.

Und der Strom deiner Gedanken führt uns hinfort aus dieser Feuerhöhle, weit hinaus in die Tiefen des Alls, hinauf zu den Sternen und darüber hinaus in andere Dimensionen.

Dort sehe ich, wie sich mein Leuchtender Pfad mit einem anderen verbindet.

Dort siehst du, deinen Lebensweg sich mit meinem vereinigen.

»Dort!«, sagst du in mir, spreche ich in ihr, »werden wir *eins* sein, wir Zwei, wir Drei, wir Sieben, wir Acht.«

Und wir träumen von fernen Welten, doch *erträumen* wir sie uns noch nicht.

Leuchtende Scheiben in der Schwärze

Erwache. Wo bin ich?
Ich schwebe im All.

Es ist, als wäre da irgendwo ein Projektor, der sie in den leeren Raum wirft: Zunächst ist da nur ein leuchtender Kreis, der sich dann aber in eine Scheibe verwandelt. So entsteht die Ebene. Weiß ist sie und kahl in der Schwärze des Raumes. Sie bewegt sich nicht, sondern schwebt auf der Stelle, denn die Sterne jenseits von ihr verharren an ihren Positionen. Irgendwie ist flimmernde Atmosphäre über ihr. Dann ist da noch Manfred, der sie entdeckt.

Diese Scheibe zieht mich magisch an. Wie die Motte zum Licht? Ja, ein Nachtfalter war ich ja schon immer. Also schwebe ich näher heran.

Dort bewegt sich etwas. Ich sehe eine Gruppe von Wesen. Könnten Affen sein, nein eher Menschenaffen, ach, sie stehen auf - Affenmenschen mit dichtem braunen Fell sind es, die sicher auf zwei Beinen stehen und gehen.

Jetzt haben sie alle in der Mitte zueinander gefunden und einen Kreis gebildet. Sie halten sich an den Händen und schauen sich in die Augen - sie haben Angst.

Ich sehe sie, fühle sie, bin in ihnen. Ja, sie könnten es sein, meine Urururur...großeltern, einige Millionen Jahre vor meiner Zeit.

Und dann zerbricht eine Stimme das Schweigen. Es ist wie ein tausendfacher Chor und ein Flüstern zugleich, ein mentales Fragen.

Schreiend zucke ich zurück - vor Entsetzen.

Denn diese Stimme kommt aus anderen Dimensionen, ist etwas, das jenseits von Räumen und Zeiten endlos existiert.

Noch habe ich die anderen nicht vollständig verlassen, ein winziger Teil von mir blieb in ihnen zurück, um alles zu erfahren, was geschieht. Mit ihm fühle ich ihr Fühlen.

Sie verstehen die Frage der Stimme nicht, sondern drängen sich noch dichter zusammen als zuvor, um Halt aneinander zu finden, denn da ist weder Gras noch Strauch, kein Schatten, wo sie sich verstecken, und kein Baum, auf den sie sich flüchten könnten.

Und dann bricht es über sie wie ein Sturm herein, ein Ton allein könnte es sein, der ihre Nerven brennen lässt, der sie feurig durchrast, bis alles schmilzt.

Von mir bleibt nichts in ihnen, brennend und weinend kehrt das wenige, das eben noch in ihnen war, zu mir zurück.

Staunend schaue ich jetzt nur noch von außen die Macht der Musik, sehe, wie sich ihre Haut von den Knochen löst und schmilzt, sehe ihre Knochen auf die weiße Scheibe hinunterfallen, ganz so, wie es auf Erden im Herbststurm die Blätter der Bäume tun, sehe sie im Licht fallen und alle zu Staub werden. Staub zu Staub, der zu den Sternen weht. Denn jetzt löst sich auch die Scheibe auf.

Und auch ich ziehe weiter und habe nichts von alldem begriffen. Wurden sie geprüft, von wem? Sie wurden nicht ausgewählt und mussten untergehen? Dann konnten diese hier und ihre Verwandten nicht die Vorfahren der Menschheit sein. Oder wurden sie doch von dieser sondierenden Selektion durch wen auch immer akzeptiert und nur ihre Kopien hier oder diese wenigen Proben der Art vernichtet? Ob ich es jemals verstehen werde? Vermutlich nicht.

Ich schließe keine Augen, denn ich treibe wieder körperlos dahin.

Und so beginnt es: Im Anfang ist nur eins. Ein Sandkorn liegt im Zentrum.

Es wächst und teilt sich, aus einem werden zwei, aus zwei werden vier, aus vier werden acht, aus acht werden sechzehn ... Staub entsteht.

Staub bedeckt die runde Fläche, Scheibe, Plattform.

Licht fällt von einer Quelle außerhalb - ob es eine Sonne ist? -, Licht, das von unten scheint.

Geboren aus dem Staub tastet die Spinne Vibrationen.

Sie spinnt sich ein, läuft spinnend im Kreis.

Woran ihre Fäden wohl haften? Denn nichts ist dort außer dem Staub, der lose auf der Plattform liegt.

Eier legt die Spinnenfrau dem Blick verborgen unter sich, fügt dabei das gespeicherte Sperma hinzu und spinnt sie ein.

Ein wenig Zeit vergeht, und das Gespinst ihres Kokons, den sie noch immer in ihren Giftklauen hält, reißt auf. Die Spinne zerfällt. Ein Schmetterling mit leuchtend blauen Flügeln aus Samt, die im Sternenlicht funkeln, schlüpft aus. Flatternd fällt er in die Schwärze empor und vergeht.

Staub ist alles, was von ihm auf der Plattform bleibt. Doch nein, wie kann das sein? Aus seinem Staub entsteht ein Mensch.

Das bin ja ich, wundere ich mich, der ich gerade aus diesem Schöpfungstraum erwache. Erinnere mich an eine Scheibenwelt und Affenmenschen. Evolution, Selektion. Wen wundert da noch dieser Traum.

»Wo bin ich?«, frage ich mich und hebe meinen rechten Arm und auch den linken, stehe mit meinem aus der Umgebung neu geschaffenen und beseelten Menschenkörper auf und drehe mich im Kreis, um mich erst einmal zu orientieren, so, wie ich es damals auf Erden so oft tat.

Da ist ein Rauschen, das doch im Weltraum gar nicht sein dürfte - oder ist da Luft, atme ich etwa etwas ein?

Jetzt wird das Rauschen zum Wind, der wächst zum Sturm.

Dann wüten Donner und Blitze - überall ringsherum.

Leuchtend aus der Schwärze erscheint OM.

Aha, du bist es, da bist du ja, mein Schwert! Wie zitterst, schwingst und singst du jetzt in meiner rechten Han...

Schaue aus neu geborenen Augen hinab und sehe in anderen Farben als zuvor da unten eine grünbeschuppte rechte Hand an einem beschuppten Arm OM halten.

Drehe mich einmal im Uhrzeigersinn um mich selbst.

Und OM, das ich weit zur Seite strecke, verwandelt sich in einen weißen Zauberstab, dann in eine silberne Querflöte, wird schließlich wieder zum magischen Schwert.

Denn alles ist Wandel, denn alles ist eins.

Also auch ich! Es war einmal ein kleiner Menschenmagier auf Erden, der wurde geboren, lebte und starb.

Das alles war, geschah.

Nun bin ich hier auf dieser kleinen Welteninsel inmitten kosmischer Schwärze und habe meinen von meiner Drachenmutter Smorré-Aié ererbten Körper angenommen. Ja, jetzt erinnere ich mich. Ich bin *Drachensohn*.

Weiter drehe ich mich, schneller und immer schneller, bis ich rasend rotierend zum grünen Kreisel auf leuchtend weißer Scheibe werde.

Anderswo entstehen andere Plattformen im All, andere Wesen tauchen dort auf, die sich wandeln und still betrachten.

Materialisieren sie sich selbst, wie auch ich es tat? Erschaffen sie sich ihre Körper selbst? Oder ist da außerhalb ein Schöpfer?

Bin ich es gar, der sie erschafft, um nicht so allein zu sein?

Oder erschuf sich eine(r/s) von uns die anderen?

Ich schließe meine Augen und träume vom Paradies.

Endland

Erwache.

Schlief ich denn? Müssen auch Seelen von Toten schlafen?

Öffne meine Sinne, »schaue« mich um.

Träume ich oder wer schuf diese Welt?

Finde mich auf einer Landzunge wieder, auf dem letzten Stück fester Erde, bevor ... Hinter mir höre ich ein Wellenrauschen. Es ist, als schlügen dort Meereswellen an ein Ufer. Endlos weit mag sich diese See aus Wasser, Methan oder welcher Flüssigkeit auch immer erstrecken. Also gibt es hier Land und Wasser.

Endzeit, fällt mir ein, Endzeit herrscht in diesem Land, dem Endland vor dem Meer.

Wie aber kann das sein?

Dort hinter dem Herbstwald liegt träumend ein Hügel, auf dem im Abendrot ein goldener Gong erglüht. Die Luft ist voller Insektensummen.

Bin ich wieder auf Erden - gar in einer anderen Zeit?

Bin ich im Paradies?

In welchem?

Jetzt schwillt es in meinen Ohren zu einem Dröhnen an.

Denn ich gehe näher ran.

Dort wartet der Hügelgong: eine goldrot im Abendlicht glänzende Scheibe aus Metall. Und neben ihm steht winzig klein ein Mönch mit kahlgeschorenem Schädel im gelben Gewand, der keinen Menschenkörper trägt. Er sieht aus wie einer von diesen rasend schnellen carnivoren Dinosauriern, die vor 65 Millionen Jahren auf der Erde ausstarben,

»Deinonychus«, flüstert die Stimme in mir.

Kommt er von dort, von meinem Mutterplaneten?

Doch steht er nicht nur aufrecht, sondern besitzt auch menschenähnliche Hände.

Dann hat er sich also fortentwickelt, so wie wir aus den Affen.

Es geschieht, was niemals geschehen darf: Er holt zum Schlag aus.

»Dem ersten und letzten«, flüstert eine Stimme in mir,

der ich da noch immer erstarrt stehe und sehe und jetzt erst verstehe: Gleich wird der *eine* Ton erklingen, der nicht nur diese *eine*, seine Welt, die natürlich keine Scheibe, sondern eine Kugel ist, vernichten wird, sondern auch viele andere Welten erbeben und zu Staub zerbersten lässt.

Also ist es hier und jetzt wieder einmal kurz vor zwölf, obwohl von der Tageszeit her erst Abend, ein Abend wie alle anderen - im Herbst.

Todeszeit, denke ich mit rasendem Herzen, der ich mir aus der Materie dieser Welt längst einen Körper formte, der dem des Mönchs ähnelt.

Während all dieser Gedanken hat sich dort draußen noch nicht viel mehr getan.

Steht die Zeit still? Läuft alles in Zeitlupe ab? Damit ich noch eingreifen kann? Soll ich es denn? Darf ich es? Kann ich es überhaupt?

Der Mönch holt zum Schlag aus.

In Sekunden wird alles zu Ende sein, wäre alles zu Ende, zuckte da nicht in diesem Augenblick ein weiß-blauer Blitz aus dem Zentrum meiner Stirn zwischen meinen Augen, dem Ajna-Chakra.

Einen winzigen Augenblick scheint das Licht vor der Glocke zu verharren, als wäre dort ein Schutzschirm zu durchdringen.

Der Mönch zögert verblüfft - einen Augenblick lang - dann schlägt er zu.

Also erklingt der *eine* Ton, der alles beenden soll.

Und diese *eine* Welt - und nicht nur sie - erbebt.

Und der, der den Klöppel schlug, schaut verwundert auf.

Denn noch immer ist alles da, was vorher war. Noch immer ist er am Leben. Noch immer ist seine Welt nicht zerbrochen.

Denn er tat das, was er glaubte, tun zu müssen, durch meine Intervention ein wenig später. Das rettete seine und andere Welten.

»Warum?«, frage ich flüsternd und lachend den Mönch in seiner und nun auch meiner Sprache, der völlig verzweifelt neben seinem riesigen Gong sitzt und weint. »Warum?«

Leben will leben.

Also schreien die meisten Wesen auf, wenn sie denn davon erfahren, dass alles dem Ende entgegengeht. Dabei ist ihr eigenes Ende doch schon in ihrer Zeugung enthalten, gehen sie schon vor der Geburt ihrem persönlichen Ende entgegen, dem eine Auferstehung folgen mag, in dieser oder jener Form - oder auch nicht.

Doch das Ende aller Zivilisation, das Ende allen Lebens auf ihrem Planeten, das Ende ihrer Welt, das fürchten sie alle - fast alle. Denn einige wenige sehnen es herbei, bemühen sich, dass das Unabdingbare schneller Realität wird, als er ohne ihr Zutun ohnehin geschehen wird.

Hier war es ein Mönch, der nicht mehr tat, als einen Gong zu schlagen.

Andernorts sind es andere, die voller Gier nach Macht und Ruhm sind. Wenn sie selbst schon sterben müssen, so soll es auch ihr Volk, ja ihre ganze Welt soll vor die Hunde gehen, weil sie wissen, was sie getan haben und aus gutem Grund die Rache der Sieger fürchten. So war es eins auf Erden, so wird es anderswo sein, so wird es immer wieder geschehen, wo Gruppen von Wesen zusammenleben, wo Gesellschaften welcher Arten von Wesen auch immer existieren mögen.

Scheibenwelten, die sich in Planeten verwandeln. Projektionen oder Realitäten - beides zugleich.

Wiederum finde ich mich auf einer anderen Welt wieder. Dort habe ich wieder einen Körper, bin einer unter Tausenden, die sich da versammelt haben.

Das Tor

Zahllose Wesen so vieler Welten stehen, sitzen und liegen, auf wie vielen Beinen und Füßen auch immer, vor seinen verschlossenen Pforten. Alle folgten sie dem Weg, alle gelangten sie hierher - und nicht weiter.

Auch ich kam eines Nachts auf Gedankenflügeln an diesen Ort, der nur *einen* Namen in allen Sprachen aller Wesen aller Welten hat, der da lautet: TOR.

Gewaltig ragt es hier in dieser Ebene auf, bildet einen Halbkreis nein, zahlreiche Halbkreise, die sich ins ferne

Nichts nach hinten in die Tiefe hinein schachteln. Und jedes Segment leuchtet, ja brennt in einer anderen Farbe. Und alle zusammen, die da flimmern, leuchten und singen, rufen nur diesen einen Satz in allen Sprachen zugleich: »Kommt her zu mir!«

So zieht es uns alle magisch an und steht doch so still und brennend da, als könnte es keiner Mücke etwas zuleide tun.

Und das tut es ja auch nicht. Und doch scheint es, als warte es gleich einer in ihrem Netz auf Beute lauernden Spinne darauf, dass einer von uns es irgendwie und irgendwann durchschreitet.

Einmal?

Na klar. Doch wo wird er dann sein?

Vielleicht aber auch mehr als einmal, zweimal, dreimal oder immer wieder?

Ich sehe die Vielzahl von Gestalten hier schlummernd liegen, weinend sitzen, rasend vor Wut dort stehen und unzählige Fäuste ballen, hin- und her-, her- und hingehen, ratlos, verzweifelt, wahnsinnig und besessen nur von dem *einen* Wunsch, durch das Tor zu gehen und *dahinter* zu gelangen.

Drehe ich mich? Wo schaue ich nur hin? Für wen habe ich denn jetzt nur noch Au..?

Habe sie alle aus den Augen verloren. Ringsum ist nichts außer der bekannten Schwärze mit den leuchtenden Punkten darin: Sterne, Kugelhaufen, Wolken von Staub und Galaxien.

Ich schaue nach vorn und mein Blick fällt wieder auf das vor mir liegende Tor aus brausendem Feuer, das bei Tag nur weißlich leuchtend jetzt bei Nacht flammend strahlt. Welch ein Anblick!

Ich schließe meine Augen, um wahrhaft sehen zu können.

Licht entflammt. Langsam dämmert es - mir. Ich sehe, verstehe: Sie alle, die da liegen und stehen und rastlos gehen, warten auf kein Wunder. Sie hatten versucht hindurch zu gelangen und waren zurückgeprallt, vom Tor abgewiesen worden, hatten es einfach nicht geschafft. Deshalb also weinen sie, deshalb sind sie so verzweifelt. Ich nehme wahr, was sie wahrnehmen, leide mit ihnen, die noch den Ruf hören und ihm doch nicht mehr folgen. Also warten sie, vom Tor gefangen, auf ihre Chance - oder ihr Ende. All ihr Flehen und Bitten, ihre Magie und ihre Technik haben versagt. Nichts kann dieses Tor öffnen. Niemand kann hindurch. Ach, wie viele Toren liegen, sitzen, stehen da vor diesem *einen* Tor, an dem alle Wege enden - für sie, und auch für mich, für uns alle?

Vielleicht gelingt es doch, wenn nicht so, dann irgendwie anders, auf eine Art, auf die vor mir noch niemand kam?, sage ich mir und denke nach. Was ist ein Tor?

Dieses Tor ist eine gewaltig große Tür, die verschlossen ist.

Türen, zumindest die der alten Art, sind nicht geschaffen, selektiv durchzulassen. Zu einer Zeit stehen sie allen offen, zu anderer Zeit wiederum nicht. Das ist klar.

Was aber wäre, wenn dieses Tor hier gar kein Tor ist?

Doch wäre es so, könnten sich dann so viele Wesen aus unzähligen Welten mit Sinnen und Techniken unterschiedlichster Art in diesem einen entscheidenden Punkt geirrt haben?

Wenn es mit Denken nicht geht, ist Nichtdenken angesagt, Stille, Ruhe, Meditation.

Also setze ich mich nieder, falte meine Beine in den Lotos - lasse mich fallen.

So steige ich schwerelos auf in duftenden, schwingenden Räumen aus Licht und Klang. Nebel steigen empor. Alles verschwimmt, verstummt. Ich aber schwebe hindurch.

Oder aber alles unter mir und um mich herum zieht an mir vorbei.

Irgendwann taucht es vor mir auf, dieses *eine* Tor, durch das so viele Wesen hindurch wollen, und nicht nur sie, sondern auch ich, aus welchen Gründen auch immer. Ich weiß, dass es das richtige ist, woher auch immer, obwohl es sich sehr verändert hat. Da leuchtet jetzt nichts mehr. Verlassen, still und tot steht es dort - und wartet nicht mehr?

Ich sehe durch seine halb zerfallenen Bögen und erblicke dahinter eine Wüste aus weißem Sand.

Dort wollen wir alle hin? In diese Einöde? Wieso, weshalb, warum? Oder was existierte dort, als das Tor jung, stark und leuchtend war und wir alle machtlos vor ihm standen, saßen oder lagen, wenn denn zwischen meinem Aufbruch und meinem Blick dahinter Äonen vergangen sein sollten?

Von dort kam der Ruf: »Komm!«, der mich aufsteigen und in die Zukunft schauen ließ. Von dort erschallte der Ruf in mir, der mich hierher gelangen ließ. Jetzt höre ich ihn wieder - ausgesandt von einem toten Tor?

Ich schaue noch einmal hindurch.

Nirgendwo ist da Sand, keine Wüste weit und breit. Dort hinter dem Tor wächst ein tropischer Wald voller Leben, der sich soeben in ein stürmisches Meer mit schwarzen Wolken, Blitzen und Donner verwandelt. Dann ...

Ich verstehe: Wandel ist dort jenseits der Grenzen des Tores. Vieles ist dort anders als hier.

Ob es auch die anderen wissen?

Ob deshalb der Ruf so gewaltig ist?

Erinnerungen steigen auf, während sich *noch immer* nichts ändert.

Einst las ich irgendwo: »Wer suchet, der findet.«

Einst schrieb irgendeiner: »Wer suchet, der findet - nicht.« Ja, *bis* zu diesem Tor hatten es viele geschafft, die es gesucht und gefunden hatten, sie und auch ich.

Also gilt: Wer suchet, der findet, was das Auffinden des Tores betrifft.

Doch den Weg hinüber fanden sie nicht.

Wie auch immer es dort draußen jetzt sein mag, wo mein Körper ruht, hier drinnen bei mir, hier bei diesem alten offenen, halb zerfallenen und öden Tor existiert der andere Teil der Wirklichkeit, den niemand durch Suchen finden kann. Wunschlos in Stille versenkt fand ich dieses alte Tor und die Welt dahinter.

Ich schalte alles Denken aus, versinke, bin nur noch Leere.

...

Irgendwann schaue ich auf.

Zwei Dreiecke leuchten dort in weiter Ferne.

Das eine steigt aus der Erde auf. Flammen schlagen Geysiren gleich empor. Es weist mit der Spitze in den Himmel, das alte Symbol für Feuer, seine Projektion in den zweidimensionalen Raum.

Das andere Dreieck nähert sich von oben, materialisiert sich von irgendwoher. Seine Spitze weist nach unten, zur Erde hin.

Jetzt berühren sich ihre Spitzen. Donnerschlag und Blitz. Entladung. Doch sie stoßen sich nicht ab, sondern fallen weiter, gleiten ineinander, bilden einen sechszackigen Stern.

Nun schaue ich ihre dritte Dimension. Es sind zwei leuchtende Pyramiden, die sich ineinander schieben.

Es ist vollbracht. Sie stehen still. Etwas zieht ihr Licht nach innen.

Ich weiß warum. Ich sehe sie. Dort im Zentrum schwebt eine schwarze Sonne.

Das ist mein Schlüssel zum Tor, das sich nun lautlos - niemals mit Donnerhall, denn hier ist keine Atmosphäre - hier in mir in schwarzer Leere öffnet.

Ich schaue hindurch und erblicke eine sternenklare Nacht hinter dem Tor.

Hell wird es. Ein strahlend-weißes Licht erscheint, wird größer und größer, denn es nähert sich und spricht nur ein einziges Wort mit mir in meiner Sprache: »Komm!« Ach, es ist ja gar kein Wort, sondern mehr, es ist Gesang. »Komm!«, singt das Lied in mir.

Und was tue ich?

Ich öffne staunend meine Augen und bin geblendet von WEISS.

Jetzt fällt der Lichtstrahl durch das Tor. Er greift nach mir, hat mich längst erreicht, durchdrungen. In meinem tiefsten Innern spüre ich seine Wärme. Ich habe den Weg gefunden.

Noch einmal schlage ich meine Augen auf und sehe die Wesen neben mir knien und beten. Sie stammeln, sie staunen. Alle blicken sie auf zum Tor. Und das ist es, was sie wahrnehmen:

Einer schwebt aufrecht wie ein Yogi in der Luft, die Beine zum Lotos gefaltet. Im Zentrum seiner Stirn brennt ein blaues Feuer. Ein wenig leuchtet auch sein Scheitel. Auch all seine anderen Chakren, vom Steiß an den Bauch, die Brust hinauf, brennen. Sein Körper leuchtet. Aus dem Tor erklingt Musik. Ein tausendstimmiger Chor schwebt herab und hinaus. Sein Klang dringt in die Ohren, in die Augen, in die Seelen der knienden, betenden Wesen ein. Es ist die eine Silbe OM, die Stimme des Universums, das Wort aller Worte und aller Welten. »OM« singt es aus dem Tor, als säßen da tausend tibetische Mönche in den Höchsten Bergen der Erde. OM singt es in dem schwebenden, leuchtenden Wesen namens Manfred. Lautlos schwebt er dem Tor entgegen, durchbricht die Feuerschranke vor den Augen all der anderen und verschwindet dahinter.

Wollen sie ihm folgen, die da knien und beten? Tun sie es? Stehen sie auf? Erheben sie sich? Einige wenige, viele, alle? Folgen sie ihm wirklich?

Selbst wenn sie emporfliegen würden und bis zur Öffnung des Tores kämen, selbst dann, würden sie sich überschlagen und hinabstürzen, wären nichts weiter als Reihen schreiender, purzelnder Wesen. Keiner von ihnen durchschritte das Tor.

Dieses Bild der Frustration sehen alle in sich. So wissen sie es und folgen ihm nicht.

Von unten weht es heiß empor. Dort brennt der weiße Wüstensand.

Ich drehe mich schwebend um und schaue zurück.

Ein schwarzes Tor vor schwarzem Grund schluckt dort das Licht der Wüste.

Drehe mich um, blicke nun wieder nach vorne, meiner Zukunft entgegen.

Wüste wartet dort auf mich, Wüste, so weit das Auge reicht.

Also lande ich, löse meine ineinander geschlagenen Beine aus dem Lotos.

Hier in der Wüste jenseits des Tores, das hinter meinem Rücken immer mehr schrumpft, bis es schließlich verschwindet, wundere ich mich, welch seltsame Welt das doch ist, in der ich lebe.

Seltsam! Ja, da war doch was. Plötzlich wird mir klar, was mir zuvor gar nicht aufgefallen war: Nicht alle Wesen, die dort drüben vor dem Tor knieten und beteten, waren erfolglos gewesen. Einige von ihnen, die ich für verzweifelt erschöpft und schlafend hielt, schliefen gar nicht, schlafen nicht, schlafen nie mehr. Auch starben sie nicht verzweifelt und am Ende ihrer Kräfte. Ihre Körper dort drüben sind nur ihre seelenlosen, geistlosen, selbstlosen Hüllen, die sie vor den Pforten dieses Tores abgelegt hatten. Körperlos gingen sie durch das Tor hindurch, wie ... Ich halte mir meine Hände vor die Augen. Sie sind wie Glas: Ich sehe durch sie hindurch den Wüstensand. Über mir färbt sich der blaue Himmel grün. Also war blau nur ein Nachbild, das andere Augen mit einem anderen Gehirn dort drüben noch sahen. Jetzt weiß ich, dass auch *mein* Torweltkörper dort drüben vor dem Tor liegt, nun mehr nur eine tote Hülle ist, der bald von den Äquivalenten irdischer Maden, Würmer, Pilze und Bakterien zerfallen, zersetzt und aufgegessen sein wird.

Dann läuft Manfred in einem gepanzerten Körper auf Hunderten von Beinen in die endlos scheinenden Wüsten dieser einen Welt hinein. Staubwolken wirbelt er auf, im Staub wälzt er sich gleich einer irdischen Katze auf den Rücken und einmal herum - ein gewaltiges Maunzen wie das einer Katze zerbricht die Stille -, denn hier ist sein neuer Körper zu Hause, hier fühlt er sich wohl.

So setzt er seinen Nachlebensweg, seine Seelenreise auf dem vorgezeichneten Leuchtenden Pfad fort, voller Lebenslust und Lebensqual. Er läuft bei Nacht und gräbt sich bei Tag in die kühle Erde ein. Er trinkt das Blut seiner Beute, nachdem er sie mit seinen scharfen Kiefern gepackt und aufgeschnitten hat. Erhält sie mit seinen zu Armen umgewandelten vorderen Extremitäten.

Er lebt und sucht und findet sie, die ist wie er, von seiner Art, doch vom anderen Geschlecht, die ihn lockte und die er so sehr begehrt. Er vereinigt sich mit ihr und trennt sich wieder.

Sie empfängt seine Kinder.
Er lebt und sucht und findet eine andere, während sein Körper älter und älter wird. Schau, wie schnell doch die Zeit vergeht, schon ist er ein Greis, ein uralter Chilopoide. Er rennt nicht mehr, er geht nicht mehr durch den Sand, sondern stürzt, liegt da und atmet schwer in der Nacht. Noch einmal dreht er sich auf den Rücken, schaut zu den Sternen auf. Dann macht er seinen letzten Atemzug und - steigt empor.

Die Götterfeste

Langsames Tasten in die Welt: Wo bin ich?
Ich bin. Ich lebe.
Erwache ich immer wieder neu? Sterbe ich immer wieder? 1000 Tode und 1001 Leben!
Starb ich nicht einst lächelnd - und auch erleuchtet?
Lebte ich nicht einst ein einfaches Leben, als ..., als Mensch, wurde Vater und alt und Greis?
Und dann war ich wieder in einer anderen Welt so eine Art von Hundertfüßer, und auch als dieser lebte ich mein Leben und pflanzte mich fort, bis ich schließlich starb?
Ich öffne meine Augen und schaue mich um, finde mich in einem ungeheuren Raum wieder, der mich zum Staubkorn werden lässt. Staub. Aus dem Nichts hineingeweht. Was für eine Ernied...
Nein, welche Erhöhung!, fällt mir seltsamerweise ein, denn ich bin hier, denn ich bin auserwählt!? Wofür? Von wem?
Unter mir leuchtet ein Boden aus Glas. Hinter meinem Rücken reicht eine blau leuchtende Wand in endlose Höhen hinauf.
Ich sehe keine Decke, kein Ende dieses Raumes und nirgendwo eine Tür. Wenn denn da ein Eingang ist, ein Tor, durch das ich kam, so liegt es irgendwo dort oben zwischen den Sternen.
Wenn ich aber keine Grenzen wahrnehmen kann, wie kann ich mir da sicher sein, mich in einem Raum zu befinden?

Ich weiß es einfach. Es scheint, als hätte es mir jemand, sicherlich diese geheimnisvolle Stimme, zugeflüstert.

Doch ich weiß noch mehr. Es ist kein gewöhnlicher Raum, es ist ein gigantischer Raum für große Dinge.

Ich aber bin doch so klein.

Dann drehe ich mich noch einmal um und - entdecke nun doch ein Tor hinter mir, das eben noch nicht da war. Staunend harre ich nun der Dinge, die da kommen mögen - oder auch nicht.

Ich warte noch immer. Es ist hell. Da ist Licht in der Luft, ein leuchtendes Gas.

Ich atme es ein.

Die gläserne Erde leuchtet rot. Bläulich färbt sich die Luft.

Wo bin ich hier nur gelandet?

Irgendetwas zog mich hierher.

Und wer sind die, für die diese Größe Normalität sein muss?

Riesen? Götter?

Noch ein wenig zögernd mache ich den ersten Schritt, dann wächst die Zuversicht. Doch noch immer frage ich mich: Werde ich hier jemals ein Ende, ein Ziel, etwas erreichen, irgendwo ankommen, der *ich* in Anbetracht dieser Größe nur wenig mehr als ein Nichts in der Weite bin?

Fast nichts aber heißt endlos viel. Endlich schreite ich kräftig aus. Das Staunen hat sich gelegt. Schnell habe ich mich mit meinem neuen Körper, der dem eines Menschen gleicht, an die neue Welt angepasst - fühle mich nun schon fast wie damals auf Erden - zu Hause. So singe ich jetzt ein altes Lied zu den Klängen, die meine Schritte hier erzeugen, und gehe wohlgemut den Dingen entgegen, die da auf mich warten mögen.

Ich schaue auf.

Nichts hat sich geändert.

Mit meinen kleinen Beinen komme ich hier einfach nicht vom Fleck.

Also bleibe ich wieder stehen.

Ein Zwerg, eine Ameise, eine Mikrobe, winzig, winziger, am winzigsten. So kam sich der einst so große Magier Manfred nun vor. Also verharrte er erst einmal staunend am Fuße der Eingangssäulen zu dieser gigantischen Feste. Er sah empor und sah kein Ende. Beide Säulen, zwischen denen er stand, reichten kilometerweit empor, schienen die Sterne zu berühren, leuchteten selbst in mildem, weißem Licht. So jedenfalls nahm er alles wahr. Denn er war ja nur ein Zwerg.

So müsste sich eine Ameise am Fuße eines Wolkenkratzers fühlen, könnte sie diese Entfernungen überschauen oder mit anderen Sinnen wahrnehmen, ja, so in etwa, fällt mir ein.

Sind Götter wie Menschen?
Schufen sie den Menschen nach ihrem Ebenbild?
Bauen sie Städte und Dörfer und Burgen?
Wenn Götter Burgen bauen, ist dies eine Götterfeste?

»Ja und nein«, flüstere ich mir lautlos zu, denn niemand sonst antwortet mir, außer mir ist niemand hier.

Gedanken kommen und gehen: Es gibt Menschen, Götter und GOTT.

Menschen leben in Häusern.

Kleine Götter sind eitel und stolz und beharren auf ihrer Verehrung in Tempeln, die Menschen und andere Wesen ihnen bauen, wo sie zu ihnen aufschauen, sie anbeten und ihnen Opfer bringen.

Größere Götter aber brauchen keine Steine, sind Energie, sind Licht, sind Raum, sind All.

Große Götter leben in allen Dingen.

Und dieses EINE, JAHWE - GOTT - ALLAH, der /die/das alles und nichts zugleich ist, von IHM sollst du dir kein Bildnis machen.

Und doch bauen Menschen und andere Wesen IHM zu Ehren Tempel und Kirchen und Moscheen und beten IHN darin in Gemeinschaft an. Es wäre nicht nötig. Jeder könnte IHN selbst in sich finden, denn ER ist in allen Dingen und

Wesen. Andererseits, warum auch nicht, wer den Vertreter GOTTES, den Fels, den Petrus, den Papst und die Gesellschaft der Menschen braucht, der soll sie auch bekommen.

Während Manfred dies alles in Sekundenschnelle dachte, begannen auch schon die Säulen zu fallen. Überall brachen Steine heraus und fielen - fielen auf ihn herab. Er aber stand inmitten der sterbenden Götterfeste, die, wie er jetzt begriff, sein eigener Geist geschaffen hatte und der sie jetzt auch wieder verschwinden ließ, jetzt da er erkannt hatte, dass sie nicht nötig ist. Unbeschadet stand er da und sah jetzt, wo das Alte zerfiel, Neues entstehen, denn die Felsen - Gestein wurde im Zeitraffer vom Wind, vom Sturm zu Sand zerrieben, zu rotem Wüstensand.

Still stehe ich auf einem kleinen Plateau, das abgesehen vom hinfort gewehten Sand alles ist, was von der großen »Götterfeste« blieb. Unter mir liegt eine weite Wüste aus rotem Stein und rotem Sand. Es könnte eine Wüste auf Erden sein - alle Wüsten ähneln sich - oder eine der Ebenen von Tau, doch auch eine der unterirdischen Wüsten von Ther, eine Wüste, die ich einst irgendwo in meinen Träumen sah, oder eine Wüste, in der ich vor Zeiten einmal in einem anderen Körper lebte.

Ein Sturm wirbelt Staub empor, zieht mich zu sich herab.

Hier unten ist bei Tag kein Leben außer mir. Sand ist alles, was hier weht, heißer brennender Wüstensand.

In tiefer Demut falle ich auf die Knie. Wovor, wenn da wirklich nichts außer Stein und Sand ist?

Doch ich weiß, etwas wird mit dem Sturm kommen, wenn der Tag wüstenschnell dämmert. In der Nacht wird es da sein und mich ergreifen. Dann wird sich alles ändern.

Oder aber an einem Morgen, an dem sich die Wüste gewaltig verändert haben wird, denke ich, strecke mich auf dem Rücken aus und lasse meinen Körper zu Sand vergehen, vom Sturm verwehen.

Dann irgendwann fließe ich in den Felsen ein und harre der Dinge, die da kommen sollen.

Schlief ich denn ein und träumte wüste - nein, träumte Wüstenträume und wurde vom Wasserplätschern geweckt?

Wo immer ich war, was immer auch geschah, jetzt bin ich wach. Und hier bei mir an der Oberfläche regnet es, gießt es in Strömen.

Ja, wenn es schon einmal in den Wüsten regnet, denke ich, dann gewaltig. So war es einst auf Erden, so ist es überall im All, wenn denn Wasser auf den Welten existiert und sie eine Atmosphäre haben, in der sich Wolken bilden können.

Die Wüste erwacht.

Und das geht rasend schnell - »Zeitraffer« ist das Wort, geraffte Zeit, aha, fällt mir ein, so ging ja auch die Feste dahin. All die Samen, die jahrelang im Boden lagen und warteten, bereit für diesen *einen* Augenblick, springen auf, Keimlinge wachsen empor. Der Wettlauf hat begonnen. Überall sprießen Pflanzen. Die Wüste erblüht.

Und wo Pflanzen und pflanzenähnliche Wesen sind, da sind auch Pflanzenesser. Heuschreckenartige und ...

Jemand spricht zu mir.

Ich öffne all meine Sinne und sehe hinab und entdecke dort eine winzige Schnecke.

Aha, da ist ja der Schneckenkönig, denke ich, wie auch immer ich auf solch ein Adelsattribut bei Schnecken kommen mag, bei denen so manch eine Art Zwitter ist. Kaum gedacht höre ihn auch schon in mir flüstern: »Die Quelle des Lebens wirst du in der Rosaroten Pyramide finden.«

»Doch wo mag sie sein?«, frage ich die weise Schnecke.

»Sie liegt in *dir*. Wo sonst, wenn nicht dort. Alle Wege führen dich zu dir, o Herr? So bin auch ich aus *dir* geboren. Nur zu diesem einen Werk, diesem Zweck, einmal *dir* den Weg zu zeigen, den du selbst erschaffen und doch wieder vergessen, verloren hast. Sei still und schau!«, spricht der Schneckenkönig und löst sich auf.

Alles, was noch eine Zeitlang blieb, war eine glitzernde Spur aus Schleim, ein Leuchten, ein winziger Leuchtender Pfad im All.

Es dauerte auch nicht lang - und schon war alles Blühen vorbei. Die Wüste trocknete wieder aus, ward wüst und öde - leer scheinbar bei Tag an der Oberfläche, doch niemals, nie darunter, nicht dort weit oben über ihr und - nicht bei Nacht.

Manfred zog weiter durchs All, schlief und träumte, wachte auf und sah dort unter sich ein rotblaues Land - wiederum eine Welt aus Sand.

Zweifarbenwelt

Zwei Schatten wirft dein Körper hier,
der eine groß, der andere klein.
Blau und rot sind die Dinge
auf dieser Welt der zwei Sterne,
der eine ist ein Roter Riese,
der andere ein Blauer Zwerg.

Ich schaue all dies.
Ich komme näher. Ich schaue und staune - verzückt.
Ich schwebe hinab und werde Teil der Welt.
Ich steige wieder auf - entrückt.
Dann endlich lasse ich mich fallen, stürze hinab, versinke, gehe gänzlich in ihr auf.

Erwacht öffne ich meine Augen.
Schlief ich denn?
Dunkel ist die Welt ringsum. Ertaste mit meinen Fingern feinen weichen Sand. Wüste, denke ich als Erstes und dann: Einen Körper habe ich also auch.
Da sind Geräusche, die so klingen, als rollten in der Nähe Wellen über einen leeren Strand. Wasser?
Das alles ist jetzt.
Doch was war zuvor?
Kann mich an nichts erinnern.
Bin ich neugeboren?
Dann muss ich zuvor gestorben sein - doch wann und wie und wo?
Bleibe einfach liegen.
Wie lange wohl?

Schwärze vergeht. Alles ist eingetaucht in rotes Licht. Es kommt von fern, von einem Mond, einem anderen Planeten oder einer roten Sonne, die nun, da ich meinen Oberkörper aufrichte und aufstehe, über dem Meer aufgeht. In mildem Licht dämmert der Morgen in dieser neuen Welt. In der Ferne türmen sich Berge auf.

»Dort ist mein Ziel«, flüstere ich mir selber zu und mir ist, als wäre ich vor langer Zeit in einem anderen Leben schon einmal einem Gebirge tage-, monate-, jahrelang entgegengegangen und dann emporgestiegen.

Ist dies die ewige Wiederkehr des Gleichen?

Worte fallen mir ein, es könnten Namen sein: Friedrich Nietzsche, Sisyphos.

Namen aber sind Schall und Rauch. Ich weiß nur eins: Zu den Bergen muss ich hin. Und weiß doch nicht, warum, weshalb, wieso und was ich da eigentlich suchen soll und finden werde - oder auch nicht.

Ich sehe sie im roten Licht des Morgens vor mir. Also erhebe ich mich, versuche es, falle wieder zusammen, merke erst jetzt, wie schwach ich bin.

Sollte also einen anderen Körper wählen, ein menschlicher ist hier gänzlich unangebracht. Nehme ich einen, der an diese Welt, an diese gewaltige Gravitation angepasst ist, also einen Körper mit festem Panzer und vielen Beinen, der sich schlängelnd über den Grund bewegt. Trug ich nicht schon einmal in einer Wüstenwelt solch einen?

Ich höre die Berge rufen. Magisch ziehen sie mich an. Da kann ich nicht widerstehen. Also laufe ich auf sehr, sehr vielen zur Seite stehenden Beinpaaren, als Hundertfüßer, durch eine weiche warme Wüste aus Sand. Jetzt bin ich allein, denn all die Wesen der Nacht zogen sich in ihre Tagesverstecke zurück, und die Tagaktiven erwachen erst. Jetzt bin ich allein in der Wüste, in einer von vielen, wohin sich einst andernorts Menschen zurückzogen, um zu meditieren und GOTT in sich zu finden.

Nein, ich hätte nie gedacht, dass *so* viel Energie in meinem neuen Körper steckt. Wann nahm er das letzte Mal Nahrung auf?

Ich komme gut voran und wundere mich schon gar nicht

mehr, auch nicht darüber, dass mir die Welt noch immer rot erscheint, wo ich doch nun einen anderen Körpern mit anderen Augen und einem anderen Gehirn besitze.

Schon liegt die Wüste hinter mir, die mir zunächst so endlos schien. Und sie konnte mich nicht verbrennen, denn ich hob meinen Körper weit vom Boden ab, lief auf Krallenspitzen.

Hier am Fuß der Berge finde ich jetzt am Mittag eine Höhle, krieche hinein und schlafe ein.

Erwache in rotglühender Nacht. Da sind Laute aller Art. Überall wimmelt es von Leben. Ich lausche den Vibrationen der Erde und der Luft, rieche, schaue aus meiner Höhle hinaus, halte meine Vorderbeine, die in die Länge wachsen, spinnenartig tastend empor. Dann verlasse ich vorsichtig mein Tagesversteck und klettere empor.

Glück summt in mir. Gedanken singen ein Lied: Ich habe den Weg gefunden. Dort vorn orten meine Sinne eine klare Quelle. Ich laufe hin.

Meine Kieferfüße werden zu menschlichen Armen, die Giftklauen wandeln sich in Hände, Menschenaugen schauen leuchtendes Nass, das meine Hände mir schöpften. Es löscht den Durst meiner Kehle. Bei alldem aber bleibe ich wachsam. Mein Körper kennt sich aus in dieser Welt, die wie alle anderen Welten auch voller Gefahren ist. Seltsam erscheint es mir nun, dass ich keinen Hunger habe, sondern nur Durst. Und das nach diesem kilometerlangen Lauf. Oder ist das gar kein Wasser, was ich trinke, sondern eine energiereiche Flüssigkeit, von der sich mein Körper ernährt? Während ich noch darüber nachsinne, melden mir meine kleinen Augen Bewegungen am Himmel.

Gefahr? Was ist das dort oben über mir?

Ich richte meinen Vorderkörper auf und taste/schaue empor. Nur verschwommen sehe ich, erkenne ich nicht, was sich da oben bewegt. Sind es Dinge oder Wesen, die da gleich irdischen Ballons treiben?

Ich höre sie dort oben in Licht und Luft zirpen. Sie reden miteinander oder singen sich zu. Noch verstehe ich nicht, was sie sich zu sagen haben, denn ich bin fern von ihnen und bin ein Skolopender, ein Chilopode, nein, eigentlich etwas anderes, nenne ich es einen Chilopoiden, doch wie auch immer mein Name sei, ich bin von anderer Art als die dort oben. Jetzt bin ich mir auch sicher, das dort sind keine Dinge, sondern Lebewesen, winzige Wesen mit gewaltigen Gasblasen, die das Luftplankton dieser Himmelsbergwelt bilden.

Stiegen sie eben erst auf? Von wo? Weshalb, warum? Trieben sie von irgendwoher erst jetzt hierher zu mir? Oder waren sie schon immer über mir und ich nahm sie zuvor nicht wahr, weil sie für meine Sinne noch unsichtbar waren, einfach zu weit entfernt, durchsichtig wie Quallen im irdischen Meer oder aber so rot wie das Licht dieser Sonne hier.

Das wäre was! Warum soll ich überhaupt weiter als Gliederfüßer über die Erde kriechen, wenn ich doch dort oben schweben könnte, ganz so wie sie!

Ich schließe meine Augen und schließe sie doch nicht, weil da keine Augenlider sind, doch höre ich auf zu sehen. Ich schließe auch all meine anderen Sinne, vor allem das Ertasten der Welt mit meinen langen Fühlern, atme erst Leere ein und dann das Bild und Lied von denen, die da oben schweben.

Der Skolopender Manfred, der hier auf dieser gewaltigen Welt zwei Meter Länge erreicht und massiver als einer von der Erde ist, richtet seinen Körper auf, wie er es beim Trinken schon tat. Dann schrumpft sein Vorderkorper ein, während sich sein Hinterleib dehnt, wächst und sich bewegt, als spännen dort Spinnwarzen ein Gespinst aus unsichtbaren Fäden, die in sich eine gewaltige Gasblase bergen, als wäre er eine Wasserspinne, die sich ihre Taucherglocke in einem stillen See irgendwo im Europa der Erde erbaut. Das im Innern des Blasengespinsts befindliche Gas ist leichter als die Gasmischung der Atmosphäre, und die Blase ist gewaltig, verglichen mit seinem jetzt so klein erscheinenden, leichten Körper. Also steigt er auf und gesellt sich zu den Tausenden, die da oben mit dem Wind den Berg hinauftreiben.

Einer von vielen sein.

Jeder, jede ist einzigartig, ich und du und er und sie.

Und doch sind wir alle verbunden, wir fliegen zusammen, sind eins im Schwarm.

Dort unter uns liegt ein Plateau mitten im Gebirge. Es ist eine hellblaue Ebene umgeben von dunkelblauen Bergen - und dies unter hellblauem Himmel. - War der nicht einst rot? In welchen Augen mit welchem Hirn zu welcher Zeit?

Weiter ziehe ich träumend dahin, weiter und immer weiter, bis mich ein Ruf erreicht. Er kommt von dort unten. Also lasse ich Gas ab und sinke hinab, während all die anderen weiterziehen.

Unten werde ich für kurze Zeit so, wie ich einst einmal war: Ich nehme wohl aus reiner Gewohnheit meinen alten Menschenmagierkörper an, der hier jedoch aus den Substanzen dieser Welt besteht. Auch ist er jetzt fast geisterhaft, so wenig dicht wie nach dem Erwachen. Denn irdische Körper wären bei dieser Schwerkraft im wahrsten Sinne des Wortes einfach nur - platt.

Nun befinde ich inmitten eines nicht allzu großen Plateaus. Ja, hier könnte sich einst einmal Lava ergossen und ein Tal zwischen Bergen gefüllt haben. Drehe mich im Kreis und schaue mich so um. Die Welt bleibt blau, so wie ich sie eben durch meinen schwebenden Körper noch sah.

Ich blicke auf. Der Himmel ist hellblau, ach, er ist ja so, wie er es einst auf Erden war. Wolkenlos. Mag auch sein, dass da hellblaue Wolken über mir ziehen, die von der Farbe des Himmels sind.

Und ich?, frage ich mich, bin auch ich nun hell-, mittel-, dunkelblau?

Blaue Berge, blaues Plateau, blauer Himmel. Alles blau in blau.

Schon wird das Dunkle heller, das Helle dunkler. Letzte Unterschiede zerfließen. Keine Grenzen - nirgendwo mehr.

Ich schaue an mir hinab.

Blaue Hände, blaue Arme, blaue Beine, blauer Körper.

Mensch, bin ich blau, gänzlich blau, fällt mir ein und fange an zu lachen, zu kichern und höre so schnell nicht wieder auf.

Ja, Mensch war ich einst, und wenn der zu viel säuft

- Alkohol, erinnere ich mich -, dann ist er blau, wie man dort so sagt, auch wenn sich dabei seine Haut gar nicht verfärbt hat. Dann torkelt er, fällt oder liegt nur noch irgendwo rum.(Dies zur Erklärung für alle Leser dieses Werks, die keine Menschen sind.)

Ich gehe/schwebe/gleite weiter durch das blaue Land, weiter und immer weiter.

Endlich habe ich es geschafft. Hier endet das Plateau.

Ich lasse mich auf einem Stein nieder und schaue mich um. Mein Blick folgt den Bergen hinauf. Ich schaue ins Licht der blauen Sonne, die zwischen den Gipfeln aufsteigt. Mein geisterhafter Körper sammelt Materie an. Dunkle Blenden haben sich längst über meine Augen gelegt, mein Körper ist wieder der eines Hundertfüßers, massiv gepanzert mit einem Außenskelett und doch zugleich erstaunlich leicht.

Ich sehe dich, blaue Sonne. Blitzschnell schließen sich meine brennenden Augen.

Jetzt habe ich dich eingefangen. Dort unten in mir lodert deine Flamme auf, wird glühendes Flammenmeer, das meine einzigartigen Gliedertierchakren emporrast. So steigt dein Licht in mir von der Wurzel bis ins Zentrum meines Kopfes auf.

Jetzt bin ich ein Teil von dir und weiß auch von der anderen, der zweiten Sonne, die diese Welt zusammen mit dir beleuchtet. Aha, ihr wechselt euch also ab: die rote leuchtet schwach in der Nacht der blauen, die blaue strahlt hell in der Nacht der roten Sonne.

Die Erde bebt.

Ich öffne meine Augen, alle Augen und auch all die anderen Sinne, die ich jemals besaß und die hier von Nutzen sind. So schaue ich mich um, sehe und verstehe: Die beiden nächsten Gipfel bersten. Brüllend stürzen Felsen. Ein Weg entsteht, der führt hinab ins Tal.

Ob das nur Zufall ist? Geschah solches nicht auch gelegentlich ganz am Beginn meiner Reise, als ich noch auf Erden weilte? Wer machte mir damals - und tut es jetzt schon wieder - den Weg frei?

In meinem Skolopenderkörper laufe ich schlängelnd hinab.

Spät ist es geworden. Alles träumt so still in dieser blauen Abenddämmerung. So lege auch ich mich zum Schlafen nieder.

Am blauen Morgen wache ich auf und ertaste, nein, sehe mit für Fernsicht optimierten Augen. Oje, was ist denn das da so dicht vor mir? Rosarote Würfel schweben, fallen mir von oben aus dem Nichts entgegen.

Fern leuchtet ein kleines weißes Licht.

Lautlos landen die Würfel. Sie bilden eine viereckige Fläche, ein Quadrat. Und noch immer landen Würfel, nun auf der Würfelfläche, türmen sich empor zur nächsten, etwas kleineren Ebene. Und so geht es fort und fort, bis eine rosarote Stufenpyramide entstanden ist.

Staunend und starr stehe ich noch immer da.

Das kleine ferne Licht ist nähergerückt. Jetzt erkenne ich, dass es gar kein Licht ist, sondern ein Erleuchteter, der da lächelnd im weißen Licht schwebt.

Oben öffnet sich in einem Pyramidenwürfel ein Tor.

Schwärze sehe ich im Innern.

Lächelnd schwebt der Erleuchtete empor und in die Schwärze hinein.

Noch steht das Tor offen.

Also sollte auch ich ...?

Ich gebe meinen Skolopenderkörper auf, lasse alle unnütze Substanz hinabrieseln, setze mich in Menschengeistergestalt auf, schlage die Beine zum Lotos ein. Die Erde fühlt sich wie Sand unter meinen Fingern an, nehme ich noch wahr, dann lasse ich mein Denken sein, bin Leere, atme die Lebenskraft ein.

Irgendwann öffne ich wieder meine Augen. Kehre zurück ins Jet...

Alles Blau ist Vergangenheit. Der Raum vor mir ist schwarz. Fern leuchten still die Sterne. Heimat denke ich. Wieder ertönt der Ruf in mir.

Ich stehe nicht auf und gehe nicht, doch trete ich ein, schwebe aufrecht im Lotos sitzend hinein. Neben mir, in mir singen die Sterne ihr Lied. Ein brausender Chor.

Wärst du hier im Blauen Land und ständest vor der rosaroten Pyramide, würdest du sehen, wie sich das schwarze Tor dort oben in der Pyramide hinter Manfred schlösse, dann sähest du die rosaroten Würfel in hellblauen Himmel, in blaue Ebene fallen, kleiner und immer kleiner werden und schließlich verschwinden.

So wird wieder alles Harmonie, blau in blau überall.

Allein wärst du jetzt wieder, allein unter blauen krabbelnden Wesen im Blauen Land, denn Manfred ist gegangen.

»Warum blau?«, fragst du.

Ja, es mag auch rosarote Länder geben und rosarote Himmel. Aber was sind schon Farben! Farben werden durch Sehen zu Farben. Jedes Wesen sieht die Welt in anderen Farben, sieht andere Teile des Ganzen.

Manche sehen alles grau.

Andere lachen vor Übermut.

Manfred aber ist fern und nah der Zeit, wo er einer der wenigen ist, die da über Freud und Leid in allen Welten lachen, weinen und lächeln.

Das aber ist Erleuchtung.

Tau

Zwei Welten - ein Wesen

Weißt du, wo deine Katze jagt bei Tag,
wenn sie da am Mittag bei dir liegt
mit geschlossenen Augen und zuckenden Lidern?

Weißt du, wo die Chacha singt,
wenn sie auf deinem Schoß
sich träumend räkelt um Mitternacht?

Blaue Welten, rote Welten, grüne Welten, gelbe Welten, graue Welten, Welten über Welten mit vielerlei Namen, sei es die Erde oder Tau. Berge gibt es dort, ein großes Gebirge mit einem höchsten Gipfel. Täler gibt es in den Bergen. Diesseits und jenseits der Berge aber liegen die weiten Ebenen.

Dort liegen sie vor meinen Augen, die nicht mehr die Augen eines Menschen sind. Es sind die weiten Ebenen von Tau.

Ja, dieses Wort flüsterte mir die Stimme zu und weinte Tränen, so wie auch ich es tat, denn beim Klang dieses Wortes sahen ich und Er Dort Oben Wassertropfen und dachten nur *ein* Wort, das für unsere große Mutter steht, die uns gebar: Erde.

Also gibt es Tau und *Tau*. Und tatsächlich, dies hier ist eine irdisch anmutende Welt, eine neue Erde, eine andere Erde, eine Erde, die keine Erde ist und es niemals sein kann. Denn jeder Planet ist einmalig. Ach ja, die gute Mutter Erde. Lang ist es her, dass ich ihre blaue Schönheit von oben erblickte, damals, als ich sie frisch verstorben verließ. Es gibt kein Zurück für mich. Also sind all diese Erinnerungen und Gedankengänge ohne jede Bedeutung. Oder sind sie es doch nicht, sind wichtig, um weiterzuexistieren?

Doch wie auch immer, das Einzige, was jetzt und hier zählt, ist dieser Anblick, der mich überwältigt. Sprachlos staunend stehe ich noch immer da und schaue.

Unendlich weit erstrecken sich vor meinen neu geborenen, aus dieser anderen Erde geformten Augen die weiten Ebenen von Tau.

So laufe ich mit meinem neugebildeten Menschenkörper über die Ebene dahin, irgendeinem oder auch keinem Ziel entgegen. Hier bin ich Mensch, hier darf ich's sein. Nichts hält mich hier auf. Hier bin ich frei. So renne ich und renne ich, weiter und immer weiter und ...

Irgendwann sinke ich auf die Knie, denn ... dieser Schrei!

Schließe meine Augen, doch nicht vor Wonne. Denn der Schrei schwillt an.

Halte mir die Ohren zu - zu spät. Längst ist er tiefer in mich eingedrungen und schrillt nun nicht nur in mir, sondern aus mir heraus.

Also schreie jetzt auch ich.

Der Schrei im Innern setzt aus, setzt ein, setzt aus.

Folter, Folter, Folter.

Immer wenn die Hoffnung wächst, dass alles endet, geht es weiter.

Längst habe ich das Bewusstsein verloren (haha, also doch entkommen, könnte ich jetzt denken, wäre ich noch bei Sinnen), falle den endlosen Fall in tiefe Nacht hinab (die Arme sinken, Blut tropft von den Händen, die Trommelfelle sind geplatzt). Taub falle ich den »ewigen« Fall in Schwärze.

Träume ich zu erwachen? Nirgendwo ist da ein Lau..., verklingt schon fern ein leises Singen - es ist das so wunderbar melodiöse Lied des Amselmannes - Frühling auf Erden -, er lernte es vom Vater, von Nachbarn und Menschen. Was bedeutet das? Wieder verschwimmt alles. Seltsame Worte: Amsel, Handy, Menschen - singen, klingeln, verklingen ...

Öffne meine Augen.

LICHT! SO HELL!

Schließe meine Augenlider, öffne sie jetzt nur einen winzigen Spalt.

Da ist überall blendend weißer Sand - Sandland, Wüste?

Rasend schnell dämmert der Tag zur Nacht.

Sand ist in meinen Augen - ich reibe ihn heraus.

Sand ist in meinem Mund - ich spucke ihn aus, denn ich will rufen: »Hallo, ist da wer? Wo bin ich? Hallihallo?«

Rief ich es? Rufe ich? Ich höre nichts und fasse mir mit meinen Händen an die Ohren.

Die sind noch da, obwohl waren die denn schon immer so groß?

Ach, auch meine Augen scheinen mir gewaltig gewachsen zu sein. Deshalb die Schmerzen vom Licht. Nachtaugen, fällt mir ein. Dann schließe ich sie und lege mich in den warmen Sand. Tief atme ich die sich abkühlende Luft, ruhe mich aus vom Lauf, erwarte voller Sehnsucht die Nacht.

»Nacht auf Tau«, flüstert es immer wieder in mir. Viele Laute höre ich. Ich kenne sie. Es ist, als wäre ich hier geboren. Nein, Namen haben sie nicht, die da miteinander sprechen und singen. Musik ist die Welt in meinen Ohren. Alles ist geheilt, alles ist gut.

»Tau«, das ist nur eine Silbe und zugleich ein Wort. Und was bedeutet es? Wer gab dieser Welt diesen Namen?

Irgendwo und irgendwann einmal war es doch ein Wort für Wassertropfen auf Blättern und Gras und Spinnennetzen.

Doch hier ist es der Name einer ganzen Welt, eines Planeten, der sich dreht, um irgendeine Sonne bewegt. Was für ein Scherz es doch wäre, eine Welt »Tau« zu nennen, wenn denn hier überall nur Wüste wäre. Andererseits lässt sich ja auch in irdischen Wüsten Wasser als Tau ernten. Und Oasen mag es auch hier geben. Wüsten hier und Wüsten da und Wüsten überall im All. Doch Wüsten sind nicht immer wüst und leer.

Hier bin ich und Sand umgibt mich, Sand ist in mir und überall nur Sand. Hier lebe ich nun inmitten der Wüste. Ich weiß, wer ich bin. Ich weiß, dass ich als Mensch einst starb und viele Tode und Leben hinter mir liegen. Ich bin noch immer Manfred der Magier, und doch zugleich ist mein Körper jetzt und hier aus dieser Welt geformt - von dieser Welt.

All diese Ebenen, auf denen ich in einem Menschenkörper ging und verging und in anderem Körper neu geboren wurde, sind öde und kahl. Heiß brennt die gelbe Sonne gleich dem irdischen Sonn bei Tag. Jetzt aber in der kurzen Zeit der Dämmerung und in der langen Nacht müssten die Bewohner aus ihren Verstecken kommen, um zu essen und sich fortzupflanzen.

Ich richte mich auf meinen Hinterbeinen auf. Ich öffne meine großen Augen. Und auch meine Ohren beginnen nun ein Rascheln im Sand zu hören, der sich nun überall bewegt.

Gibt es hier noch mehr von meiner Art? Wie sehen die anderen aus? Wie hören sie sich an? Sind wir Kreaturen der Nacht nun alle erwacht!?

Ich richte mich weiter auf, grau im Grau, und drehe meinen Kopf mit Augen und Ohren einmal fast um 360° im Kreis und wieder zurück und lausche.

Wirbelndes Wissen rast in mir: Ich falle in die Wüste, die sich mit stürzenden Bächen aus Regen füllt. Ich werde von den Wassern mitgerissen und stürze in einen tosenden See.

Zuckend schreie ich noch einen Augenblick lang, dann ertränken mich gurgelnd die Wasser der Wadis, die das Land zerfurchen. Hier und da entstehen Seen. Überall keimen Samen aus - ein Blütenmeer, so viele Wesen, pflanzenähnlich, pflanzengleich, die von Wasser, Licht und Mineralien leben, überall.

Ich erwache. Ich habe *sie* gesehen-gehört-geschmeckt-gefühlt. Still schwebt zitternd in meinem Innern meine Seele dahin. Nein, nicht aus Angst, sondern vor Entzücken, in Ekstase schreit sie auf, dann wieder lacht sie Tränen vor Glück. Nicht Worte, nicht Bilder können *sie* beschreiben, die dort vor mir, um mich herum und in mir, dreifach strahlend-drehend pulsieren. Stille sein und wissen, *sie* und ich, wir sind nun *wir* und hier. Blumen der Nacht sind *wir*, wuchsen aus rotem Stein empor, senden aktiv den Duft in alle Richtungen, denn hier weht kein Wind. Und unser Duft lockt und ruft. Niemand kann ihm widerstehen. Die fliegenden Wesen schwirren heran, trinken unseren Nektar und nehmen die Pollen, die wir ihnen geben. So bestäuben sie uns. Unsere Blütenblätter fallen. Unsere Früchte wachsen und folgen ihnen nach. Unten warten die Flügellosen, die auf der Oberfläche und darunter leben. Sie essen unsere Früchte und scheiden unsere Samen auf ihrem Weg von Pflanze zu Pflanze aus. So ist es. So war es. So wird es immer sein.

»So träumen nicht nur die Pflanzen von Tau von der Ewigkeit, ach du weißt es ja, denn du bist ja ein Mensch, geboren aus mir«, flüstert die Stimme in mir und weint.

Die Wüste trocknet aus, so wie es alle Wüsten nach großen Regenfällen tun, hier und jetzt auf Tau, fern auf Erden und auch auf allen anderen Welten, die Atmosphäre und Wasser besitzen.

Wir lösen uns auf.

Die Blumen der Nacht vergehen. Doch ihre Samen im Sand leben im Ruhezustand weiter, um eines Tages wieder zu erwachen.

Die Wüste scheint wieder wüst und leer.

Ich verlasse die anderen und nehme wieder meinen ersten, meinen Menschenkörper an. Aha, denke ich, die Blumen riefen mich zu sich. Sie sind Frauen, die Männer brauchen und deren Pollen, um ihre Fruchtknoten zu besamen, dies und zugleich noch mehr. Denn nicht nur die Pollen nehmen sie in sich auf, sondern die Männer gleich noch dazu. So verschmelzen beide Geschlechter zu einem Wesen. Auch ich war einer von ihnen. Welch ein Schock es doch ist, welch böses Erwachen, eben noch Viele und jetzt wieder ganz allein zu sein. Ach, wäret ihr, Nairra und Moyo doch hier, ihr und ich zum Wir vereint. Ich weiß, es wird geschehen. Denn so steht es geschrieben. So soll es sein. Doch weiß ich nicht, wie und wo und wann.

Jenseits der Wüste, die ich mit neuem Körper - als Mensch auf zwei Beinen hier herumzulaufen, wäre töricht - auf kräftigen Sprungbeinen känguruartig hüpfend hinter mir ließ, beginnen Steppe, ein gräsernes Meer, und Savanne, in der baumartige Pflanzen und Büsche aus dem Gras aufragen. Herden von Grasessern ziehen in der Ferne. Ihnen folgen die Jäger, die sie jagen oder ihnen an den Wasserstellen und Hinterhalten auflauern.

Wieder ist es Nacht. Ich ruhe mich in meinem Menschenkörper unter einem Baum aus.

Etwas rüttelt, schüttelt mich, alles bebt, was für ein Traum!, denke ich und springe auf.

Es ist Nacht, doch dunkler als es sein sollte, stockfinster. Da sind keine Sterne am Himmel. Gefahr! Die Erde bebt unter meinen Füßen. Dieser Donner in meinen Ohren. Und noch immer schwankt die Welt.

So lege ich mich wieder, jetzt aber neben dem Baum, nieder, schließe meine Augen, stelle Hören und Riechen ein, verliere jeden Halt und spüre, wie ich auch schon völlig losgelöst auf dem Rücken in der Luft liegend emporschwebe.

»Komm!«, flüstern Stimmen, ziehen mich magisch an, zu sich heran.

Sanft setze ich auf. Meine Sinne öffnen sich wieder der Welt. Erst der Ton - ein Rumoren von unten, dann das Bild. Es ist Tag.

Ich richte mich auf, stehe jetzt ganz oben auf dem höchsten Berg (war denn der vorher schon da?, sollte ich mich fragen und tue es doch nicht), drehe mich langsam einmal im

Kreis um mich selbst, wie ich es schon so häufig in meinem Leben tat, tun musste, wenn ich meinen Menschenkörper bewohnte. Das ist eben der Nachteil von räumlichem Sehen mit zwei Augen vorne am Kopf, dass man hinten keine Augen hat. Also schaue ich mich auf diese Art um. Dabei fällt mir ein, dass es Spinnen mit ihren vorne und seitlich und oben auf dem Vorderkörper sitzenden acht Augen besser haben. Sie nehmen ringsum Bewegungen wahr. Sollte ich mich also jetzt und hier in eine Spinne verwandeln? Doch auch bei ihnen haben es nur die Springspinnen geschafft, wirklich scharf zu sehen, das aber wiederum auch nur mit ihren zwei großen vorderen Mittelaugen. Also drehen auch sie sich der Beute zu. Und natürlich sind sie viel kleiner als Menschen und sehen entsprechend nicht allzu weit scharf. Somit lasse ich irdische Spinnen Spinnen sein - vielleicht leben auch hier ähnliche Wesen im Gras, auf und unter der Erde - und behalte meinen alten, neu geschaffenen Menschenkörper, schaue mich mit ihm weiterhin um.

Dort unter mir liegen Savanne, Steppe und Wüste. Auf allen anderen Seiten aber türmen sich Berge, höher und höher, immer höher von den tiefsten Tälern bis zur höchsten Spitze, auf der ich jetzt in meinem Menschenmagierkörper stehe und hinunterschaue.

Ich setze mich hin. Jetzt hier Hand in Hand, umarmend umarmt, zu zweit verweilen und verliebt in die sich immer röter verfärbende Sonne hinunterschauen, dann berauscht sich küssen und streicheln, um schließlich in rasender Ekstase oder besser noch sanft und langsam zärtlich sich zu lieben, denke ich, wieder erinnere ich mich an dich und dich, an euch beide, Nairra und Moyo, und weine.

Dunkelheit, bis auf das Funkeln der Sterne über mir - Nacht über Tau. Warm scheint es mir, so wie einst in einer klaren Sommernacht auf Erden, lange bevor ich den Leuchenden Pfad sah und seinem Ruf folgte. Nicht weit entfernt steigen Pulse aus Feuer aus glühend-rotem Magma auf. Welch wundersame, wundervolle Welt!

Jetzt zucken Blitze durch den Raum, gebären Bilder in mir, die wachsen und aus meinem ruhenden Geist hervorbrechen.

Ich bin hier in der Stille und zugleich mittendrin in seinem Wüten, in diesem Sturm aus tausend Nadelblitzen.

Er ist, ich bin ein gigantischer Wirbel, der alles aufsaugt und wegradiert.

Schließlich ziehen wir, nein, zieht er allein weiter. Ich bleibe zurück in der Stille, der Ruhe nach dem Sturm, taste, rieche, höre, schaue, fühle mich zahllose Tier- und Pflanzenkörper annehmend um - lausche. Worte hallen in mir wider: »Immer wieder wütet die kosmische Sense.«

Kam der Sturm wirklich von außerhalb, von irgendwo da draußen aus dem All, von ganz oben aus dem Himmel, gar von ganz unten aus der Hölle oder einfach nur aus der Atmosphäre von Tau, so wie es auf Erden die kleinen Tornados und die großen Hurricans tun?

Hier ist alles Leben gegangen, niedergemäht von größeren Kräften. Hier schwebe ich nun als körperlose Seele und nehme kein Leben mehr wahr: kein Öffnen von Blüten, keine Ströme von Wasser und Zucker, kein Öffnen von Blüten und Blättern, kein Wachsen - keine »Pflanzen« mehr, keine schnellen Bewegungen, keine Nahrungssuche, keine Suche nach dem anderen Geschlecht, kein zuckendes, zappelndes Leben mehr. Alle sind gegangen. Und die Strahlung ist gigantisch, tödlich für alle Körper.

Dann geschieht das Wunder. Im äußersten Kreis der Zerstörung, wo nichts und niemand mehr leben sollte, höre ich und finde ich ein letztes stammelndes, einem Menschen ähnelndes Wesen. In seinen Armen hält er ein Wesen, das der irdischen Hauskatze in ihrer getigerten Form sehr ähnlich sieht. Ich höre seine letzten Gedanken in mir flüstern. »Chacha«, sagt er und zeigt auf die Katze.

Da ist ein Schnurren, das die Welt erzittern lässt. Es ist, als lebte jenseits von und über allen Dingen eine gigantische Katze. Und sähest du hinauf, nach oben, sähest du dahinter, so wären da vielleicht auch eine Rosanase und Schnurrhaare über einem kleinen Mund, aus dem sich nun eine Zunge streckt und die rechte Pfote leckt. Das aber kannst du, kleiner Mensch nicht sehen - niemals, nie, es sei denn, sie will es so.

Dann tauchen da Erinnerungen an einen Besuch von etwas anderem in diesem letzten Wesen auf, das mir seinen Namen nicht sagt.

Ich höre, sehe, rieche, fühle alles, was es denkt.

»Wir alle sind zu ihm gegangen, dem Licht, das uns rief, dem Licht im Zentrum der Wirbel. Wir alle sind nun heimgekehrt. Und auch ich werde den anderen folgen. Gleich ist es so weit. Es war vor langer Zeit, als sie kamen. Höre und schau und nimm alles in dir wahr. Sie kamen von dort, wo auch du geboren wurdest, sie kamen von der Heimatwelt der Menschen - Erde. Von dort, woher auch wir stammen, wie ich nun weiß. Götter müssten sie sein, dachten wir damals, doch dann ...«

»Lächerlich, alles Aberglaube, haha, wirklich lustig, was die Eingeborenen uns da erzählen. Andererseits, warum nicht, schauen wir es uns mal an, Joe. Vielleicht kommen die anderen ja auch mit. Aber denk dran, nimm deine Knarre mit, man weiß ja nie! Glaub zwar kaum, dass die Wilden was tun, aber man kann nie vorsichtig genug sein. Notfalls, wenn sie doch Ärger machen sollten oder tatsächlich irgendwas erscheint, pusten wir sie oder das Ding einfach weg, klaro?«

»Null Problemo, Mike! Kein Problem, denk ich, wirklich kein Problem, vielleicht wird's doch noch ne Mordsgaudi, mal 'n bisschen Action auf diesem langweiligen Planeten, wer weiß?«

Und es wurde Nacht auf Tau.

Alle Einwohner der Stadt waren auf dem kreisrunden Platz versammelt. Dort knieten sie umgeben von zyklopischen Mauern nieder.

Dann riefen tausend Stimmen die heilige Erde an und senkten ihre Häupter in den Staub.

Inmitten des Kreises aus Taunern aber war eine kreisrunde Fläche frei geblieben. Dort standen die irdischen Astronauten und unterhielten sich. Doch ihr Gespräch wäre für einen Außenstehenden nicht zu verstehen gewesen, denn es wurde von den ekstatischen Schreien der Eingeborenen überdeckt.

Und so begann alles: Zunächst war da nur ein helles Summen. Leuchtend kam etwas von den Sternen herab. Ein Glühen war da in der Nacht, ein Licht, vor dem selbst die hellsten Sterne zu Schwärze verblassten.

Es sang ein Lied.

Und der Chor der knienden Wesen zu seinen Ehren antwortete Ihm bis in die frühen Morgenstunden hinein. »Bewahre uns, Frau des Lichtes, Mutter aller Wesen von Tau!« - So zumindest übersetzten es die automatischen Translatoren der Terraner, obwohl ja jeder weiß, dass keine Sprache wirklich in eine andere übersetzt werden kann.

Dann gingen alle wieder auseinander, denn ihre große »Mutter« war verschwunden, in die schwindende Sternennacht emporgefallen. Alle gingen zu Bett, schliefen sich vom Fest aus, durchschliefen den Tag, schliefen ihrem kleinen Alltag entgegen. Und alles war gut.

»Halt! Hier fehlt doch was!«, meinst du und fragst den Erzähler. »Was wurde denn aus den irdischen Astro-Kosmo-Taikonauten oder wie auch immer man Raumfahrer von der Erde zu dieser Zeit nennen mag?«

Also gut, blenden wir noch einmal in die Nacht der Nächte auf Tau zurück. Schauen wir uns noch einmal um. Ach, wo sind denn nun unsere großen Helden von der Erde? Man sieht sie ja gar nicht mehr!

Ach nein, da liegen sie ja stammelnd, lallend und weinend im Staub. Leise murmeln ihre Münder, leise singen ihre Seelen das Lied von Tau.

Später dann unterwegs, zuvor automatisch von ihrem Mutterschiff hochgebeamt, weit entfernt im All wurden sie von ihren Kumpels gefragt: »Nun, wie war's? War's toll? Klasse-Weiber/Typen/Orgien-oder-so? Haben euch wohl völlig fertig gemacht? Sind ja alles Humanoide, fast wie Menschen dort unten auf Tau. War bestimmt 'n Heidenspaß. Straflos ficken, metzeln, morden unter Niggertieren, das hat doch was? Scheiße, dass wir nicht dabei sein konnten, so 'n Mist aber auch!«

Dann verstummten sie, als sie die bleichen Gesichter ihrer Kumpels erblickten und jetzt erst bemerkten, dass *die* noch immer gänzlich weggetreten gar nicht in der Stimmung waren, zu lachen, zu grölen und zu saufen.

»Was habt ihr nur da unten gesehen? Was ist dort geschehen?«

Doch die, die Tau betreten hatten, sagten nichts. Sie saßen nur da und weinten. Sie dachten an ihre Eltern. »Mutter«, stammelten sie und dachten an die Erde, die grünen Hügel der Erde, »Mami«, stammelten sie noch immer schluchzend und meinten ihre leiblichen Mütter.

Man brachte sie ins Schiffslazarett und fand nichts, keine Verletzung, keine Infektion, keine Krankheit, nichts.

Sie erinnerten sich an nichts. Also war's wohl die Psyche, waren sie einfach »nur« durchgedreht!

Sie erholten sich nie mehr.

Dort unten aber musste irgendetwas geschehen sein. Ja.

»Gottverdammter Planet«, gaben die Kameraden ins Gehirn ihres Schiffes ein, was sogleich ins Galaktische Imperium weitergemeldet wurde: »Meiden! Nicht geheuer - ungeeignet für Menschen! Nähere Informationen unter ...«, wo zu lesen, zu sehen, zu hören, zu riechen und zu fühlen stand:

Öder Planet, besiedelt von abergläubigen Eingeborenen irdischen Ursprungs, Wildnis, keine ausbeutbaren Bodenschätze, bedeutungslos, aufgenommen von der Besatzung des Schiffes EXPLORER 1 ...

»Macht's 'was?«, meinte einer von der Besatzung des Sternenschiffs, das nun unterwegs zur nächsten von Kolonisten besiedelten Welt war. »*Eine* Niete bei Tausenden von Welten, wenn's dabei bleibt, was soll's! Uns bleibt ja noch der Rest der Welt, *unseres* Universums. Denn wir sind seine Erben. Ho, let's go west!*« (Anmerkung für Außerirdische: Wie wir alle wissen, gibt es keine Himmelsrichtungen im All, also auch kein Westen. Hier handelt es sich um eine terranische Redewendung, sie bezieht sich auf die Eroberung des »Wilden« Westens im nördlichen Teil eines Doppelkontinents namens Amerika.)

Dies denkt mir das letzte überlebende Wesen von Tau zu, denn es und sie und ich, wir alle entstammen *einer* Wurzel. Dann geht auch es, dessen ferne Vorfahren ebenfalls Menschen waren, die sich längst verändert und angepasst hatten. Es löst sich auf und entschwindet ins Sternenmeer.

Was soll ich jetzt hier noch?, frage ich mich. Also verlasse auch ich diese Welt, auf der es nun keine Menschen mehr gibt, keine Menschennachfahren und auch keine Seelen von Toten wie mich.

Ich höre/schaue/fühle die Welt, die sich unter mir dreht, aus dem Orbit. Dort jenseits des Ortes des menschlichen Exodus wimmelt es bei Nacht noch immer von Leben, andernorts auch bei Tag. Eines Tages mögen vielleicht auch wieder Wesen von außerhalb hier landen und siedeln oder sich die eingeborenen Formen so weit entwickelt haben, dass auch sie ihren Heimatplaneten verlassen und hinaus in die Weiten aufbrechen werden.

Ich aber, der ich jetzt und hier ein letztes Mal zurückschaue, setze meine Reise fort. Von Tau entspringt strahlend hell wie ein leuchtendes Seil über einem schwarzen Abgrund mein Leuchtender Pfad, dehnt sich bis in die Unkenntlichkeit. Ich rase auf ihm dahin. Es ist, als wäre ich ein Surfer mit meinem Brett auf der *einen* großen Welle, die ich mein Leben lang gesucht endlich gefunden habe. Schließlich schließe ich die Augen, schlösse sie, wären sie noch da. Denn jetzt trägt meine Seele keinen Menschenkörper mehr, also sind da weder Kopf noch Augen noch andere Sinne. So lasse ich Wahrnehmung Wahrnehmung sein, treibe träumend auf dem Pfad dahin, der mich zum Ziel geleitet.

Irgendwann erwache ich. Erinnern. Da waren Menschen der Erde und ihre Nachfahren auf Tau. Sie alle gingen dahin, wohin? Weine ich nun wasserlose Tränen oder habe ich mir wieder einen Körper neu geschaffen und weine nun wahre Menschentränen?

So kehrt die Erde zurück, mein altes Leben bricht auf. Alles rast im Zeitraffer vorbei: Dort leuchtet mein Pfad in der sternenklaren Nacht der STADT. So viele Abenteuer im WALD. Da ist das schwarze Schwert MO. Ich sehe es aus der Erde empor-, aus tiefsten Magmahöhlen zu uns heraufsteigen. Dicht stehst du neben mir. Wir halten uns an den Händen, zwei Liebende im dunklen Wald. Und alles geht so rasch. Eben noch sah ich dein Glück - dein Lächeln, dann einen Augenblick Verwunderung. Schon schaut ER mich aus *deinen* Augen an. Deine/SEINE Lippen/Wangen grinsen, während der Schrei *deiner* geliebten Stimme endlos in mir widerhallt, als ER deinen Körper in zwei Hälften spaltet.

Ja, ich erinnere mich.

Damals lebte ich noch.

Damals wandelte ich auf Erden.

Damals war ich ein Mensch.

Manfred der Magier war und ist für alle Zeiten mein Name.

Von West nach Ost wanderte ich über den großen Kontinent Eurasien.

Auch viele andere Gestalten nahm ich damals an. Es gibt so viele Formen, in denen ich war, bin und sein werde, also existiere - und nicht nur ich, sondern auch meine Kinder und Kindeskinder.

Ich erinnere mich an meine weiße Seite, die neben dir stand, verzaubert von der Magie der Liebe.

Ich erinnere mich an den anderen, den Schwarzen, IHN, den Mächtigsten aller Wesen, die je auf Erden existierten, ausgenommen SIE und ES von T-her. Ich erinnere mich allzu gut an SEIN Schwert MO, das nicht wie OM voller Klang, Stille und Erhabenheit ist, sondern dem Chaos, Krieg, Macht und Hohngelächter innewohnen.

Damals nannte man mich einen Magier, doch war ich in erster Linie nur ein Mensch: schwarz und weiß und Farben, mal Chaos, mal Kosmos und alles zugleich.

Und auch du, meine Liebe Nairra wurdest ein Teil von mir, warst es schon lange zuvor und wirst es immer sein, so wie auch deine Reinkarnation Moyo und unsere Kinder Rani und Ra.

Durch die Tore gehen,
verschmelzen - eins werden
jenseits der Universen.
Drei mal drei zu Einem:
Drei von der Erde - Manfred - Nairra – Moyo,
Drei von T-her - ES - SIE – ER,
Drei von ...
Sieben im Achten zu Einem.
Und alle im EINEN -
eins in ALLEM.

Wir

Nairra und das Tor der Riesen

Deine Erinnerung schwindet. Die Bilder vom großen Treffen verblassen. Stille kehrt wieder in dich ein. So war es, so wird es geschehen, so ist es, denkst du und erwachst aus deinen Träumen.

Flüsterte da nicht eben noch eine Stimme dreimal zwei Worte?

Ja.

»Drei Tore, drei Tore, drei Tore«, singt eine Männerstimme, drei Stimmlagen folgen aufeinander - Bass, Bariton und Tenor -, in die Stille.

Ein Schnurren von oben, unten, überall, ein Schnurren lässt die Welt erzittern, ein Schnurren, das sich in ein Flüstern aus Gedanken wandelt: Ein Tor, was ist das schon? Nun ja, weil da Menschen und andere so stoffliche Wesen sind, auch wenn sie alle bereits starben, sollen sie ihre Tore haben. Wenn eins nicht reicht, auch zwei zu wenig sind, so mögen es drei sein! Doch wie viele Tore auch immer, schöner als so ein statisches Ding, woraus auch immer es geschaffen und welche Dimensionen es eingenommen haben mag, faszinierender sind noch immer Bewegungen und Töne, und sei es nur ein Mäuseraschetn bei Nacht im Laub. Das macht uns Katzenwesen tausendmal mehr an.

Ach ja, so, nur *so*. Wege durch Leere, Fastleere sind öde.

Doch wo ein Tor ist, da wird es immer spannend: Soll ich oder soll ich nicht? Und wenn ich es tue, was erwartet mich dahinter?

Du schaust in dich, versinkst in dir.

Dort steht ein Tor aus gewaltigen Quadern, ein steinernes Tor, das scheint uralt und zugleich so unversehrt. Von einem bläulichen Licht sind seine schwarzen Steine umgeben, sonst wäre es bei all der Schwärze, die hinter ihm liegt, gänzlich unsichtbar.

Du siehst dich und die anderen stolz durch das Tor schreiten.

Denn wir sind Menschen und einmalig.

Denn wir wurden nach GOTTES Ebenbild erschaffen - denken wir.

Jenseits des Tores treffen wir auf die anderen. Auch sie halten sich für die Krone der Schöpfung. Auch sie sind den gleichen Weg wie wir gegangen. All die Kaiser und Könige und Fürsten und Feldherrn so vieler Völker finden wir hier in dieser staubigen Kammer vor.

Alle drehen wir uns dort im Kreis und finden nirgendwo einen Ausgang.

Es dauert einige Zeit, bis wir bemerken, dass einer von uns fehlt.

Wir überlegen. Warum blieb er allein zurück? Was kann er nicht, was wir können? Was tat er wohl, was wir nicht taten?

Dann fällt es uns wie Schuppen von den Augen: Niemals, nie blieb er hinter uns zurück. Er allein ging unbemerkt an uns vorüber. So überholte er uns und gelangte dorthin, wohin wir niemals kommen werden. Voller Demut muss er vor diesen alten Steinen hier gewesen sein, die das Tor bilden. Er stürmte nicht wie wir hinein, noch ging er aufrecht. Er küsste die Erde und neigte seine Stirn in den Staub, denn GOTT ist allmächtig. Er wusste, er weiß, wie winzig er, wir klein wir doch alle nur sind. So schwebte er für unsere Sinne unsichtbar durch das Tor und betrat die jenseitige Welt.

Sie ist Licht.
Sie ist mehr als Leben, Ursprung und Ziel.
Sie ist WEISS.

Du öffnest deine Augen und bist nun sicher, dass du ein Tor durchschreiten musst, um weiter zu kommen. In Stille und Versenkung und voller Demut kann es gehen, nur so und nicht anders. Das zeigte dir dein Traum.

Nirgendwo kannst du ein Tor entdecken.

Und doch müsste es hier irgendwo in diesem Raum zu dieser Zeit sein, glaubst du sicher zu wissen.

Nicht nur, um zum letzten großen Treffen zu gelangen, sondern vor allem, um Manfred wieder zu spüren, musst du hindurch. Ob er es war in meinem Traum, fragst du dich. Oder lebt er noch auf Erden? Unsterblich ist er nicht, längst könnte auch er, wodurch auch immer gegangen sein. Wie kannst du es wissen? Du kannst es nicht.

Dann fällt dir ein, dass du ja vielleicht von Toren schon förmlich umzingelt bist: alle schwarzblau von der Farbe deines Universums, mit Sternenpunkten gesprenkelt, perfekt chamäleongleich getarnt und für deine Seelensinne gänzlich unsichtbar.

Also schaust du dich noch einmal aufmerksam hier und da und dort ringsherum um.

Es bleibt dabei. Nirgendwo ist da ein Tor. Wieder einmal schön geträumt, so wie einst als Mensch auf Erden. Nachtträume, bisweilen auch Tagträume von der großen Liebe, damals dort unten, bevor du Manfred trafst, Nachttodesseelenträume jetzt hier oben.

Du schließt die Augen deines geisterhaften Körpers. Du verschließt alle äußeren Sinne. So treibst du einen Augenblick oder Ewigkeiten im »Nichts«. So öffnest du dich.

Und wieder erscheint das Tor. Dort schwebt es in dir.

Es singt, es ruft, es ruft dich zu sich.

Du treibst zu ihm hin, öffnest nun auch deine äußeren Sinne deines geisterhaft menschlichen Frauenkörpers und siehst es nun auch dort außen vor dir: Rot glüht es in der Schwärze des Alls im Zentrum einer wüstenhaften Scheibenwelt.

Und es wartet nur auf mich?, fragst du dich.

Ja, so muss es sein, denn es rief dich zu sich, es ruft noch immer.

»Schließe deine Augen, denke dich vollends zu ihm hin«, spricht die Stimme in dir.

Du tust es. So schwebst du hinab, wirst immer schneller, bis du ihm kometengleich entgegenfällst.

Während du dich dem großen Tor näherst, siehst du in dir einen glühenden Streifen aus blauem Licht - *Manfreds* Leuchtenden Pfad?, nein, *meinen* Pfad! Dort schwebt er in der Leere, windet sich durch das Tor und verschwindet dahinter im Nichts. Mit geschlossenen Augen erträumst du dir den Weg zum Tor, bis alles still steht. Jetzt öffnest du wieder alle Außenweltsinne.

Da ist es: Gewaltig ragt es vor deiner kleinen Menschenseele auf.

Von welchen Göttern wurde es geschaffen?, fragst du dich zitternd.

Denn weit in den schwarzen Sternenhimmel empor erstrecken sich seine Säulen, sie brennen heiß und glühend rot. Wenn es denn ein Tor sein soll, so muss irgendwo dort oben der Torbogen sein, den du von hier unten nicht wahrnehmen kannst.

Doch sollten es nicht drei Tore sein?

Mag sein, hier vor dir und hoch über dir ragt nur dieses eine auf. Da bleibt nur *eine* Wahl: hindurch oder draußen bleiben.

Ist es nicht immer so, dass man sich entscheiden muss?

Dann bricht eine wahre Sturzflut von Fragen aus dir heraus. Du kannst sie einfach nicht aufhalten. Es ist wie ein Strom, der einen Damm durchbrochen hat: Was ist zu tun? Bin ich nur ein Tor vor einem Tor?

Ob Manfred einst diese Worte sprach? Ja, das sähe ihm ähnlich. Bin nicht auch *ich* wie er? Waren wir nicht in Liebe eins und sind es noch immer - für alle Ewigkeit? Sollten wir uns nicht auch hier in diesem Universum treffen? Weit mag ich gewandert sein, seit ich starb.

Wo bin ich nun - und *wann?*

Und vor allem, *wo* ist *er*?

Wird er sofort nach seinem Tod zu mir kommen oder zunächst alleine weiter durch Welten wandern, durchs Sonnensystem, durch Leere und Sternenhaufen, von einem Ende der Milchstraße bis zum anderen und dann wieder zurück oder 'nur' bis zu ihrem Zentrum, wo er durch ein Schwarzes Loch hindurch in eine andere Galaxis unseres Universums oder eines anderen gelangt? Werden wir uns erst dort vereinigen?

Wird er weiter seinem Leuchenden Pfad folgen, durch Schwarze Löcher gehen, sich immer weiter fort bewegen, so wie er es einst auf Erden von Westen nach Osten tat?

Und wenn es so wäre, und wenn es so geschieht, wie sollen wir uns bei diesen gigantischen Raum-Zeit-Dimensionen dieses einen und all der anderen Universen, die sich weder Menschengeist noch -seele vorstellen können, jemals wieder begegnen?

Dann erinnerst du dich, wie es einst einmal war, wie und durch wen auch immer, wir irgendwo zusammenkamen, verschmolzen, für kurze Zeit eins wurden. Ach ja, die Liebe. So war es, so geschah es, so musste es sein, denn wir sind Zwillingsseelen, die sich immer wieder begegnen, ob im Leben oder Tod, wo und in welchem Zustand auch immer.

Du erinnerst dich an einen Kreis aus erhobenen Schwertern, leuchtend im Licht der Vollen Mondin.

Ob es einst vor Jahrtausenden auf Erden geschah? Oder auf welcher anderen Welt?, fragst du dich.

Wir waren lebendig, tief atmeten wir ein, welchen Stoff auch immer. Wir waren zusammengekommen, weil etwas uns gerufen hatte. Wir hatten uns gefunden. Still waren wir zuvor aus unseren Raumzeitebenen herausgetreten, schweigend aufeinander zu gegangen, hatten unsere Schwerter (und welche Waffen auch immer) gezogen wie Krieger vor einem Kampf, dann innegehalten und uns vor Lachen nur so geschüttelt. Wie seltsam all diese Geräusche der anderen in unseren Ohren für jeden von uns auch klangen, denn wir trugen die unterschiedlichsten Körper mit den verschiedensten Lautäußerungs- und Sinnesorganen, wir wussten, dass all dies Grunzen, Kichern, Krächzen, Wiehern, Raspeln und Rascheln unser Lachen war. Und dieses Gelächter verstärkte sich, schwoll an und würde niemals enden, dachten wir, nein, dachten wir nicht, nichts dachten wir, wo so viel Wiedersehensfreude war. Es endete doch. Um Mitternacht bestiegen wir dann den Hügel auf der Lichtung im Großen Wald, die Blitz und Feuer geschaffen hatten.

Jetzt stehen wir einander zugewandt mit erhobenen Schwertern - still.

Schwarze Schwingen durchwandern schweigend ringsum die Nacht - auf der Suche nach uns, die wir uns wiedertrafen?

Glühende Augen lauern dort draußen, warten, dass der Kreis sich öffnet, dass wir uns trennen - hungrige Jäger!

Wir sehen sie mit geschlossenen Augen und beachten sie nicht. Denn jetzt und hier sind wir gemeinsam stark.

Licht fällt aus einem Vollmond herab - oder ist es die Volle Mondin der Erde?

Licht bricht aus unseren Schwertern (und den anderen Waffen), die dort oben über unseren Köpfen mit unseren Fingern und Händen längst zu Einem verschmolzen sind.

So sind wir nun auch physisch alle miteinander verbunden. Licht steigt empor, fällt hinauf zu ihm, zu ihr.

Stimmbänder vibrieren. Zapfen streichen stridulierend über Schrillleisten. Unsere Münder sprechen magische Worte. Wir singen und klingen. Nach und nach schwinden die Disharmonien, auch im Singen werden wir eins.

Wir sind es. Licht und Klang.

Dann ...

So war es. Doch das war nur der Anfang. Da war noch viel mehr. Doch was? Alles verblasst.

Du öffnest deine Sinne der Gegenwart: Ich muss durch das Tor. Irgendwo und irgendwann dort dahinter wartet Manfred auf mich. Also muss ich durch dieses Tor aus brennendem Stein, feurig flüssiger Lava hindurch.

Von *wem* mag es wohl erschaffen worden sein?

Waren es Riesen, gewaltige Göttergestalten, die es einst durchschritten und dann - wohin und weshalb wieder gingen, mit solch gewaltigen anders gearteten Gedanken in sich, die selbst die Steine des Tores zu Lava zerfließen ließen, sodass die Säulen jetzt noch immer feurig glühen?

Menschen - nicht nur ihre Körper, sondern auch ihr Geist und ihre Seelen - wären damals sofort verbrannt. Staub wäre jeder Mensch, ob zu Lebzeiten oder nach seinem Tod, also auch ich, Staub wäre ich unter ihren Füßen, die hier einst schritten: so winzig klein und unbedeutend. Staub sind wir, bin ich im Leben und im Tod, denkst du und weinst unsichtbare Tränen.

Doch jetzt sind die Riesen nicht da, können sie dir nichts tun. Also schwebst du heran und bläst dich auf, als wärst du ein Rad schlagender Pfau. Halt, das tun ja nur Pfauenmänner, fällt dir kurz ein. Schon hast du es wieder vergessen. Winzig und unbedeutend bleibst du doch zwischen den beiden Säulen, die nun zusammenrücken und sich nicht mehr allzu weit über dir - zehn Meter mögen es sein - zu einem leuchtenden Tunnelbogen verbinden.

Aha, denkst du, das Tor passt sich der Größe des Wesens an, das es durchschreitet. Dann schritt also tatsächlich als letztes hier ein Riese hindurch. Jetzt kommt eine winzige Menschenseele einher, schon schrumpft es beträchtlich, formt sich um, wird eng und »endlos« lang.

Du siehst in dich hinein, siehst dich dort draußen als winziges Licht in der von Feuerwänden umgebenen Schwärze im Schneckentempo kriechen.

Kriechen? Worauf? Ist denn da in der Leere Substanz? Kann denn deine Seele auf Festem gleiten, schreiten, sich fortbewegen?

Während du dich immer weiter, wenn auch unmerkbar, vorwärts bewegst und dir diese Frage stellst, ob denn da irgendetwas unter dir ist, während du all dies tust, bildest du bereits Beine aus - die Materie leihst du dir aus der Torsubstanz. Denn da ist tatsächlich ein Weg, eine Straße, ein Pfad, der mitten durch die Säulen oder Wände des Tunnelbogens hindurchführt. Jetzt läufst du also und kommst dennoch nicht merklich voran. So ist es eben in einer großen Welt für den, der klein, gar winzig ist. Einsam und allein, gleich einer Spinne, die über eine Menschentürschwelle läuft, gehst du lange Zeit unter dem ersten Tor dahin. Nein, acht Spinnenbeine, auch fühlende Taster und Spinnwarzen hast du nicht.

Du bist weder Spinne noch Schnecke, du warst und bist ein Mensch, ob lebend, ob tot, ob Körper oder Seele: Du bist und bleibst ein Mensch. Also gehst du jetzt wieder aufrecht auf zwei Beinen, trägst wieder deinen irdischen Menschenfrauenkörper. Du musst nicht atmen, du wirst nicht müde, du verspürst weder Hunger noch Durst. Du kommst voran, du weißt es, auch wenn du es nicht bemerkst, denn nirgendwo gibt es Orientierungsmarken. Du bist und bleibst ein Winzling bei diesen, wenn auch geschrumpften, immer noch gewaltigen Tordimensionen. Lange Zeit scheinst du am Eingang zu verharren, denn er liegt dicht hinter dir. Unsichtbar noch irgendwo dort vorne mag der Ausgang sein. Du gehst immer weiter. Wie sollst du wissen, wie viel Zeit vergeht: Es gibt hier keine Uhren, es gibt kein Tageslicht, alles bleibt schwarzes All mit Sternenleuchten hinter dir, das du seltsamerweise erkennen kannst, obwohl es doch jenseits dieser beiden glühend roten Tunnelwände neben dir so schwach sein sollte, die über dir zum Torbogen zusammenfließen.

Alles ringsum schweigt.

Wie sollte es auch anders im luftleeren Raum sein, wundert du dich über deinen eigenen Gedanken.

Nichts bewegt sich hier außer dir. Deine Beine gehen wie von selbst.

Nirgendwo ist auf der Straße Staub, am Tor ist kein Verfall zu erkennen.

Du überlegst: Doch wenn das Universum expandiert und das Chaos wächst, wieso scheint hier alles neu - zu sein, zu bleiben, immer wieder zu werden? Niemand wundert's bei den Wänden, dem Bogen, wo alles immer feurig fließt. Doch auch der Weg aus festem Stein ist völlig unversehrt. Gibt es hier etwa irgendetwas, das dem Zerfall Einhalt gebietet? Kleine Putzteufel, Reinigungsroboter, Cyborgs, etwas Biokybenetisches oder gar Lebendiges? Vielleicht hält sich einfach alles so wunderbar - nicht für die Ewigkeit, aber doch »ewig« für Menschenbegriffe - bei Weltraumkälte ohne oxidierenden Sauerstoff? Ja, so mag es sein.

Nichts zu sehen, zu hören, zu riechen, zu fühlen. Nichts existiert hier, niemand außer dir.

Wie lange mag das Tor verlassen sein? Sind die Riesengötter wirklich gegangen, für alle Zeit dahingegangen? Kehren sie niemals wieder? Gehen sie nur einmal alle Tausend Jahre durch dieses Tor, das ihren feurigen Atem bis zu ihrer Wiederkehr bewahrt?

Dann könnten sie eben erst durchgegangen sein oder es im nächsten Augenblick durchschreiten. Und schon wäre es aus mit mir, fällt dir im ersten Augenblick ein.

Doch schon beruhigst du dich damit, dass sich das Tor für sie ja wieder gewaltig ausdehnen würde und du dann wie eine Fliege in deiner alten Erdenmenschenwelt überleben könntest.

»Andererseits auf den Autobahnen, was klebte da so oft an den Windschutzscheiben?«, flüstert eine Stimme in dir.

Den Sinn dieser Worte verstehst du nicht. Doch Halt, Menschenwelten fallen dir ein, wo Frauen und Kinder und Männer störende Insekten einfach so zerquetschten, ganz nach Belieben und aus purem Vergnügen, wenn sie diese da gerade mal irgendwo herumkrabbeln sahen. Warum sollten Götter anders mit Menschen - Menschenkörpern und Menschenseelen - verfahren?

Du lässt alle Gedanken sein. Es wird geschehen, was geschehen soll, denkst du. Vielleicht ist mein Schicksal längst beschlossen. Oder alles ist Zufall und Notwendigkeit. Wie auch immer, du geht einfach weiter, immer weiter, bis - der Götterweg abrupt vor dir endet.

Schwärze gähnt unter deinen Füßen.

So wirst du wieder reine Energie und schwebst darüber hinweg und bist noch längst nicht am Ziel deiner Reise angelangt, noch nicht jenseits des ersten Tores, noch immer inmitten des Halbbogens aus rotem Licht.

Zeit vergeht für dich und auch im All, denn es dehnt sich aus, wird älter und älter, der Abstand zum Urknall wächst und mit ihm die Entropie. Kälte wird überall sein, Kälte und Dunkelheit, denkst du träumend und fühlst dich um. Kälte, Schwärze, kein Feuer mehr! Du zitterst.

Dann irgendwann lachst du glücklich in dich hinein und aus dir heraus: »Habe es geschafft!« Du wunderst dich schon gar nicht mehr, wie es so plötzlich geschehen konnte, dass du den feurigen Halbbogen, von dem du einst nur die beiden gigantischen Torflügel sahst, dass du den Tunnel, das Tor hinter dir gelassen hast, wo alles doch vor einem Augenblick noch so endlos schien. Wie es auch geschah, nun ist es wahr, ist, wie es ist, du hast das Tor durchschritten.

Jetzt endlich ruhst du dich aus, auch wenn du eigentlich gar nicht müde sein dürftest, denn du bist Energie und auf deinem weiten Weg verlorst du nichts. Vielleicht nahmst du sogar Energie aus den brennenden Säulen in dich auf. Also solltest du gar nicht müde sein und bist es doch. Du verharrst und drehst dich um.

»Dort hinter mir liegt nun das erste Tor. Drei aber sollen es sein«, flüsterst du dir selber zu. »Oje, dann kommen ja noch zwei.«

Du drehst dich wieder um, siehst der Zukunft entgegen. Dort nimmst du die breite Straße wieder wahr, ein schmaler Pfad für die Riesen unter den Göttern, doch gewaltig groß für dich. Nun aber schrumpft auch sie ganz so wie das Tor zuvor, auch sie passt sich deinen winzigen Seelenproportionen an. Du schreitest auf dieser Götterstraße entlang, erst noch zögernd und langsam wie eine Schnecke, dann schon beherzter in Menschengehgeschwindigkeit. So setzt du Fuß vor Fuß, schneller und schneller, bis du läufst, ja mit gesenktem Kopf rennst, als wäre sonst wer hinter dir her oder als müsstest du unbedingt einen Termin einhalten.

Endlich schaust du wieder auf und siehst dort vorne in der Ferne ein weiteres Tor. Kaum erblickt, ragt es auch schon direkt vor dir auf.

Das war ja leicht und ging überraschend schnell. Dieses Tor muss das zweite sein, das zweite von dreien. Ja, so muss es sein.

Du schaust es dir an. Es besteht nicht aus schwarzem Stein, sondern aus fließend blauem Feuer, aus feurigem Wasser. Rund ist es, wie ein brennender Reif - im Zirkus, durch den Löwen und Tiger sprangen. Daran erinnerst du dich und wunderst dich zugleich, denn du erinnerst dich nicht, jemals in einem Zirkus gewesen zu sein.

Auch Leoparden könnten das tun, denkst du. Der Schwarze Panther ist doch *ihre* zweite Gestalt, die *mich* auf Erden nach meinem Tod vertrat, die Manfred liebt wie mich: Moyo. *Sie* sollte dort hindurchspringen, *sie*, nicht ich, denkst du noch, und schon ist das Tor verschwunden.

Wieder bist du allein in der Weite, treibst träumend dahin.

Moyo, spring durch den Feuerring!

Langsam drehst du dich. Da ist kein Boden unter deinen Fü... Keine Füße, keine Beine, kein Rumpf, keine Hände, keine Arme!

Vermutlich ist da auch kein Kopf, also können da gar keine Augen sein, also sehe ich all dies nicht, was ich sehe, denkst du. Seltsam, seltsam ist das alles schon.

Was also bin ich? War ich vorher schon? Was war ich da?

Und was war, bevor ich meine »Augen« öffnete? Wurde ich gerade erst geboren?

Immerhin denke ich. Also bin ich wohl.

Doch bin ich körperlos - reine Energie?

Wenn ich aber eben erst neu entstand, woher kommt dann all mein Wissen von Menschenpyramiden, von einer großen Wüste, von Savannen mit Akazien, Elefanten, Giraffen, Löwen und vielen Tieren mehr? Wie bin ich zu all den Wörtern und Sätzen gekommen, die ich flüsternd in mir spreche? Zu den Bildern, die ich sehe? Den Lauten, denen ich lausche? Und all den Gerüchen?

Und weiter rasen Gedanken: Wenn ich all dies weiß, kein leeres Blatt bin - ach ja, ein Blatt dieser Art oder jener Art, so sehen Blätter von Büschen und Bäumen aus -, dann, ja dann war ich schon einmal da, le... - leb... - lebte dort, wurde geboren, wuchs heran, wurde alt und älter, immer älter und star... - starb dann irgendwann.

Also bin ich nun tot und doch nicht erloschen, sondern irgendwo wiedererwacht.

Oder aber alles ist nur ein Traum. Ich liege noch immer geborgen in einer Hütte auf einem Bett, im hohen Gras, in der Astgabel eines Baumes auf der guten alten Er... - Erde. Ja, nicht nur den Boden unter unseren Füßen, zerfallener Stein, Mineralien, Pflanzen- und Tierreste, nicht nur die Basis unter uns, den ganzen Planeten, von dem ich komme, nannten wir »Erde«.

Doch alles scheint mir hier sehr real. Je länger ich hier bin, desto sicherer bin ich mir. Also gut, bin ich also tot und existiere doch noch immer, hänge jetzt und hier wohl einfach so rum, irgendwo im All, in *einem* All von ach so vielen, in welchem auch immer. Ja, ich war und bin eine Frau. Moyo heiße ich. Doch scheine ich hier die einzige Seele weit und breit zu sein. Wo sind all die anderen, die zeitgleich mit mir starben, und all die davor? Leben alle Menschen weiter? Wohin gelangen sie dann? Werden sie wiedergeboren? War nicht auch ich einmal eine andere? Hat jedes Wesen, jeder Glaube seine eigene Nachlebenstodeswelt?

»Hallo, ist da wer? Wo bin ich hier? Hallihallo!«
Keine Antwort.

Deine Erinnerungen nehmen zu, während du die Sterne schaust, die so ungewohnt klar leuchten.

Flimmerten sie nicht sonst?

Ja, so war es auf Erden.

Jetzt, wo du dich drehst, taucht in deinem Blickfeld ein gewaltiger rot leuchtender Körper auf.

In dieser Farbe jedenfalls nimmst du ihn wahr. Rot leuchtet diese Sonne in deinen Menschenaugen, die deine Seele sich aus ihren Erinnerungen bildete. Heller noch, doch grau in dieser Dunkelheit sähest du ihn als Schwarze Pantherin. Ein Riese unter den Sonnen ist dieser Körper. »Roter Riese«, fällt dir ein. Ob er einst winzig war und größer, immer größer wurde?

»Klein war er einst und leuchtete strahlend gelb. Älter werdend wuchs er schließlich gewaltig an. Lange Zeit blieb er so groß, also so klein und gelb, wie er war, dann ging es aus Sternen'sicht' rasend schnell mit dem Wachstum«, spricht eine Stimme in dir.

Das ist ja ähnlich wie bei Tier- und Menschenkindern, nur dass sie sich am Anfang schnell entwickeln: Kaum geboren sind sie schon erwachsen.

Kinder, meine Kinder. Du erinnerst dich an deine Tochter Rani, die ältere der Zwillinge, so gesund, hübsch und intelligent. Und dann war da noch dein Sohn Ra. Wie schnell sie doch erwachsen wurden, in diesem anderen Afrika, in dem niemand Pyramiden baute, wo keine Wüste liegt und niemals Menschen lebten außer uns Dreien. Dort an diesem Ort parallel der alten Erde wuchsen sie heran, lernten so viele und andere Dinge, die weder du noch Manfred kannten. Sie hatten all die magischen Fähigkeiten ihres Vaters geerbt, also waren sie Menschen und Magier und Drachen zugleich. Doch hatten sie auch meinen zweiten Körper, denkst du lächelnd und verwandelst dich auch schon für einen Augenblick fauchend in eine sehr geisterhafte Schwarze Pantherin.

Für immer und ewig sind es deine Kinder, die du als Menschenfrau gebarst. Deine Schwiegermutter, ein wahrer Drache, nein, nicht solch einer, wie es sie unter Menschenfrauen gibt, die wirklich nicht zum Aushalten sind, sondern eine echte Drachin stand dir bei der Geburt bei. Du zogst sie auf der parallelen Erde auf, damit ER sie niemals fände. Allein zogst du sie auf, denn deine einzige Liebe Manfred war durch SEINE Hand im fernen Tibet gestorben. Seinen Körper konntest du aus einem winzigen Fingerknochen wieder erschaffen, den ein Geier dir brachte. Doch wiederbeleben konntest du ihn nicht. So flog seine Seele davon, doch wohin? Auch wenn da keine Tränen sind, weinst du, denn *dir,* Moyo vom Volk der Massai, gelang nicht, was Isis mit Osiris tat.

Das alles fällt dir jetzt wieder ein.

Und du erinnerst dich, dass du unmerklich zunächst, dann ehe du dich versahst, alt geworden warst. Die Jahre waren im Flug vergangen.

Flug?

Flüge gab's. Was für Abenteuer! Denn manchmal nahmen deine Kinder Rani und Ra Drachengestalt an: »Keine Angst, Mama«, lachten sie ihr Drachenlachen, gewaltige Windböen, die deinen kleinen Menschenkörper fast fortbliesen, »komm steig auf und halt dich fest, wir fliegen mit dir über die Welt.«

Als Leopardin sprangst du auf, mal bei deiner Tochter, mal bei deinem Sohn, wurdest oben hinter dem Drachenhaupt wieder zur Menschenfrau und hieltst dich an ihren

Ohren fest. Und dann sahst du auf die Erde hinab. Nach Süden ging der Flug, der alten afrikanischen Heimat entgegen, die sich dank der Drachenmagie deiner Kinder für einen Augenblick öffnete. Dort war dein Dorf. Dort lebten die Massai in einer sich immer schneller wandelnden Menschenwelt. Dort stand die Hütte. Dort lebten deine Eltern und deine Geschwister.

Ob sie wohl noch immer am Leben sind? Und wenn nicht, wo werden *ihre* Seelen weilen oder wohin wandern?

Dich hielten alle im Dorf schon damals für tot: eines Tages verschwunden und trotz oder wegen des Mutes von Hyänen oder Löwen verspeist.

Dann schloss sich das Fenster in die andere Dimension. Deine Kinder flogen mit dir weiter gen Süden. Wie schnell es doch ging, auf Drachenflügeln einen Kontinent zu durchmessen. Jahre brauchtest du einst dafür, um aus Zentralafrika bis nach Ägypten zu gelangen.

Und auch die Zeit verging im Flug. Irgendwann geschah, was unausweichlich war: Rani und Ra verabschiedeten sich: »Leb wohl, Mama, jetzt leben wir unser eigenes Leben. Doch wir kehren zurück, wenn du uns rufst. Dann, wenn du gehst, sind wir wieder für dich da.«

»Passt auf euch auf!«, riefst du ihnen noch nach und sahst sie auch schon im Dämmern der Nacht dem untergehenden Sonn in Drachengestalt entgegenfliegen.

Du lebtest dein Leben. Wieder vergingen die Jahre. Wie lange das wohl war? Und was da so geschah? Ob du sie als Leopardin verbrachtest oder als Mensch? Vermutlich warst du beides, mal in diesem, dann wieder in jenem Körper. Du kannst dich nicht mehr daran erinnern. Alltagsdinge wiederholten sich immer und immer wieder und hinterließen keine Erinnerungen in deiner Seele. Wie alt ich wohl wurde?, überlegst du nun. Als Leopardin wäre ich wohl nicht allzu alt geworden. 80 Jahre vielleicht als Mensch. Als Leopardenmensch müsste mein Alter irgendwo dazwischen gelegen haben.

Und dann geschah es: Eines Tages standen Rani und Ra vor dir.

Du schaust auf: »Ach, da seid ihr ja.«

In Menschengestalt stehen sie an deinem Sterbebett, das kein Bett in einer Menschenhütte ist, denn Hütten, Häuser und Städte von Menschen außer dir und ihnen gibt es auf *dieser* Erde in dieser Dimension nicht. Die Zwillinge scheinen dir um kein einziges Jahr gealtert, seit sie dich verließen. Das muss an den Drachengenen liegen oder aber an Manfreds Magie, ach, wer weiß woran!?

»Mama, wir könnten dich am Leben erhalten. Mag sein, dass wir dich auch heilen könnten, wenn du es denn willst«, sprechen beide synchron.

Nein, bringt mich nach Hause, denkst du ihnen zu - längst hat deine Stimme ausgesetzt. Legt mich dort nieder und lasst mich dann allein.

So flechten sie aus Savannengräsern eine Trage, zunächst mit ihren Menschenhänden, dann beschleunigen sie alles mit Magie. Rani nimmt ihren Drachenkörper an. Ra setzt ihr die Mutti auf und befestigt sie mit einem magischen Spruch. Dann verwandelt auch er sich in einen Drachen. Gemeinsam starten sie und fliegen durch Raum und Zeit, durchbrechen die Dimensionen und legen sie sanft dort ab, wo sie einst geboren wurde, an einem Platz im Zentrum von Afrika, mitten im Land der Massai, das nun so trocken wurde, wo so viele Rinder starben, in dem nur noch eine winzige Minderheit des Volkes auf die alte Art lebt.

Wir werden uns wieder»sehen«, denken sie dir zu.

Du hörst es nicht mehr.

Dann schweben sie davon, halten ihre Tränen noch eine Weile zurück, bis es nicht mehr anders geht, bis sie die andere Dimension, ihre Heimatwelt erreicht haben. Jetzt erst weinen sie ihre Trauer über einer Wüste aus.

Und so ist es gut. Denn Drachen weinen Feuertränen. Es brennt der Sand, das ganze Land dort unter ihnen.

Tatsächlich leben noch einige Menschen im Dorf. Jemand entdeckt die Alte. Ein Wunder, eine alte Frau auf einer Matte, die sich nicht mehr bewegen kann, dort, wo einst eine Hütte stand und eine Familie lebte, von der keiner mehr unter ihnen weilt.

Und die Älteste unter den Frauen wird gerufen.

Und ein zweites Wunder geschieht. Sie erkennt die so plötzlich hier aufgetauchte Alte wieder. Damals spielten die beiden miteinander. Sie war eine von denen, die vor den Löwen flohen und hilferufend ins Dorf liefen, während Moyo tapfer blieb und die Löwen vertrieb. Das aber heißt, Moyo war auch für einen Menschen sehr alt geworden.

Du öffnest deine Ohren und Augen ein letztes Mal: Da ist diese alte Frau, so nah. Sie lächelt mich an. Kenne ich sie von früher her? Ach, sie spricht ja Worte in meiner Muttersprache. Also haben mich meine Kinder nach Hause gebracht.

Wie glücklich du bist, als deine Seele deinen Menschenkörper verlässt.

Die, die die toten Tiere - und Menschen - essen, Aasfresser von den Menschen genannt, Aasesser sollten sie heißen, Hyänen, Löwen und Geier, sie alle kommen in der Nacht und essen und nehmen so Moyos Körper in sich auf, den die Dorfbewohner hinaus in die Savanne brachten. Als Erstes finden sich Hyänen ein. Dann aber verlieren sie ihre Beute an ein Rudel Löwen: den kräftigen Mann mit seinen Frauen - und seinen Kindern. Mag sein, dass es die Nachkommen derer sind, die Moyo in jungen Jahren so mutig verjagte, während all die anderen flohen. Jetzt aber essen sie ihren toten Körper. Und so kehren ihre Haut, ihr Fleisch und ihre Knochen in den Kreislauf des Lebens zurück.

»Für immer und ewig verbunden«, schreit der Schmerz auf und weint in meiner körperlosen Seele: Nun bist auch du, meine Liebe Moyo, gegangen. Nun ist auch dein Körper in unsere Dimension, in die alte Heimat Erde nach Afrika in dein Dorf zurückgekehrt. Nun hast auch du die alte Hülle verlassen, wie es alle Pflanzen, Tiere und Menschen tun. Nun leben wir auf Erden - auf der einen und der anderen parallelen - nur noch in unseren Kindern Rani und Ra, in den Folgen unserer Taten und Nichttaten, in Worten und Nichtworten sowie Geschichten und Legenden weiter.

Ich spüre dich. Fühlst du auch mich? Wann werden wir wieder zusammen sein?

Dies alles liegt nun hinter dir: Die erste Erde und die andere Erde, wo deine Kinder Rani und Ra in Sicherheit vor IHM aufwuchsen, sich gemeinsam immer weiter entwickelten und dich und Manfred längst um ein Vielfaches in Allem übertrafen und es, wer weiß, vielleicht noch immer tun. All diese Welten mit ihren Bewohnern hast du, kleine, große Menschenfrau Moyo nun endgültig verlassen.

Das alles geschah, das alles war.

Jetzt ist jetzt. Jetzt bist du andernorts zu anderer Zeit. Alles andere ist für dich vergangen und doch - niemals vergessen. Jetzt bin ich also tot - dort unten, und kehre nicht mehr zurück. Jetzt bin ich weder Mensch noch Panther, nicht Massai, nicht ... und doch *lebe* ich *hier* ohne Luft, ohne Wärme, im Strahlenhagel, fern von Mutter Erde. Das denkst du, bis dein Denken erlischt.

So treibst du lautlos dahin.

Der Rote Riese zieht dich nicht an, bleibt hinter dir zurück, wird kleiner und kleiner, jetzt nur noch einer unter vielen Sternen.

Du öffnest deine Augen und atmest die kosmische Nacht. Wie wunderbar sie doch ist, wie einst bei den Großen Pyramiden der Wüste. Wo bin ich?

Du öffnest deinen Geist. Etwas muss mich geweckt haben, denkst du.

Zunächst fühlst du nur, dass da etwas vor dir ist: kein Stern, kein Planet, kein Mond, kein Planetoid, auch kein Komet. Dann hörst und siehst du das Tor vor dir.

In dir flüstert eine Stimme: »Moyo, das ist das zweite Tor. Das erste durchschreitet Nairra. Du weißt ja, wer sie ist? Sie ist die, die vor dir bei Manfred war, bis sie durch den Schlag SEINES Schwertes starb. *Das* ist *ihr* Weg. *Du* aber musst das *zweite* Tor durchspringen, um zu deiner großen Liebe Manfred zu gelangen, dessen Körper du neu erschaffen und den du doch nicht wieder zum Leben erwecken konntest.«

Du siehst das zweite Tor vor dir in der Ferne.

Es wächst, denn du näherst dich ihm in rasendem Flug. Es besteht aus fließendem blauen Feuer. Rund ist es wie ein brennender Reif im Zirkus auf Erden, durch den Löwen und

Tiger - aber auch Leoparden springen.

Also werde auch ich meinem zweiten Körper annehmen, den ich auf Erden einst trug, den der Schwarzen Pantherin.

Doch weshalb brauche ich hier einen Körper? Bin ich nicht tot und reine Energie, körperlose Seele?

Eine andere Frau - »Nairra ist es«, flüstert die Stimme in dir - siehst du einen Augenblick lang vor dem zweiten Tor stehen, das nur wenig größer als ihr Menschenkörper ist. Du hörst ihre Gedanken in dir flüstern, dass *du* von euch beiden die mit dem biegsamen Körper zu Lebzeiten warst. Dann verschwindet vor *ihr* das zweite Tor, und auch sie ist für dich verschwunden.

Du aber zögerst noch immer: Soll ich etwa, die ich eine Leopardenfrau war und bin, hier als Zirkusnummer für wen auch immer durch diesen kosmischen Reif springen? Wird da jemand sein, der eine Peitsche schwingt und mit ihr schlägt? Und wer ist hier überhaupt das Publikum? Dies fragst du dich, so zögert der Mensch in dir, dessen Geist ihn allzu oft grübeln lässt, anstatt Taten zu tun.

Dies alles denkst du einen Augenblick, dann hast du auch schon deinen Pantherkörper angenommen. Du konzentrierst dich und springst.

Du landest sanft auf allen vier Pfoten, drehst dich fauchend in deiner neuen Umgebung um, dein Körper löst sich auf, wird dünn und leuchtend, Energie, Geist, Seele.

Wo bin ich?

Schlief ich ein, bin nun aus Nichts, aus Nacht, aus Schwärze erwacht?

Wo bin ich?

Sinne bilden sich, Menschenpanthersinne und andere mehr.

Doch rings um dich herum, draußen, überall, doch nicht unter dir, ist und bleibt die Welt schwarz.

Rasend hinein in die Schwärze

Da ist eine, keine Sterne spiegelnde, vollkommen schwarze Ebene.
Komm näher ran, schau sie dir an!
Siehst du es?
Jetzt passiert es, jetzt prallt er auf, jetzt ist er wieder da, auf den du schon so lange voller Sehnsucht gewartet hast: Manfred ist in Gestalt eines winzigen Energiebündels sanft gelandet und nimmt seinen schimmernden Menschenseelenkörper an.

Was geschieht hier mit mir?, frage ich mich noch, während ich schon auf dem Rücken auf irgendetwas nach irgendwohin hinabgleite. Meinen Körper habe ich wohl wieder. Also richte ich mich, soweit es geht, ein wenig auf und sehe Füße, Beine, Unterleib. Ich hebe meine Arme an - auch die Hände sind dran. Und sie schimmern rötlich. Bin jetzt wohl so ein Mittelding zwischen Energie und Materie. Schaue auf, während ich weiterrutsche.

Hell strahlen die Sterne über mir.

Wie gerne würde ich sie umarmen, nun ja, zumindest ihnen ein wenig näher sein, denn sie sind Licht und Wärme in der eisigen Kälte des Alls.

Leere.

Schaue körperlos aus dem Nichts erwacht hinab.

Dort unter mir nehme ich eine spiegelglatte, geneigte Fläche wahr. Aus glänzend geschliffenem Metall mag sie sein, denke ich noch und verstehe auch schon. Es ist OM, mein ins Gigantische vergrößerte Schwert, auf dessen Schneide mein Körper dort unten dahingleitet, immer schneller und immer weiter hinab.

Gedanken rasen: Oder hat mein Schwert seine Größe beibehalten und ich bin es jetzt, der so winzig klein geworden ist? Was bedeuten irdische Größe und Kleinheit schon hier in diesen Weiten des Alls? Was ist unten, was ist oben? Und wer und was bewegt sich wo wohin, wenn da nirgendwo in der Nähe Bezugspunkte sind? Nirgendwo?

Irgendwo und irgendwann, erinnere mich nicht, muss

meine Fahrt in die Tiefe ja begonnen haben.

Doch das geschah, das war, ist längst vergangen. Jetzt ist jetzt. Jetzt schwebe ich nicht mehr über den Dingen - und auch nicht über mir, sondern liege hier auf dem Bauch - lag ich nicht eben noch auf dem Rücken? Unter mir gleitet der Spiegel, schneller, immer schneller nach hinten davon. Weil ich darüber nach unten rase, klar. Oder ist es doch der Untergrund, der nach hinten von dannen schwindet?

Wie dem auch sei, vor mir liegt ein spiegelndes Meer - mein schimmerndes Morgen?

Über mir, neben mir und sonst überall hüllt Nacht alle Dinge ein. Da ist nur Schwärze, auch dort, wo eigentlich Sterne sein sollten!

Wolken, woraus auch immer sie bestehen mögen, tauchen auf. Wolken ziehen unter rotem Himmel, über rotem Spiegel dahin.

Ich gleite durch sie hindurch, die mich nun umhüllen. Wie süß und verführerisch sie doch duften.

Aber da ist kein Verweilen. Bittend strecke ich noch einmal, ein letztes Mal, meine Arme zur Seite, um sie zu berühren.

Zu spät. Schon liegen sie hinter mir.

So habe ich also die lockenden Dinge der Welt hinter mir gelassen?

Weiter geht meine Fahrt durch die Nacht.

»Ich bin!«, summt die schimmernde Fläche unter mir.

Und ich?, frage ich mich, wende mich von ihr ab, drehe mich, hebe meinen Kopf und meine Augen ein wenig, so weit es geht, und liege wieder auf dem Rücken.

Jetzt sehe ich wieder in der Ferne Sterne leuchten.

Leise flüstern sie in mir, strahlen nun überall.

In *ihrem* Licht wächst glitzernd etwas aus dem Dunkel.

Während ich noch immer stürze und stürze und weiter falle, steigt Stille in mir auf, Gedankenströme verebben, komme ich zur Ruhe, atme die Leere ein, die keine absolute ist, in der noch immer die Reste der Teilchen von dem Urknall dieses einen Universums existieren.

Wie innen, so außen: Auch mein rasender Fall verlangsamt sich immer mehr, wird zum Schweben, zum Gleiten durch Zeit.

So liege ich nun längst nicht mehr auf dem Rücken oder auf dem Bauch, sondern sehe mich von außen in menschlicher Gestalt im Lotos sitzen. Buddha, denke ich, der bin ich nicht, weder der eine von damals, noch einer von vielen. Und doch leuchtet Licht in mir, fällt mir weißblaues Licht aus der Stirn.

Hinter mir liegt die aufsteigende Fläche, spiegelglatte schimmernde Bahn. Ich schaue sie in mir. Sie war kein Traum.

Vor mir aber wartet - Trichter und Ziel der Fläche - absolute Schwärze, ein Schwarzes Loch.

Lange, für Menschenbegriffe und -leben, dauerte es, bis es die Menschen im Zentrum »ihrer« Galaxis entdeckten, das superschwere Schwarze Loch, der Gravitationsmittelpunkt, der die Sterne kreisen lässt. Und schon hatten sie Angst und stellten Fragen: Wie lange saugt es schon Materie ein - so viel Staub und all die Sterne - wohin? Liegt ein anderes Universum in oder hinter ihm verborgen? Ist es ein Tunnel zu einer anderen Welt, einem parallelen Universum? Sind die Galaxien dieses Universums über ihre Schwarzen Löcher miteinander verbunden? Fragen über Fragen und keine Antworten.

Staunend schaue ich das Schwarze Loch, das für Menschenmagiersinne völlig unsichtbar dort vor mir rotierend Materie in sich zieht.

Nach so vielen Geburten, Leben und Toden und schließlich dieser Reise auf spiegelnder Bahn ängstigt es mich nicht.

Doch das wahre, letzte Buddhalächeln leuchtet noch immer nicht in mir. So bin ich ein nur wenig wissendes Teilchen des Ganzen, nur für einen winzigen Augenblick - jetzt - mit den anderen Sechs eins, die wir zusammen im Achten aufgehen werden. Für diesen einen Augenblick sind Ebene und All und Wir brausender, sanft flötender, brüllender, singender Chor, zu *einem* Klang verbunden. Und die glatte Fläche hinter Uns löst sich unter diesem Sound vom Rest des Universums und stürzt ins Schwarze Loch.

Fern, so fern, in einem Arm weit draußen, dem Rand der Galaxis zu zieht ein kleiner gelber Stern, der Sonn, seine Bahn. Planeten - Merkur, Venus, Erde, Mars, Jupiter, Saturn, Uranus, Neptun - die Zwergplaneten und Planetoiden umkreisen ihn und deren Monde die Planeten. *So* viele Himmelskörper rotieren, drehen sich.

Hier aber dreht sich nichts. Die schiefe Ebene, die nur ein Teil von Uns war, ist gegangen. Sie ist noch immer mit Uns verbunden und wird es ewig sein. Doch dort jenseits unseres Universums ist sie keine Ebene mehr, kein Ding, kein Leben, kein ...

Wir schweben noch immer und stürzen nicht in das andere Universum jenseits des Schwarzen Loches, sondern bleiben hier im sternenschimmernden Raum im Zentrum der Galaxis zurück. *So* viele Dinge haben Wir Uns zuzusingen, *so* viele Dinge.

Wir tun es.

Ich erinnere mich an alles, was ich seit meinem Aufbruch als Mensch auf der Erde in der STADT erlebte und an so manches davor. Und während ich mich an all diese Dinge - meine Reise durch die sieben Erdwelten - erinnere, wissen es auch schon die anderen. Und wie ich, so erinnern auch sie sich an ihre Leben. Und so erfahre ich, wie es denen erging, die niemals auf Erden weilten, und bin so überwältigt, dass ich gar nicht bemerke, dass die mit mir viel mehr verbundenen Wesen - Nairra, Moyo und ER - still hinter den Fremden zurückbleiben.

»Einst schwebte ich über der Erde, dann streifte ich durch das Sonnensystem und die *eine* Galaxis, die wir Menschen Milchstraße nennen. Hier bin ich noch immer, doch nun ...«, summe ich ihnen zu, denen es anders erging, die anders sind und mir doch so sehr gleichen, weil sie leben, irgendwie noch immer leben, obgleich auch sie gestorben sind. Ich sehe sie in mir. Ich beginne zu träumen. Ich sehe mich nicht mehr im Zentrum, sondern weit, weit draußen, dort an den Grenzen, die keine Grenzen sind, dort, wo die

Milchstraße in den leeren Raum übergeht, der niemals leer ist, sondern noch immer Materie der bekannten Art - Wasserstoffatome - und der dunklen Art in sich trägt, sehe mich, in der sternenlichtlosen Schwärze träumend verharren, eine Umdrehung lang, die die Galaxis um das Schwarze Loch im Zentrum vollführt.

»Das sind 240 Millionen Erdenjahre«, flüstert die Stimme in mir.

Und dies ist nur eine von 100 Milliarden Galaxien in diesem *einen* Universum. Wie lange ich wohl brauchte, um sie alle zu besuchen und ihre jeweils 100 Milliarden Sterne nach Planeten und Leben zu durchsuchen, fällt mir ein.

»Und dann gibt es da auf Erden einen Helden in einer Heftchen-Buchserie, der sich 'Erbe des Universum' nennt«, kichert die Stimme in mir und hört nicht mehr auf zu lachen.

Hoffentlich dreht Der Dort Oben nicht durch, wenn es Ihn denn wirklich gibt und ich Ihn mir nicht selbst erschuf und immer wieder einmal erschaffe, weil ich selbst nicht ganz bei Sinnen war und bin.

Ich stelle mein Denken ein und öffne meine Sinne.

Die anderen sind gegangen.

Waren sie jemals wirklich hier oder erträumte ich sie mir?

Ich schaue das Zentrum dieser Galaxis, das unsichtbar ist. Ich spüre die Gravitation.

Ein Wort aus meiner Menschenzeit auf Erden fällt mir ein: »Ereignishorizont«. Bis dahin und nicht weiter. Und wenn doch, ist alles aus. Alles zieht das Schwarze Loch hinein, raus kommen weder Mensch noch Maus, zumindest nicht mehr dorthin zurück, woher sie kamen.

Vielleicht aber treten die Dinge irgendwo anders, in welcher »Form« auch immer, wieder aus?

Oder bleiben sie als Energie bis zum Wärmetod des Universums gespeichert darin?

Was geschieht mit Toten, mit lebenden Seelen, mit einer wie mich, mit mir, wenn ich mich einsaugen lasse?

Ich weiß es nicht.

Ich will es probieren.

Ich tue es. Ich schwebe auf das Schwarze Loch zu.

Und bin ich fast nichts, so zieht es mich doch an. Immer schneller und schneller rase ich darauf zu.

Jetzt ...

Spiegel und Erleuchtung

Wie lange bin ich meinen Weg gegangen?, fragst du dich, Nairra. Was geschah, seit ich das erste Tor durchschritt? War denn da was? Ist überhaupt seitdem Zeit vergangen? Was bedeutet Zeit hier in den Weiten des Alls und für eine Menschenseele, deren Körper starb?

Ach ja, da war ein blauer Feuerring, für Moyo bestimmt. Das wäre also das zweite Tor. Was aber ist mit dem dritten Tor? Muss Manfred es passieren?

Du drehst dich wieder zurück, erstarrst, verharrst im Schweben.

Denn hier so dicht vor dir schwebt eine Wand aus spiegelndem Metall. Flüssig erscheint dir die Oberfläche. Könnte auch ein glatter senkrecht stehender See aus Wasser sein, der irgendwie fließt und doch stillsteht, von unsichtbaren Wänden, von Kraftfeldern gehalten.

Du schaust hinein.

Weibliche Eitelkeit muss das sein, fällt dir ein.

Schon denkst du nicht mehr dran. Denn vor dir steht ein Mensch, der deinem geisterhaften Körper gleicht.

Hallo, mein Spiegelbild, wie geht's dir so?!

Auch schon gestorben, wieder auferstanden, weit gereist und durch ein Tor geschritten, ganz so wie ich?, lachst du ihm zu.

Dein Spiegelbild zeigt dir dein Lachen und schweigt.

Wie sollte es auch, wo du doch mundlos in luftleeren Raum nach außen hin nichts sprichst.

Es lächelt dir dein fragendes Lächeln zurück. Klar doch, was sollte ein Spiegelbild auch anderes tun?

Dann aber verändert es sich, winkt dir zu, verwandelt sich.

Du erkennst ihn sofort. So gut wie ihn kennst du noch nicht einmal dich selbst. Manfred steht da vor dir und betrachtet dich still.

Es zieht dich hin zu ihm.

Da kannst du nicht widerstehen. Na klar, die Liebe, was sonst, denkst du einen Augenblick lang.

Näher herangerückt schaust du genauer hin.

Dort im Zentrum seiner Stirn leuchtet ein winziges Licht, das größer und größer wird, nicht nur, weil du dich ihm näherst.

Ja, jetzt siehst du, was dort im Ajna Chakra entspringt: Es ist sein Leuchtender Pfad, der ihn auf all seinen Wegen über die Erde begleitete, der ihn noch immer führt, der nun aber auch aus dem Spiegel tritt, dich erreicht und auch schon durchdrungen und wieder verlassen hat.

Du drehst dich um und schaust dem Leuchten nach. Manfred, bist du diesen Weg gegangen?

Das Leuchten endet. Nur Schwärze ist dort, vollkommen, die das Licht der Sterne und Nebel verdeckt.

»Dunkle Materie oder auch einfach nur Nichts? Gar ein Schwarzes Loch?«, fragt dich die wohlbekannte Stimme.

Ach ja, fällt dir ein, dieser »Spiegel« ist längst keiner mehr, denn Manfred schaut mich daraus an. Um mich zu spüren, kam er hierher, in welchen Dimensionen auch immer er weilen mag.

Also gibt es kein Zögern und Zaudern. Nichts wie hinein!

Kaum gedacht springst du körperlos als reine Energie mitten in sein Drittes Auge, Ajna Chakra, das Energiezentrum *seiner* Stirn.

Jetzt hast du ein weiteres Tor durchschritten.

Du schwebst in dir. Alles, was ist, ist in dir.

Wie oben, so unten. Wie außen, so innen. Alles ist eins.

Lungenlos atmest du goldenes Licht ein.

Körperlos atmest du Sterne aus.

Denn du bist Mutter und Vater *dieses* Alls und bist zugleich all seine/deine Kinder.

Du spürst Sie in dir wachsen, mit all ihrer Liebe und ihrem Hass, ihrem Frieden, ihren Kriegen, ihren Geburten, Leben und Toden und Wiedergeburten.

Du weinst, du lachst, du lächelst, so, wie es nur die Erleuchteten tun.

Buddha-Geist
Gleich einem ruhigen tiefen
kristallklaren Wasser,
in dem die Mondin
sich vollkommen
spiegelt.

Universum

Kosmos

Schau in die Nacht
den Sternen entgegen,
lausche den Klängen
deines Ichs
und finde dich wieder
in den Sonnen der Welt!

Andromeda

Wie lange ist es her?
Was bedeutet schon Zeit hier draußen?
Damals sahen wir Menschen durch die Augen zweier Astronauten mithilfe unserer Technik am Horizont zwischen grellem Hell und Schwarz erstmals die blaue Erde aufgehen. Mit unseren Teleskopen schauten wir die anderen Galaxien, Andromeda und all die, die namenlos blieben und nur Nummern in Katalogen bekamen, um in *ihren* Strukturen zu erkennen, wie *unsere* Milchstraße beschaffen ist.

Jetzt ist es geschehen. Ich, Manfred habe es getan. Und bin ich auch tot, so sehe ich doch und schaue mit Menschenaugen aus meinem geisterhaften Körper, dem keine Weltraumkälte etwas anhaben kann, vom Rand aus, von Andromeda herüber zur Nachbargalaxis, die wir Menschen »Milchstraße« nennen, an deren Peripherie sich unser Sonn um das Schwarze Loch im Zentrum dreht, durch das ich ging, aufgelöst und vergangen, neugeboren hier, wieder geistig am Leben, wie nach dem Feuertod im Drachenhauch meiner Mutter Smorré-Aié, wie schon einmal nach meinem Erdentod dort oben im Himalaja durch IHN.

Wie kann das alles sein?
Ich weiß es nicht. Ich weiß nur, dass ich bin.
Ich schaue, staune und weine unsichtbare Tränen, die rötlich leuchten wie auch ich. Denn dies ist der erste Blick eines Menschen von außen auf seine Heimatgalaxis.

Nur ein kleiner Sprung eines Toten durch ein Schwarzes

Loch, doch ein großer - war da nicht irgendwann und irgendwo etwas mit einem Schritt für die Menschheit?

Träume ich? Träumte ich? Träume ich noch immer?

Ich sah, wie Nairra in mein Drittes Auge sprang und so ein weiteres Tor durchschritt, einen großen Schritt zur Erleuchtung tat. Uns alle sah ich einen Augenblick lang. Die, die nicht von der Erde stammen, stellten sich mir vor. Die enger mit mir Verbundenen traten in ihren Seelenschatten zurück.

Ich erinnere mich an wunderbare Augenblicke im Leben eines von Uns, der hier in dieser Galaxis, der Menschen den Namen Andromeda gaben, lebt.

Nein, er ist kein Lebewesen, er lebte nicht wie die meisten von Uns. Also ist er auch anders tot.

Nein, er ist auch nicht künstlich, keine Maschine. Er ist Lebewesen und Maschine, beides zugleich und viel, viel mehr. Und doch lebte das Ganze über den Tod hinaus fort. Er ist tot wie auch ich und alle anderen von Uns. Er lebt posthum weiter - wie Wir alle Sieben.

Mentaxtamar

Ein Cyborg, nicht ein x-beliebiger einer zukünftigen Erde, sondern einer der Sieben, die eigentlich acht sind, ein Cyborg einer Galaxis mit Menschennamen Andromeda erinnert sich daran, wie seine Reise begann. Da waren sieben Pflanzenwesen, die ihm einen Stirnreif überreichten. Wovon er nichts wusste, war die magische Bedeutung der Zahl Sieben in der Welt von Ihm Dort Oben, also auch in Manfreds Leben, der fern in Raum und Zeit, in einer anderen Galaxis namens Milchstraße einst seinen sieben Samurai, sieben Fledermäusen, sieben Delfinen begegnete. Immer wieder waren es sieben.

Wie aus dem Nichts gewachsen stehen sie plötzlich vor ihm, der teils organisch, teils kybernetisch ist, ein Nachtwesen mit großen Augen, welches wie Dinosaurier, Vögel und Menschen aufrecht auf zwei Beinen geht, die es hier weder jemals gab noch geben wird.

Er weiß, wer die anderen sind. Sie nennen sich »Wächter

der Höhle«. Sie sind es, also bewachen sie dort wohl einen wertvollen Schatz.

Es sind sieben junge humanoide Wesen mit einer grünen, von nur wenigen weißen Haaren bedeckten Haut und roten Augen. Schwarze Gürtel um die Hüften geschlungen, breitbeinig, geduckt, zum Sprung bereit, die Hände gekrümmt - so warten sie?

Nein. Sie kommen langsam näher.

Angriff!? Verteidigung? Flucht? Oder einfach stehen bleiben und sie völlig ignorieren?, rasen Gedanken in unserem Cyborg.

Oje, für manch einen Menschen wäre das der Anlass zur Panik - aber er ist ja kein Mensch. Menschen gibt es hier nicht, also ... - eben.

So steht er still und spricht das erste Wort in den Wind.

Ihre Hände sinken nieder. Zitternd stehen sie alle im Halbkreis vor ihm.

Nun flüstert er das zweite Wort.

Siehe da, schon liegen sie mit etwas abgehobenen Köpfen und flehenden Augen auf dem Boden.

Er tritt noch näher, beugt sich zu ihnen hinab, hört ihre Gedanken in sich, versteht. Sie wussten, woher auch immer, dass er kommen würde, sie hatten ihn erwartet.

Sprich nicht das letzte tötende Wort!, singen bittend ihre Seelen, flüstern sie ihm telepathisch zu und weinen.

Er spricht - doch andere Worte in ihrer Sprache. Denn er lernt schnell, und seine Sprachorgane passten sich den ihren an: »Steht auf!«

Sie erheben sich, beraten kurz, nähern sich, verneigen sich tief und nennen ihn ihren »Meister«.

Das aber wundert ihn doch sehr, denn was hat er ihnen schon gegeben? Kein Wissen, keine geheimen Fähigkeiten, keine Kampfkünste, keine Lehren und Philosophien. Das Einzige, was er tat, war, zwei Worte in ihrer Sprache zu sprechen. Muss ein Missverständnis sein, vielleicht doch ein Sprachproblem, fällt ihm ein.

Sie geben ihm einen kristallenen Reif und beantworten auch schon seine nicht ausgesprochene Frage: »Die Macht haben zu töten und sie nicht zu gebrauchen, ist Meisterschaft. Darum nennen wir dich Meister, Herr. Deshalb bist du der, dessen Stirn den Reif tragen soll. Nimm unsere Gabe und die Kraft unserer Arme. Wir wollen dir folgen!«

Er zieht den Reif über die Stirn.

Der passt sich seiner Kopfform an, verwächst mit ihm. Warm wird es im Zentrum zwischen den Augen unter dem Kristall.

Er versteht: Kristallverstärkung der geistigen Kräfte. Denke dir eine brennende Kerze. Und schon steht sie vor dir. Kein Abbild. Sie ist echt, du kannst dir die Finger an ihr verbrennen. Dieser Stirnreif besitzt große Macht, kann Leben erhalten oder nehmen. Nur in den Händen des Meisters ist er Hilfe und Rettung aus der Not.

Dann bedankte sich der, der keinen Namen trägt und den wir deshalb einfach nur »Cyborg« nannten, und zog eine Weile mit ihnen über ihre Welt voller Farben und Musik. Viele Abenteuer erlebte er, die Bücher füllen würden. Eines Tages aber, nein, eines Nachts sah er zu den Sternen und den drei Monden dort oben auf, verabschiedete sich von seinen grünen Freunden - es waren längst die Kindeskinder derer, die er damals traf -, und ließ sie auf ihrer Welt zurück. Denn er ging, wie es alle Lebewesen tun, ob sie nun voll organisch oder Cyborgs sind. Sein Körper löste sich auf und setzte seine Seele frei. Sie flog davon.

An den Feuern, die ihnen bei Nacht Schutz geben, singen sie nun von ihm und preisen seine Taten. Sie beweinen ihn, den sie »Mentaxtamar«, das ist der Namenlose aus der Nacht, der den Stirnkristall trägt, nennen. Und ihre Ahnen, die einst künstliche Sonnen für die Nacht schaffen werden, schreiben alles auf, was ihnen überliefert wurde, damit nichts verloren geht, damit alles für die Ewigkeit bewahrt wird, obwohl da immer wieder einmal ein Weiser unter ihnen ist, der über ihren Eifer und Glauben an diese Art von Unsterblichkeit nur lachen kann. Denn er weiß, dass alles vergänglich ist. Andere Weise aber wissen, dass nichts von dem, was einmal existierte, wirklich vergehen kann und alle Dinge, ob »groß« oder »klein«, zugleich bedeutend und unbedeutend sind.

NairraMoyo - und Manfred ist wo?

Und fern von Andromeda, noch in der Lokalen Gruppe der Galaxis, die die Menschen Milchstraße nennen, treffen sich nun endlich zwei, die schon immer eins waren, zwei Aspekte, zwei Teile eines Ganzen, einer Liebe, zwei sich ergänzende Seelen, Zwillingsseelen: die, die vorher war und ging, und die, die Manfred Kinder gebar und ihr schließlich folgte.

Säulen, die irgendwo dort oben Bögen haben könnten, Säulen in Säulen verschachtelt, Bögen dort oben, unten denen du schwebst, und Bögen unter deinen Füßen, Bögen vor und hinter und neben dir, wie auch Säulen rings um dich herum. Sie alle leuchten und funkeln. Sie alle erfüllen den leeren kosmischen Raum mit Substanz, die du noch immer brauchst.

Und in dir erheben sich gewaltige Klanggestalten, welche all die Säulen und Bögen, all diese Tore erst aus sich gebären, so wie du einst Rani und Ra. Ein kosmischer Chor singt in dir, der alles Leben in sich enthält. All dies schaust du, all dem lauschst du, du kleine Moyo.

Dort draußen hindurch, hier drinnen hinein werde ich gehen?, fragst du dich - einen Augenblick lang. Doch im Leben und nach dem Leben, immer warst du mutig. Und so ist es auch jetzt. Es gibt keine Angst. Was geschehen soll, wird geschehen. Und liegt es an dir, du wirst tun, was zu tun ist. Schließlich verjagtest du einst in Menschengestalt die Löwen und sprangst als Schwarzer Panther durch den Feuerring.

»Was? Wie? Wohin?«, piepst eine winzige Stimme, die niemand im luftleeren Raum hören kann, in Anbetracht dieser gigantischen Dinge. Und dieser Winzling, das bist du!

Alle Fragen enden. Alle Sinne sind verschlossen.

Alle Sinne sind offen wie nie zuvor.

Kontakt. Du fühlst die Vibrationen, die dich rufen. Deine ganze Seele beginnt sich im Rhythmus der Wellen zu bewegen. Ein Klang, ein Schwingen, eins werden, eins sein, Einklang, durchdrungen, durchdringen, hinübergehen. Du weinst, du lachst, du fühlst die andere Hälfte, die all das außen und innen und allüberall war und ist und für alle Zeit sein wird. Nairra, du bist ja der Klang, denkst du noch einen Augenblick lang verwundert. Dann gehst du in ihrem weißen Licht auf.

Jetzt wissen wir alles von uns. Jetzt gibt es keine Moyo mehr und auch keine Nairra. Jetzt sind wir beide eins. NairraMoyo könnte man uns nennen, natürlich auch MoyoNairra oder wie auch immer man Buchstaben kombinieren mag. Doch Namen haben in unserer Seelendimension keine Bedeutung, denken wir lächelnd.

Durch Schwärze treiben wir als winziger Lichtpunkt dahin.

Schlafen wir? Träumen wir? Erschaffen wir uns Welten im Traum?

Wir fühlen uns um. Mit all unseren Menschen-, Leoparden- und göttlichen Sinnen hören und schauen wir, erfahren wir den Raum ringsum von den tiefsten bis hin zu den höchsten Spektralbereichen. Wir sind voller Staunen. So fielen wir vor Demut auf die Knie, wenn denn hier ein Boden wäre und wenn wir Körper hätten. Also verneigen wir uns geistig vor der Schöpfung, dessen Teil wir sind.

Licht!, denken wir. Schon haben wir die Schwärze hinter uns gelassen, sind wir mittendrin im Kugelhaufen. *So* viele Sterne. Wie hell es hier ist! Sonnen über Sonnen strahlen. Hunderttausende oder gar Millionen mögen es sein.

»Zahlreiche Kugelhaufen von Sternen umgeben die rotierende Milchstraßenscheibe. Oberhalb und unterhalb verstreut im Raum verharren sie scheinbar still. Und doch wurden auch sie geboren wie jedes Teil, jeder Stern in ihnen. Also werden sie älter und vergehen. Nach 100 Milliarden Jahren!«, flüstert die geheimnisvolle Stimme in uns. Ach, Seine Stimme ist es ja. Er Dort Oben staunt mit uns, die wir doch Seine Geschöpfe sind. Wir wissen es. Wir wissen so viel und zugleich so wenig von all dem, was ist und war und sein wird, von allem, das existiert.

Hell ist es in diesem Kugelhaufen. Niemals herrscht hier schwarze Nacht, wie es anderswo sein soll - ach ja, einst war und ist. *Noch* sind da Erinnerungen, die immer mehr verblassen, Erinnerungen an einen einzelnen gelben Stern - Sonn genannt - am blauen Himmel, an dem weiße und graue Wolken schwebten, an eine Volle Mondin in sternenfunkelnder Nacht dort fern am Rande der Galaxis. Ach ja, so viele verschiedene Wesen lebten dort einst, nicht alle, doch die meisten kannten den Wechsel, die »ewige« Wiederkehr von Tag und Nacht. Und zwei von diesen vielen waren wir?

Ja.

Wir schweben, wir lauschen, wir singen, wir reden, wir hören, wir tasten und riechen und spüren und fühlen, wir ...

Da sind all die anderen Planeten und Monde des Sonnensystems, dessen dritter Planet die Erde ist.

Wir, die wir einst Nairra und Moyo waren, besuchten sie nie, und doch erinnern wir uns daran. Wie kann das sein? Wer war dort und weilt jetzt nur als Erinnerung in uns? Manfred, unsere ewige Liebe, bist du es?

Wir wissen es. Er war an all diesen Orten, denn er erzählte ja davon bei unserem letzten Treffen, bei dem auch die anderen, nicht Irdischen uns ihr Leben zeigten. Wir aber standen abseits, aus welchem Grund auch immer und sagten nichts. Weil einer von der Erde schon genug von sich gab?

So mag es gewesen sein.

Jetzt sind wir beide eins. Doch unsere große Liebe, Manfred, ist fort.

Lautlos ruft unsere Sehnsucht in die Weite: Komm zurück, werde eins mit uns!

Wir lauschen und hören nichts als Rauschen.

Müde treibe ich durch die Weiten von Andromeda und schlummere ein.

Träume. Erinnern. Starb ich nicht einst voller Schmerzen am Gift eines schwarzen Pfeils?

Ja, so ist es. Also bin ich tot und träume nur davon weiterzuleben, träume von winzigen tanzenden Elfen, einer Pyramide aus Licht und meinem Schwert OM in gigantischer Größe, auf dem ich ins Nichts hinuntergleite. Irgendwann ist da auch ein großes Treffen von Uns allen. Sieben sollten wir sein. Doch wenn es so ist, wo sind dann Nairra und Moyo? Alle reden von sich, oh ja, auch ich, alle bis auf die beiden und bis auf IHN. Schwärze ist da. Da ist auch ein Licht, in dem die beiden Geliebten aufgehen.

Wie viele Dinge, Wesen und Welten, wie sie ein Menschengeist niemals ertragen kann, haben sich da nur in meinen Träumen vermischt, frage ich mich einen Augenblick lang aus der Distanz heraus.

Dann ist nur noch wirbelndes Pulsieren.

Dem folgt die Schwärze einer sternenlosen Nacht.

Nichts mehr danach, nichts mehr!

Satori - Shunyata - Samsara

Ich öffne meine Ohren und Augen am Morgen eines neuen Tages. Befinde mich nicht mehr irgendwo im Nirgendwo der Schwärze des Alls, auch nicht im hellsten Sternenkugelhaufen, sondern liege auf der Oberfläche eines kleinen Planeten - nennen wir Menschen diesen Untergrund nicht wie unseren Heimatplaneten auch einfach nur »Erde«?

Ja.

Still betrachte ich meine Hände. Jede hat vier Finger und den berühmten opponierbaren Daumen zum Zupacken - Menschenhände sind es, wie ich sie einst auch auf der Erde besaß.

Tau liegt auf meinen Händen, Tau benetzt meine Stirn und meine Augen. Frisch am Morgen liegt Tau hier überall auf den Gräsern.

Wo bin ich?

Nein, es ist kein Erdengras, wie ich es kenne. Doch könnten es Gräser der Erde aus einer anderen Zeit sein?

Nein, denke ich und weiß auch schon weshalb, als ich kurz empor zum Himmel schaue. Dunkle Blenden überwachsen meine Augen, und mein ganzer nackter Körper bildet eine dicke braune Schutzschicht aus - ein seltsames Wort »Sonnencreme« fällt mir ein. Dann weiß ich auch, was das Wort bedeutet und lache: Die wäre hier viel zu schwach. Denn diese Sonne hier strahlt bläulich grell und ist gigantisch. Gelb spiegelte sich einst unser Sonn in meinen Menschenaugen. Niemals war Er so gigantisch groß und wird es auch niemals sein wie dieser Blaue Riese hier.

Und doch ist er blau wie auf Erden, dieser Himmel hier über mir, zumindest war er es einen Augenblick lang - in meinen Augen, meinem Geist.

Stehe ich also auf und erkunde diese Welt.

Ich versuche, mit meinem UV-geschützten Menschenkörper aufzustehen.

Komme einfach nicht hoch.

Also löse ich den Körper auf, den ich mir aus der Erde dieser Welt schuf.

Leicht, wie ich nun bin, müsste ich mich doch einem Löwenzahnsamen gleich bei dem ersten Windstoß lösen und durch die Lüfte gleiten.

Weht hier Wind?

Ja.

Dann hält mich vielleicht irgendetwas oder irgendwer fest, weshalb auch immer. Lauert da ein Seelenesser? Ist diese Welt eine Falle für neugierige Magierseelen? Sind hier außer mir noch andere gefangen?

Ich trete aus mir aus und schaue auf meinen fast unsichtbaren Körper, den reinsten Astralleib, hinab. Wie zart und dünn ich nun auch bin, dieses Gras hier hält mich umschlungen, hat sich in Bögen über Arme, Beine und meinen Hals gelegt.

Ich fahre wieder in mich hinein.

Also sollte ich reine Energie werden, ein Lichtlein, ein Seelenhauch.

Ich versuche es.

Es geht nicht. Ich kann meinen neuen Körper nicht verlassen, bin in ihm gefangen, wie ich es einst im Leben auf Erden war. So ähnlich fühlt sich dort vielleicht eine Heuschrecke im Netz der Wespenspinne, fällt mir ein. Ganz gleich, ob sie in der kurzen Zeit, die ihr noch bleibt, zappelt oder nicht, die Spinne findet sie, webt sie ein und verzehrt sie mitsamt der Seide.

Und was passiert hier mit mir?, denke ich noch und ...

Da ist ein Flüstern aus unbekannten Tiefen. Etwas, jemand flüstert in mir.

Was will es nur? Wer ist es? Ist es das Gras, das meine

Energie zum Leben braucht? O Welt fern der Erde, ob ich dich in der kurzen Zeit, die mir noch bleibt, jemals ein wenig verstehen werde?

(Stille, Leere)

Aha, wieder so ein Cliffhanger, lächelt schnurrend die Katze. Gleich kommt die Werbung mit den leckersten Dingen, die Katzen mögen, in Tüten und Büchsen, tief gefroren, doch am liebsten noch immer schön lebendig und flink. Die hol ich mir, dann kann's weitergehen.

Nur die Ruhe bewahren! Don't panic! Tief durchatmen, tief!

Und das als Toter, als lebende Seele, lache ich und werde auch schon wieder ernst.

Konzentration ist angesagt. Jetzt heißt es, alle Chakren zu aktivieren, vom ersten dort unten am Steiß bis ganz nach oben hinauf zum siebten auf dem Scheitel!

Ich tue es, lasse Licht in mir leuchten! Atme tief ein und aus und ein und ... Schalte mein Denken ab, denke ich noch ... Stille sein und willenlos lauschen!

Schaue hinab und sehe mich schweben. Steige immer weiter in den Himmel auf. Körperlos schwebe ich über der Welt und habe etwas mitgenommen: Und das sind nicht nur die Erinnerungen an das, was geschah, sondern auch etwas von dem, was mich gefangen hielt und in mir war.

Nun habe mich über diese Welt erhoben, diese dort unten und all die anderen, summt es in mir so glücklich. Jetzt habe ich all die Dinge dieser Galaxis namens Andromeda, der Milchstraße und aller anderen, ja, des ganzen Universums hinter mir gelassen. Lautlos lache ich und weine zugleich. Dann bin ich nur noch lächelnde Stille.

Irgendwann bin ich bereit für meine letzte Tat, Untat, Nichttat.

*Das Leuchten des siebten Chakra Sahasrara über dem Scheitel des Menschenkörpers ist nur ein Zeichen der E*RLEUCHTUNG*. Alles Denken ist erloschen,* SATORI *- Erwachen. Sein zappelndes Ich starb mit dem Blitz, so plötzlich beim*

*Klang dieser einen Glocke tief in ihm. Eins ist er mit der Welt, die sich spiegelt auf diesen Seiten aus Papier, die sich spiegelt in dir, mit der Welt, von der du ein Teil bist, mit allen Welten und Universen, e i n s. Eingang ins Nirvana, S*HU-NYATA*. Lächelnd stirbt der Magier, nicht sein Körper, sondern seine Seele. Lächelnd stirbt der, den es nie gegeben hat.*

Und du, liebe(r) LeserIn, wunderst dich: »Wie kann er sterben? Es gibt ihn doch, er existiert, er lebt, er starb, er wurde wiedergeboren - er ist. Er ist doch der Held all dieser Abenteuer. Dann wäre ja alles aus und vorbei. Nein, das kann und darf nicht sein!«

Lächelnd stirbt Manfred, denn er weiß um die Wirklichkeit, dass alles nur Leere ist. Alles ist Leere. Denn nicht nur er, der aus der Welt der Gegenstände und Wesen kommt und nun reine Energie ist, nicht nur er ist SAMSARA, ist Leere, sondern auch all unsere Gedanken und die Götter sind nichts als Leere. LEERE, aus der wir sie und uns immer wieder neu schaffen, in endlosen Kreisen von Begierde und Leid.

Jetzt, wo ich schon lange kein Mensch mehr bin - denn »Ewigkeiten« ist es her, dass mein Körper auf Erden bis auf *einen* Knochen verbrannte, den ein Geier nach Ägypten brachte -, jetzt, wo ich durch gewaltige Räume gereist und so Vielem, wie kein Mensch, kein Menschengeist, keine Menschenseele vor mir, begegnet bin, jetzt, wo ich von Licht durchflutet still in der Leere weile, empfinde ich mehr als je zuvor das Leid aller Wesen auf und zwischen allen Welten zu allen Zeiten, all dies.

Also lausche ich und höre mein altes Ich noch einmal schreien und weinen. Seinen Zorn und seine Wut brüllt es ein letztes Mal hinaus. Jetzt sind die Klänge nach oben getrieben, die einst irgendwann und irgendwo waren. Jetzt sind sie alle für einen Augenblick - für alle Ewigkeit - zurückgekehrt: Da ist in der STADT am Morgen der Ruf der Türkentaube. Im Sommer sind da die Schreie der Mauersegler, die über den Häuserdächern ihre rasenden Kreise ziehen. Menschen sprechen. Es singt der WALD, jeder Baum, jeder

Ast, jeder Zweig, jedes Blatt und jede Blüte, alle singen sie in mir, nicht nur die Vögel in den Bäumen und die Heuschrecken in den Gräsern, nicht nur Delfine und Wale, sondern auch die Fische singen in den Teichen und Seen, Bächen und Flüssen und im Meer; Fledermäuse rufen in der Nacht.

Höre die Planeten und Monde kreisen, jeden in einem anderen Ton, und auch den Sonn im Zentrum, ihn und all die anderen Sterne.

Höre zugleich die kleinsten Dinge singen: Atome, Elektronen, Protonen, Neutronen, Quarks.

Höre die Stille der gewaltigen Leere in den kleinsten Teilchen und größten Weiten des Alls.

Alles singt und klingt und schweigt zugleich.

Dann ... (Kein Ich, kein Du, kein Wir, kein Wort, kein Name, kein Laut, keine Stille ...)

Jetzt spüre ich die Freude und das Lachen, die Lebenslust aller Wesen auf und zwischen allen Welten zu allen Zeiten, all dies.

Ich kichere wie ein kleines Kind, ich lache.

Jetzt bin ich jenseits aller Dinge und in allen Dingen zugleich, erinnere mich an die Zeit und den Körper damals dort, an meine Geburt, mein Leben, meinen Tod und meine Wiedergeburt - *all* meine Leben und Tode und Wiedergeburten.

Jetzt weine ich nicht mehr.

Jetzt lache ich nicht mehr.

Jetzt habe ich ein letztes Mal diese Gedanken hier gedacht und erinnere mich schon nicht mehr an sie.

Jetzt ist da nur noch Lächeln.

Alle Räume - alle Universen, alle Galaxien, alle Welten ... alle Zeiten - Vergangenheit - Gegenwart - Zukunft ... alles ist eins.

Wo Erleuchtung ist, ist kein Anfang, keine Folge und kein Ende.

Auch sind da längst keine Worte mehr.

Wer erleuchtet ist, kann es nicht beschreiben.

Was sagen schon Worte und Bilder aus?

Wer es nicht ist, kann es nicht verstehen.

Also kann ich dir von *diesen* Dingen, wie auch von allem anderen, nur wenige äußerliche Bilder und Begriffe geben, nicht mehr, mehr nicht.

Wenige Teile des Ganzen kehren zurück, verstehen, dass sie schon immer waren, sein werden, was sie nun sind: eins mit dem EINEN, das so viele Namen trägt, von denen einige da lauten:

BRAHMAN
JAHWE - GOTT - ALLAH
TAO
LEERE
ALLES
NICHTS

Alle Dinge und Wesen leben in IHM.

So viele Wesen wissen es nicht, können es nicht verstehen.

Wir im Multiversum

Wir

Wir
erwachen
zittern
schreien
lachen
lächeln
Wir?

Ouroborus

Das ist
die sich in den Schwanz
beißende Schlange
Unendlichkeit - Ewigkeit

Hörst du es?
Siehst du es?
Fühlst du es?
Tust du es?
Bist du es?
Das Klatschen der einen Hand!

So werden Universen geboren
die ewig sind
Denn nichts entsteht
und nichts vergeht
Worte des Magiers über ein Zen-Koan

Drei und ES

Drei sind Menschen. Einer ist Manfred. Wir alle kennen ihn seit der Nacht, als er in einer kleinen Stadt auf Erden aufbrach. Seither folgt er seinem Leuchtenden Pfad, ganz gleich, ob er nun außen vor seinen Augen oder innen erstrahlt. So war es vor seinem Tod, so ist es auch posthum. Seine Seele erwachte über dem blauen Planeten, unser aller Mutter Erde. Dann bewegte sich Manfred vom Erdorbit über die Mondin durch das Sonnensystem nach außen und zu anderen Planeten, Sternen, Galaxien hin, und weiter durch die Weiten des Alls, bis der Blitz der Erleuchtung kam.

Die Zweite heißt Nairra. Sie ist die Göttin, die aus ganzem Herzen liebend ihre Welten erschafft, die da bei all dem Leid weint, bei all dem Glück lacht und sich doch so nach ihm sehnt, der immer schon ein Teil von ihr war, wie auch sie ein Teil des Mannes ist, denn beide sind sie Yin und Yang und Yang und Yin.

Dann ist da noch die Dritte. Sie ist wie die erste und doch ganz anders. Moyo ist ihr Name, die vor IHM floh und sich mit ihren und Manfreds Kindern auf einer parallelen Erde verbarg. Sie schafft keine Welten, sie hat Kinder geboren, die einst Götter sein werden, der eine im alten Ägypten. Wir alle kennen seinen Namen: Es ist Ra. Und seine Schwester Rani wird auf einer anderen Erde herrschen, wo Frauen regieren, ihre Namen weitergeben und Männer nur für Zeugung und niedrige Arbeiten zu gebrauchen sind - bis sie sich endlich emanzipieren. Lange blieb Moyo vor unseren Augen in der Parallelwelt verborgen und schenkte dort, gebar allein aus sich zahllosen Wesen das Leben. Dort wird sie verehrt. Dort lebt sie in allen weiter - Jahrtausende, auch noch, wenn die Standbilder, die humanoide Wesen dort ihr zu Ehren errichteten, längst verfallen sind. Erst kurz vor ihrem Tod kehrte sie in ihre Heimat, ins Land der Massai im alten Afrika zurück.

Nun sind Nairra und Moyo nach Durchschreiten der Tore zu einer Seele vereint: NairraMoyo.

Also sind da nur noch zwei: Manfred und sie, wären da nicht noch ...

Ja, da sind da noch weitere Drei, ja vier, die eigentlich nur eins sind. Da ist ES, ein geschlechtsloses Wesen, das ein Teil SEINER schwarzen Welt mit Namen T-her ist, die da träumend inmitten von WEISS schwebt. Einst wurde ES ausgesandt und landete 65 Millionen Jahre vor der Zeit, in der dieses Buch entstand, auf Erden, sank hinab auf den Grund des Meeres und sandte SIE vor zehn Millionen Jahren hinauf, dem ER vor vier Millionen Jahren folgte. In den Seen und Flüssen lebte SIE lange Zeit, bis sie sich schließlich auf der dunklen Seite der Mondin träumend niederlegte, während ER, der wie SIE das Licht ertragen konnte, durch die Geschichte der Menschen geisterte und Nairra sowie auch Manfred tötete. Alle kehrten sie dann gemeinsam in ES nach T-her zurück. So geschah es, so war es, so ist es.

Roter Sand und zweite Erde

»Waswaswas?« Kein Erinnern. Was war vorher? War denn da was?

Also stehe ich auf.

Ja, da ist Sand unter meinen Füßen.

Drehe mich einmal im Uhrzeigersinn um mich selbst. Auf diese Weise »höre« und »schaue« ich mich um.

Allzu bekannt kommt mir das vor, denn diese Bewegung tue ich schon so automatisch, wie im Schlaf. Die kenne ich. Und auch dieses ständige Erwachen aus der Leere scheint mir nicht neu zu sein. Anscheinend wiederholt sich alles ständig.

Dann muss ich doch über mich selbst lachen, bleibe stehen und bilde lächelnd ein ›allhörendes Ohr‹ und ein ›allsehendes Auge‹, das alle Signale aus allen Richtungen zugleich wahrnimmt.

Bin ich allein oder sind da noch andere? So wie ich oder aber ganz anders? Diese eine Frage denke ich in die Weite hinaus und warte auf Antwort, warte und warte und warte.

Und während ich noch nach außen lausche und nichts empfange, werden Erinnerungen emporgespült. Seltsame Dinge fallen mir da ein. Da ist ein Wort aus einer fremden Sprache, wohl einer anderen Kultur. »Bardo«, denke ich. Bardo, ach ja, ich erinnere mich, das ist ein Zwischenzustand. Und der Himalaja, gewaltige Bergwelten auf einem blauen Planeten namens Erde fallen mir ein. Ja, dort hörte ich davon. Bardo, davon existieren doch mehrere Formen. Ich denke nicht an die des Traumes mit Namen Alb, sondern an den Bardo nach dem Augenblick des Todes mit der Entscheidung für oder gegen eine Wiedergeburt. Ich kehrte in keinen neugeborenen Körper auf Erden zurück, sondern ging meinen Weg weiter, durch diesen Nachtodesbardo hindurch, der für manch einen ein wahres Fegefeuer ist, wo ihm die Schreckgestalten seiner Ängste begegnen. Ihn habe ich nun durchschritten, er liegt hinter mir, ohne dass da Ängste waren, Monster wüteten und Höllen in mir brannten. Längst habe ich die Stille gefunden. Körperlos schritt ich hindurch. Mein Geist, meine Seele lösten sich auf. Jetzt und hier in diesem Jenseits des einen, im Diesseits eines anderen Universums bin ich als körperloses Wesen aus reiner Energie, Geist und Seele aufgetaucht. Und doch habe ich noch immer den Drang, einen Körper zu bilden und dann auch noch nicht nur irgendeinen, sondern meinen alten Menschenkörper nachzubilden, wenn es denn möglich ist, wie ich es soeben gerade bei meinen ersten Hör- und Sehversuchen nach meinem Erwachen tat.

So stehe ich also nun wieder in einem aus den Substanzen dieser Welt gebildeten neuen Körper auf dem festen Boden einer weiten Ebene aus rotem Sand und schaue und höre mich um.

Ringsum scheint alles leblos zu sein. Also gibt es hier nirgendwo Leben, abgesehen von mir, der ich ja eigentlich tot und doch lebendig bin? Bin ich der Einzige hier? Bin ich wieder, wie so oft, die meiste Zeit meines irdischen Lebens und meines jetzigen Seelenseins ganz allein?

Doch kaum habe ich die Frage gestellt, höre ich auch schon eine fremde Stimme, nicht von draußen, sondern aus meinem Innern zu mir sprechen: »Sei gegrüßt, Neugeborener!«

Ich atme auf - dabei atme ich doch gar nicht! Also bin ich nicht allein.

Vieles flüstert mir die Stimme zu.

Ich tue, was sie mir rät, schließe meine Augen und spüre

die Ebene, auf der ich stehe, unter mir vibrieren, beben, ja summen und singen. Als musikalische Begleitung zum Flüstern der Stimme in mir, die so menschlich klingt und doch bisweilen von einem Schnurren, das dem einer Katze gleicht, unterbrochen wird, summt der Untergrund mir all das zu, was mir zuvor geschah, erzählen mir Stimme, Katze und die Welt ringsum von dem Schwarzen Loch, durch das ich kam: »Du bist gefallen, doch nicht aus dem Paradies geworfen, sondern eingesogen, aus einem Diesseits gegangen und in einem Jenseits, das jetzt dein neues Diesseits ist, wieder auferstanden. Du bist gestorben und wurdest wiedergeboren, denn nichts, das durch ein Schwarzes Loch geht, kommt unverändert, unzerstört irgendwo anders wieder heraus. Sei gegrüßt hier in diesem anderen, für dich so neuen Universum, einem von vielen, die alle miteinander im Multiversum verbunden sind.«

Ich verstehe: Obwohl alles verloren ging und ich eigentlich nicht mehr existieren dürfte oder zumindest doch ein anderer sein müsste, bin ich doch wieder da, existiere wieder, noch immer, obwohl ich jetzt mehrfach gestorben bin. Ja, ich erinnere mich an den Feueratem einer Drachin, an meinen Tod durch IHN und an eine junge Frau mit dunkler Haut, die mich orpheusgleich wie Eurydike aus dem Totenreich zurückholen wollte. Ja, einen neuen, meinen alten Menschenkörper nahm ich hier an. Wohl aus diesem Grund steigen nun so ganz allmählich von irgendwo, aus tiefster Seele die Erinnerungen an all das, was vorher, was drüben geschah, langsam empor. »Manfred der Magier« war mein Name, ist es noch immer, doch wird er es für immer sein? Doch bin ich ja nicht nur Mensch, fällt mir ein, sondern auch Pflanze - ein Birkentraum war da irgendwann und irgendwo - und Tier und Drache, dies und vieles mehr ...

Ich denke an diese große dunkelhäutige Frau aus dem Zentrum Afrikas mit Namen Moyo, meine zweite große Liebe nach Nairra, ach, sie sind so verschieden und sind doch eins. Moyo, die mir einen Körper wiedergab, nachdem ER mich getötet hatte, die meine Seele nicht mehr erreichen konnte. Ach, wir hatten ja zwei Kinder, die Zwillinge »Rani« und »Ra«. Was mag aus ihnen wohl geworden sein?

Und nun bin ich hier in einer neuen Welt erwacht, in der kein Mensch vor mir jemals war, noch jemals kommen wird!?

Offen liegt sie vor mir, der ich nun ein anderer bin und doch noch immer der gleiche, aber nicht derselbe!?

Und schon wird es dunkel. Dort leuchtet mein Pfad.

Noch zögere ich einen Augenblick, ihm zu folgen. Denn jetzt, wo ich so fern wie nie zuvor, vielleicht zugleich aber auch sehr nah der Erde bin, bricht eine Flut von Erinnerungen über mich herein: Fotos tauchen auf: von mir als Kind im Kindergarten, Bilder im Zoo, auf einem Esel, mit einem jungen Löwen auf dem Arm, Klassenfotos, Ansichten von drei großen Pyramiden, von Karstsstränden am Mittelmeer. Erinnerungen an meine Eltern, Bruder und Schwester, an die Wohnungen, in denen wir lebten, an das Studentenwohnheim, das Arme-Poeten-Spitzweg-Zimmer unter dem Dach, all dies in der STADT namens Kaiserslautern. Ja, dort war es, geschah es, wo ich die meiste Zeit meines Lebens verbrachte, wo ich mich eines Nachts in die Lüfte erhob, alle Krankheiten abstreifte, wo aus einem ganz gewöhnlichen Menschen Manfred der Magier wurde. So begann meine Gemeinschaft mit dem Leuchenden Pfad, auf dessen Spur ich von West nach Ost den großen Kontinent Eurasien durchquerte, bis ich schließlich in den Himalaja gelangte, wo ich durch SEINE Hand starb und über der Erde im Orbit körperlos schwebend erwachte und meine Weltraumreise begann. Ach ja, irdische Dinge waren da zunächst in Erdnähe, was niemanden wundert: das Hubbleweltraumteleskop, die ISS, die Mondin mit den Spuren der Astronauten, Mars, Jupiter, Saturn, Uranus, Neptun, die Transneptune, so viele Monde, Planetoiden und Kometen. Ich reiste zu den Welten anderer Sterne der Galaxis mit Menschennamen Milchstraße, sprang dann hinüber zu Andromeda.

So also bin ich durchs All gereist, durch eins von so vielen Universen, ein wenig erleuchtet darüber hinausgegangen und nun hier wiedererwacht - wieder auferstanden.

Wie zu Beginn, der kein Anfang war, denn manches geschah auf Erden, bevor meine Reise begann, zeigt mir auch jetzt mein Leuchtender Pfad den Weg. Ich schreite über diese wüste Ebene voran. Rot und tot schien sie mir im Licht. Nun liegt das ganze Land, all der Fels und Sand, grau in meinen restlichtverstärkten Augen und still in meinen ultrasensiblen Ohren vor mir. Jetzt weiß ich, dass hier nichts lebt und niemand existiert außer mir.

Er Dort Oben saß aufrecht in seinem Bett. Es war 0.49 Uhr in der Nacht, schon Samstagmorgen. Das Tapedeck lief. Mit Kopfhörern lauschte Er seinen eigenen Liedern, der Synthesizermusik, die Er sich einst geschaffen hatte.

Da tauchte unverhofft die Ebene vor ihm auf. Und Er wusste, dieser Mensch dort unten, der da auf einer Ebene aus rotem Sand stand, war Er selbst, nun ja, ein Spiegelbild Seiner Selbst, dem Er einst vor vielen Jahren den dritten Seiner Vornamen gegeben hatte.

Was tust du nun, Manfred, du Weitgereister?

Und für sich dachte er: Wie ich dich beneide - wegen all der Abenteuer.

Ich schaue mit einem Lächeln auf, sehe dort oben über dunklen Himmel einen gigantischen Pinsel schwarze Striche malen.

Zeichen mit einer Bedeutung mögen es sein. Symbole, Worte gar?

Ich setze mich in den Sand und nehme den Lotossitz ein - ja, das geht fast wie von selbst, denn allzu oft in meinem Leben und Nachleben tat ich es schon -, schließe meine Augen bis auf einen winzigen Spalt und beginne zu meditieren.

In mir sehe ich, mich meine Augen öffnen. Dort schaue ich noch einmal empor und sehe Sterne am Himmel leuchten.

Waren die zuvor schon da?

Schwarz färbten sich die Himmel. Hell und grell leuchten nun die Pinselstriche, und die Schriftzüge vermehren sich.

Strahlend weiß stehen schließlich dort die Worte geschrieben, die ich nun lesen kann und die da lauten:

Ich sah

Ich sah die Wolken nicht.
Ich sah die Sterne nicht fallen.
Denn ich lag in tiefem Schlaf
und träumte meinen Traum der tausend Welten.
Wie Blasen stiegen auf, wie Licht
Gedanken aus schwarzem stillem Meer.

Ist GOTT, der/die/das alles ist, in dem, aus dem alles wurde, wird und ist, ist ER mit »ich« gemeint?, grüble ich.

Da höre ich auch schon die Stimme von Ihm Dort Oben in mir, ach ja, der es war, der mich hier in diesem Universum begrüßte: »Nein, GOTT ist es nicht, der jetzt und hier Welten schaffen wird, jedenfalls nicht unmittelbar. *Du* bist es! *Du* bist jetzt ein kleiner Gott, der du einst ein Menschenmagier und vieles mehr warst und bist und nun zudem noch Welten erschaffen kannst.«

Wohlan, schaffe ich mir eine neue Welt! Ein Planet ist ja schon da, eine tote Welt mit einer roten Ebene aus Fels, aus Sand und feurigen Lavagluten dort in der Ferne. Doch der Himmel ist schwarz und voller strahlender Sterne, denn es gibt keine Atmosphäre.

Wohlan, soll es eine zweite Erde werden.

Wie war das noch? Wie sah die erste aus? Wie war sie - ist sie noch immer? - beschaffen?

Auch hier gibt es eine gelbe Sonne, und dieser Planet dreht sich auf stabiler Bahn in einer Entfernung, vergleichbar mit der der Erde um den Sonn, fällt mir ein. Da sollte auch noch ein Mond sein.

Ach, da ist er ja, und schon sind die Bahnen des Planetenmonddoppelsystems korrigiert und stabilisiert. Das geht ja wunderbar.

Wasser tritt dort in der Ferne aus. War das zuvor schon da oder erst, nachdem ich an die gute alte Mutter Erde dachte? Da schwebe ich doch gleich mal hin.

Wasserpfützen stehen hier neben kochenden Geysiren. Chemikalien verbinden sich, Aminosäuren entstehen und RNA, wenn sie denn nicht mit den Kometen kamen, so wie es einst auf Erden gewesen sein soll. Natürlich sind diese

Aminosäuren und diese RNA ein wenig anders als die auf der Erde. Nichts entsteht zweimal identisch. Selbst Zwillinge unterscheiden sich. Und auch ich, der ich nur beseelter Staub bin, störe nicht bei der Evolution. Und doch greife ich ein, denn ich beschleunige alles, was ohnehin geschieht: Da sind die ersten Zellen, die sich selbst vermehren und mutieren - einzelne lebende Zellen - Einzeller. Das aber heißt Kampf um den besten Platz, die meiste Energie, die meisten Nachkommen. Die einen überleben, die anderen siechen dahin und sterben. Leid und Tod sind mit dem Leben auch in diese Welt getreten. Dann dominieren Symbionten mit der neu entstandenen DNA und RNA in den Zellorganellen. Einzeller zunächst, aus denen Vielzeller hervorgehen, die das Sonnenlicht nutzen: Pflanzen, die ähnlich denen der Erde sind. Ihnen folgen Tiere, die sich von Pflanzen ernähren, und Tiere, die andere Tiere erbeuten. Alles geht hier rasend schnell.

Ich aber schwebe nun schon seit Langem über allem, stehe dort still mit geschlossenen Augen und ausgestreckten Händen. So belebe ich eine tote Welt.

Erst sind es Jahrmilliarden, dann Jahrmillionen, schließlich Jahrtausende, die im Zeitraffertakt vergehen. Und die ersten Wesen, die für die Fernsicht geeignete Augen haben, erblicken dort oben eine helle Scheibe. Doch leuchtet sie nicht in jeder Nacht in voller Pracht, sondern verändert ihr Aussehen, wenn der Schatten dieser Erde den kreisenden Mond mehr und mehr bedeckt, bis er ganz verschwindet, dann wieder zunehmend erscheint, um schließlich vollständig weiß am Himmel zu stehen.

Längst hat sich aus den Gasen, die Vulkane, Pflanzen und Tieren von sich geben, und aus verdunstetem Wasser eine Atmosphäre gebildet. Blau leuchtet der Himmel bei Tag, in dem eine gelbe Sonne strahlt. Schwarz ist der Himmel bei Nacht, in dem ein sichelförmiger bis voller Mond leuchtet und in der die Sterne funkeln. Von Zeit zu Zeit wird es sehr dunkel. Dann ist der Mond vollkommen vom Erdschatten bedeckt. Die Mondfinsternis ist total. Und so ergeht es auch der Sonne bei Tag: Gelegentlich wird sie vom Mond für einen Augenblick zum großen Teil bedeckt - Finsternis herrscht.

Katastrophen geschehen auch hier auf dieser Erde. Sie löschen Leben aus und gebären es neu. Doch die großen Katastrophen, die immer wieder über meinen Heimatplaneten Erde hereinbrachen und neue Zeitalter beginnen ließen, die letzte ließ die Dinosaurier aussterben, werden hier niemals geschehen. So habe ich es beschlossen, denn ich ließ alle Planetoiden und kleineren Gesteinsbrocken in die großen Gasriesen dort draußen stürzen. Also entwickeln sich hier die, die wie Dinos sind, zu intelligenten Wesen weiter und die Säuger bleiben klein und in ihrem Schatten. Hier also wird es niemals intelligente Affen geben, also auch - keine Menschen, abgesehen von mir.

Dinosauroiden beherrschen jetzt diese Erde mit ihrem großem Gehirn, ihrem Geist. Drei Finger und drei Zehen besitzen sie. Aufrecht gehen sie wie andernorts zu anderer Zeit Menschen und Vögel, die dort den erloschenen Dino- und Flugsauriern folgten. Mehrere Arten entstehen. Eine mit mehreren Rassen überlebt für längere Zeit. So wiederholt sich auch das hier in ähnlicher Form, was auf Erden mit den Menschenaffen und Menschen geschah.

Was für eine Welt! Ein wahres Paradies wäre sie für Menschenkinder, die die *Flintstones* und *Jurassic Park* kennen - sofern sie den Dinos nicht zu nahe kämen. Denn neben den Dinosauroiden leben noch die Großen: Dinosaurier, Flugsaurier, Krokodile und Meeresechsen in freier Natur. *Noch* sind sie nicht ausgerottet, *noch* gibt es natürliche Urwälder, Ursavannen, Ursteppen und Urwüsten, doch auch schon Nationalparks und Naturschutzgebiete. Einige Arten wurden zu Haustieren gemacht.

Ich schaffe all dies und schaue nun von ganz oben, von den Berggipfeln, aus den Wolken, dem Erdorbit und vom Mond hinab.

Dann schwebe ich wieder hinab, lausche staunend meinen Geschöpfen, lebe in ihnen und erfahre mit ihnen ihre Welt.

Dies ist eine Welt, deren Wesen mir so nah und doch zugleich so fremd sind. Denn ich war ein Mensch und werde es immer sein. Ob ich sie wohl schuf, weil auch ich die Dinos so liebe? Ja, alt geworden und gestorben, ein Kind noch immer, ein Junge des ausgehenden 20., des beginnenden 21. Jahrhunderts, der von ihnen begeistert ist, einer von Milliarden Menschen auf der ersten Erde.

Rings um dieses Sonnensystem errichte ich ein unsichtbares Schild, auf dem steht: »Für Menschen verboten.« Sollten sie jemals lebend hierher gelangen, so werden sie nichts entdecken: keine Sonne, keine Planeten, keine Lebewesen. So soll es sein, so wird es geschehen, so ist es!

Wie lange weilte ich wohl auf dieser Welt? Ich weiß es nicht mehr. Wenn sich alles so rasend entwickelte, wie ich es in Erinnerung habe, war ich wohl gar nicht lange vor Ort. Mag aber sein, dass es doch Jahrtausende, Jahrmillionen waren. Ich weiß es nicht, und es spielt ja ohnehin nicht die geringste Rolle. Was bedeutet schon Zeit für eine Seele wie mich.

Vielleicht aber sah ich all dieses sich entwickelnde Leben nur in mir, träumte davon, es sich über Jahrmilliarden entfalten zu sehen und in ihm zu sein, nachdem ich lediglich den Anstoß zur Evolution gegeben hatte. Dann tat sich dort außen auf dem roten Planeten zunächst einmal gar nichts, war noch nirgendwo Leben zu erkennen?

Wie auch immer, ob Zeitraffer oder Zeitvergehen wie auf der ersten Erde, rot wie Rost war diese Welt wie - ach ja, ich erzählte dir ja von ihm, von unserem guten alten Mars, den ich zu Beginn meiner kosmischen Reise besuchte, gleich nach dem Blick aus dem Orbit hinab auf unsere blaue Mutter Erde und meinem Abstecher zur Vollen Mondin hin.

Diese neue Erde war die erste Welt in diesem anderen Universum, der ich Leben einhauchte. Hier stieß ich die Evolution nur an, beschleunigte sie womöglich. Vielleich wäre auch ohne mich alles so gelaufen, wie es lief. Doch ich ließ auch auf anderen Welten Leben hervorsprießen. Wie viele mögen es gewesen sein? Ich weiß es nicht mehr, denn hier und jetzt bin ich nur ein Mensch, ein zehnjähriger Junge mit den Erfahrungen von - wie vielen Leben? Dort aber war ich ... Ja, so viele Welten blitzen in mir auf. War ich dort, betrachtete ich sie nur, veränderte ich sie oder schuf ich sie gar aus meinem Geist? Ach, an eine weitere Welt erinnere ich mich nun doch. Warum? Weil ich mich dort neu erschuf, und nicht nur einen wie mich, sondern auch all die anderen, die sind wie ich.

Neue Menschen

Hier auf diesem Planeten in diesem Universum, so fern und vielleicht auch so nah meiner blauen Mutter Erde, soll Leben entstehen. Und auch Menschen soll es hier geben, denke ich, die ich nach meinem Bild forme, so wie es auf der fernen Erde in einem Buch namens »Bibel« steht. Ich aber bin nicht GOTT, sondern war nur ein Mensch, bin es und werde es immer sein - im Leben, im Tod und darüber hinaus, also auch jetzt. Also bin ich es auch hier noch immer, bin doch zugleich ein kleiner Gott, einer unter vielen - ja, ich sehe sie alle in mir, die da sind wie ich, all die, die Welten erschaffen. Doch da sind auch andere, die niemals erleuchtet, sondern größenwahnsinnig Planeten mit Kriegen überziehen, sie erobern oder mit einem Schlag einfach so zu ihrem Vergnügen zerstören. Ich fühle/sehe/höre/rieche/taste, wie so milliardenfach Leben erlischt. Ich verharre und weine und bewege mich fort und schwebe lächelnd dahin. Ich liebe alles Leben, denn ich war Leben und bin es noch immer. Ich bin nicht GOTT und doch zugleich ein Teil von IHM, so wie es alle Wesen und Dinge sind.

Womit also fange ich an? Wer alles soll noch in dieser Welt leben?, frage ich mich und forme einen Teil der Felsen um. Wasser setze ich frei, und schon ist da ein großer See. Nebel entstehen. Wolken bilden sich. Am Fuß der Berge wird es regnen, dort, wohin sie ziehen. Also werden Bäche und Flüsse entstehen und im See münden, der wachsen wird. Wasser wird aus ihm verdunsten, und salziger, immer salziger wird der See sich in ein Meer verwandeln.

Pflanzen und Tiere sollen hier leben, sich fortpflanzen und entwickeln. »Evolution« heißt wieder das Zauberwort. Das ist Weiterbestehen, wenn ich gegangen bin. Das ist Veränderung und Entwicklung, also Kampf ums Überleben, Freude und Lust und Leid, hier in diesem wie in allen Universen.

Ich schaffe alles aus meinem Gedächtnis neu. So ist nun, was auf der ersten Erde Jahrmilliarden währte, hier so plötzlich da. Pflanzen und Tiere erwachen, fühlen sich zu Hause, als lebten sie schon immer hier. Einige wenige Menschen ziehen durch die Wildnis. Wenige sind sie, kleine Gruppen, deren Mitglieder sich alle kennen. Sie lieben und hassen sich, jagen Wild, sammeln Wissen über Pflanzen an, pflücken Früchte von Sträuchern und Bäumen und graben Wurzeln aus, tragen Kleidung aus Fellen. Dann lernen sie zu säen, also ernten sie. Sie zähmen und halten Haustiere. Jetzt sind sie sesshaft geworden und leben in einfachen Dörfern mit Hütten aus Zweigen und Holz, Dung und Lehm.

So entwickelt sich alles hier wie auch einst in einem anderen Universum auf Erden. Das ist zunächst alles. Das ist ungeheuer viel.

Ruinen gibt es noch nicht. Ich könnte da welche vergraben, damit sie eines Tages gefunden werden, doch warum sollte ich den Menschen Rätsel aufgeben. Ruinen werden mit der Zeit auch ohne mich entstehen.

Ich schaue ihnen von oben, von unten, aus allen Dingen heraus zu, gerührt von meinen Geschöpfen, doch ohne allen Zorn, wie sie alte Erdengötter und -göttinnen einst hegten. Ich weiß, wie sie sind, denn ich schuf sie nach meinem Ebenbild. Ich erinnere mich an all meine Laster und Schwächen. Auch ich war einmal jung. Auch ich war einst ein Mensch - und bin es noch immer. Ich erinnere mich und fühle mit ihnen: Lache und weine und tanze und singe ihre Lieder. Dann wieder lächle ich wie es nur Erleuchtete können. Und siehe da, auch dort unten auf meiner neuen Welt gibt es einige wenige, die in die Einöde gehen, in die Wüste hinaus, die die Einsamkeit suchen, um GOTTES Wort zu vernehmen. Und manche unter ihnen nehmen mich mit geschlossenen Augen wahr. Andere wiederum sehen durch mich hindurch und erblicken das Licht jenseits aller Dinge - WEISS. Die einen beginnen zu predigen. Religionen entstehen so. Die anderen lächeln nur und schweigen.

Tage, Wochen, Monate, Jahre, Jahrzehnte, Jahrhunderte gehen dort unten dahin.

Ich aber schwebe noch immer über allem und schaffe dies und jenes neu. Es ist, als wäre ich zum Schöpfer geboren.

Manchmal aber geselle ich mich unter meine Wesen, Pflanzen und Tiere, werde wie sie, nehme ihre Körper an.

Sie kommen zu mir und vergessen für einen Augenblick ihren Überlebenskampf. Alle spüren es irgendwie, manche wissen genau, wer ich bin.

Ich streichle ihr Fell, ihr Federkleid, ihre Schuppen, ihre schleimige Haut mit meinen Menschenarmen.

Ich schwimme mit ihnen, Fisch unter Fischen, in den Weiten der Meere, die Flüsse hinab und hinauf, in Bächen und Seen.

Ich steige mit den Winden auf und kreise dort oben und schaue mit den anderen Geiern, Adlern und Raben auf die weiten Ebenen, die Steppen und Savannen hinab.

Dann wiederum schwebe ich zu den Menschen hinab. Dort nehme ich meinen Menschenmagierkörper an. So bin ich äußerlich einer von ihnen. Als alter Mann spreche ich einen von ihnen an, der in der Wüste meditiert: »Wahrlich, ich sage dir, ich bin ein Weltenschöpfer, ich bin euer Gott, der euch schuf und doch war ich einst nur ein Mensch wie ihr. Denn ich starb und wurde wiedergeboren und reiste durch die Weiten des Universums. In mir seid ihr gewachsen, aus mir wurdet ihr erwachsen geboren. Lange ging meine Seele mit euch schwanger, und ich wusste es nicht. Doch hört mir zu, ehe ihr anfangt zu beten, hört mir zu: Ich bin nur ein *kleiner* Gott. Ein anderer über mir schuf *mich* aus Seinem Geist, schuf Menschen und Kosmen. Aber auch *Ihn* schuf wiederum ... Merkt euch meine Worte, erzählt sie weiter, schreibt sie auf. Einst wird einer kommen, der alles versteht. *Er* wird die Götzenbilder stürzen, die *meine* Ebenbilder sind. *Er* wird euch wieder euer eigenes Leben lehren und von dem einen großen GOTT erzählen, der in allen Wesen und Dingen ist, der alles zugleich ist: alles und nichts.«

Kaum gesagt löst sich mein Körper auf, ich werde für den Einsiedler und alle anderen Wesen hier unten, die Augen haben, unsichtbar. Bin nun eins mit Luft und Wind, steige mit der Wärme auf, schwebe weiter in die Kälte des Alls empor, schaue nicht mehr zurück und weine doch unsichtbare Tränen. So verlasse ich sie alle, meine Kinder, die ich als Menschenseele niemals wiedersehen werde, denn etwas ruft mich, zieht mich fort - mein Gott, die Liebe.

Alles schrieben die neuen Menschen auf und schafften es, die Schriften über Jahrtausende zu bewahren. Sie verstanden nur wenig, denn sie standen noch am Beginn einer langen Geschichte und waren nur ein kleines Volk von inzwischen vielen Völkern, aber eines, das überlebte. Doch in Kriegen und Katastrophen gingen Manfreds Worte verloren. Lediglich die Erinnerung blieb, dass einst GOTT zu einem von ihnen in der Wüste gesprochen habe. Ach ja, ihrem Planeten gaben diese Menschen viele Namen, in jeder Sprache einen anderen. Ein Name aber unter vielen lautete seltsamerweise, andererseits, wen wundert's: Erde.

Ein Meer von Blut, die Liebe und die Stadt der Riesen

Irgendwo im Raum in welchem Universum zu welcher Zeit auch immer geschieht das, was einfach geschehen muss, weil es sich alle so sehr wünschen, die Liebenden und Er Dort Oben - und auch du, liebe(r) LeserIn.

Noch schaut jeder von uns in eine andere Richtung.

Deine Augen schauen über meine Schultern nach hinten, wohin ich als Mensch niemals sehen konnte, es sei denn, ich wäre aus mir herausgetreten, es sei denn mit technisch-biologischer Hilfe, mit Spiegel, Kamera oder zusätzlichen Augen im Hinterkopf.

Ich sehe dir über die Schultern.

Dann drehen wir uns, sehen nach allen Seiten und nach unten in die Tiefe der Erde und nach oben in den Himmel, wir alle, die wir einst einmal zu einer Zeit an einem Ort Individuen waren: Manfred, NairraMoyo und all unsere anderen Inkarnationen und Reinkarnationen auf Erden und andernorts. All unsere Körperkonturen zerfließen.

Reine Energie sind wir nun wieder, substanzlose Seelen, so wie nach unserem Tod.

Jetzt umarmen wir uns körperlos, jetzt fließen unsere Seelen ineinander, jetzt und für alle Zeit.

Wir beide erwachen aus unseren Träumen, ich und du, wir erwachen aus diesem einen Traum unserer Einheit, und unsere Hände ertasten uns und tasten ringsum, denn diese Welt ist schwarz.

Weiter, weiter bewegen wir uns wie blinde Schnecken, doch fühlerlos, durch die Nacht, wir beide, ich - Manfred und du - NairraMoyo.

Dann geschieht es: Dort vorne erscheint ein winziges schimmerndes Licht.

Was immer es ist, eins ist gewiss: Wir sehen, wir leben, Hoffnung besteht.

Auch scheinen jetzt die Wände dieser Höhlengänge zu fluoreszieren, wenn es denn eine Höhle ist, in der wir uns befinden.

Wir klettern weiter voran.

Gedanken rasen: Wenn aber das Licht eine Falle ist, ein Köder, wie ihn die Tiefseefische der Erde für andere Fische benutzen? Und auch Nachtfalter umflattern die Laternen und Glühbirnen der Menschen, anstatt sich an der Mondin zu orientieren, verbrennen sich die Flügel oder fallen schließlich erschöpft zu Boden und sterben. Wem gleichen wir? Was geschieht hier?

Wir lassen Fragen Fragen sein, auf die wir keine Antwort kennen, wir krabbeln immer weiter und denken an Ameisen in gigantischen Röhrensystemen.

Das Licht wird größer. Also nähern wir uns dem, das uns lockt, um uns zu verspeisen oder aber einem Leuchtturm gleich in einen sicheren Hafen geleiten soll.

Wir haben es geschafft, haben den dunklen Tunnel verlassen, stehen wieder aufrecht mitten in einem leuchtenden Saal.

Ungeheure Weite. Von den grün schimmernden Wänden summt es uns zu, erzählt von dem, was hier einst lag: ein rotes Meer, ein Meer mit der Farbe von Wirbeltierblut.

Was heißt hier »lag«?

Es liegt ja noch immer hier, vor unseren Augen, wie auch

immer diese beschaffen sein mögen. Wie seltsam, dass es uns in diesem Dämmer, in diesem grünen Licht so rot erscheint.

Langsam, Hand in Hand - auch *in* uns brennen Flammen, sie aber sind weiß und heiß und voller Liebe - gehen wir weiter und springen auch schon lachend wie Kinder hinunter an den Strand.

Und das Meer ist Stille. Kein Laut einer Brandung, kein Ton eines Tieres. Dies ist ein totes, rotes Meer.

Du beugst dich nieder, um das Meer zu kosten. Das Wasser ist dickflüssig, schmeckt nach Eisen, da weißt du es: Es ist Blut. Doch du weißt noch mehr: Es ist Menschenblut.

Wir beide wissen, wessen Blut es ist, das diesen See hier füllt: Es ist all das Blut unserer Ahnen, in die Erde getropft, aber nicht geronnen, nicht zerfallen. Hier liegt es und vermehrt sich seit Anbeginn. Hier hat es sich gesammelt. Sind wir also im Innern der Erde? Welcher Erde? In welcher Zeit? In welchem Universum?

»Müssen wir?«, fragen deine Gedanken zitternd, obwohl du die Antwort längst kennst. Denn ich bin du, und du bist ich. Eins sind wir und sind es doch noch nicht.

Vielleicht sind wir doch nur Marionetten, fällt uns gerade aus welchem Grund auch immer noch ein.

Synchron schauen wir auf, sehen dort nirgendwo Fäden, an denen wir hängen, die uns führen müssten, und sollten beruhigt sein und sind es doch nicht, denn wir wissen: Und doch sind die Fäden da, so unsichtbar, die es uns sagen, uns zusingen: »Du musst tauchen. Spring in das Morden deiner Ahnen hinein! Tauch in das Meer aus Blut deiner Art! Versuch, dich aufzurichten, wenn du kannst! Versuch, auf deinem Gestern voranzuschreiten. Nur so kannst du dein Morgen erreichen.«

»Hast du es gehört?«, flüsterst du in mir, spreche ich synchron zu dir: »Die Stimme in uns, die Stimme hat uns beide zusammen »du« genannt. Sie weiß mehr als wir. Sie redet uns in Einzahl an. Ja, wie Recht sie hat. Wir sind eins geworden. Ich und Du sind gegangen, jetzt gibt es nur noch das Wir, obwohl wir noch immer zwei Körper besitzen. Gehen wir!«

Still stehen wir noch einen Augenblick lang am Ufer dieses unterirdischen Meeres, hier, wo kein Laut ist, hier, wo wir Abschied nehmen müssen, Abschied vom Gestern. Wir werfen unsere Kleider ab, die wir uns wohl aus alter Menschengewohnheit schufen. Nackt stehen wir nun im grünen Licht, spiegeln uns im Rot des Meeres. Dann brodelt es, kocht das Blut, dröhnt die See, schreien die vielen Millionen Toten auf und brüllen uns zu: »Komm! Komm!«

Wir halten uns wie ängstliche Kinder an den Händen, Bruder und Schwester, Prinz und Prinzessin im Märchen. Dann klettern wir einen soeben erst aufgetauchten Felsen empor.

Oben angelangt schauen wir in rote Weite. Grün schimmerndes Licht funkelt im »leeren« Luftraum und von den Felswänden in der Nähe. Ungeheuer weit dehnt sich diese Höhle aus. Ja, dort unten liegt kein Teich, kein See, sondern ein gigantisches Meer, ein rotes Meer aus Blut.

»Jetzt!«, spricht eine Stimme von irgendwo.

Wir springen. Lautlos fallen wir, springen Kopf voran, du und ich, männliche und weibliche Hälfte des einen Wesens Mensch. Wir tauchen ein, schwimmen in Menschenblut, sind eingehüllt in die Wärme und öffnen unsere Augen, sehen … rot, dann wieder grün.

Emporgetaucht legen wir uns nebeneinander auf den Rücken, treiben Hand in Hand mit tiefem Atem dahin. Unsere Gesichter, Füße, Brust und Brüste schauen heraus und empor in grüne Nacht. Wir hören ein Rauschen. Es ist das Blut in unseren Ohren. Wir haben die Augen geschlossen, um dem Rauschen zu lauschen, dem polyfonen Singen, dem Klang. Jetzt hören wir all die Todesschreie von Menschen, den gellenden Schmerz, das Röcheln und Zucken, Rucken und Wälzen im Staub und Wahnsinnslachen. All dies, Millionen und Abermillionen sind hier zu einem ungeheuren brüllenden Klang vereint. Es ist ein Menschenerbe, also unsere Vergangenheit. Wir müssen alles hören, denn ohne Gestern ist kein Morgen. Wir waren, um zu werden, um zu sein. Wir sind.

Dann irgendwann fühlen wir unter dem Kopf Sand, drehen uns um. An den Strand getrieben klettern wir steif auf allen Vieren hinauf, fallen zu Boden, ruhen uns müde aus.

Schliefen wir ein?

Wir setzen uns auf und drehen uns um.

Noch einmal sehen wir das Meer mit Menschenaugen.

Nichts hat sich verändert. Alles ist, wie es war.

Noch einmal halten wir uns in unseren Armen und drücken unsere Körper aneinander: Brust an Brüsten, Zungenzüngeln. Ich bin in dir, du bist in mir. Fallen wir?

Unsere Stimmen sind Feuer aus rotem, blauem und weißem Licht. Hell flammt das Höhlendunkel auf. Vereint glühen wir. Nicht Schreie der Lust, nicht wildes tierisches Zucken, nein! Ein stilles Pulsieren, ein lautloses Licht, ein Universum pulst in uns. Das ist Sex, der keine Eile kennt - Liebe. Denn wer die Ewigkeit hat, ...

Hatten wir immer diese Körper?

Starben wir nicht schon?

Und standen wieder auf?

Sind wir tote Seelen?

Wir leben doch und lieben uns, liebten uns schon immer - für immer!

Mund löst sich von Mund.

Wir stehen noch immer an den Ufern dieses roten Meeres, auf dem Inselstrand.

Wir schauen uns an: Wie schwarz deine Augen doch sind, *so* schwarz.

Wie schwarz sie eben noch waren. Denn jetzt taucht da ein Lichtpunkt auf, der immer größer wird. Ein Leuchten ist da in dir. Sterne fallen aus deinen Augen. Und auch dein Drittes Auge im Zentrum der Stirn leuchtet weiß. Sterne fallen durch meine ausgebreiteten Handflächen hindurch und hinab. Dein ganzes Gesicht ist nun voller Sterne.

Von fern und doch so nah in mir höre ich *deine* staunende Stimme von all den Dingen flüstern, die ich vor mir sehe, ach nein, von den Dingen, die *du* vor dir siehst, denn auch aus *mir* bricht das All.

Einst aber geschah es, das das schwarze Schwert MO Nairra von unten nach oben in zwei Hälften spaltete. SEIN Schwert war es, ER tat es damals auf Erden. Doch diese Zeiten sind längst vorbei.
Jetzt und hier geht es nicht um Trennung und Tod, sondern um die Zusammenführung der verwandten, sich liebenden Seelen. Also bricht WEISS von oben hervor und vereint, was schon immer zusammengehört, NairraMoyo und Manfred verschmelzen miteinander.

Schon sind wir *eine* glühende Säule aus Sternenlicht, schweben empor, fort von der Insel, hinfort über das blutrote, brodelnde Meer. Ich höre auf zu sein, fließe, fließe zu dir. Du endest in mir. Ich und du enden in uns. *Ein* Wesen sind wir nun, vielleicht eine Kugel, vielleicht ein weiß leuchtendes Licht oder die Schwärze des Alls. Wir wissen es nicht.

Unter uns sehen, nein, fühlen wir brennende Hüllen in brodelndem Meer. Es sind unsere menschlichen Körper, die unsere Seelen sich bildeten. Wir haben sie abgeworfen und hinter uns gelassen, so wie Schmetterlinge ihre Puppenhüllen. Anders, ganz anders, für andere Räume geschaffen, sind wir nun. Metamorphose lautet das Zauberwort. Wir sind körperlos. Die Kälte des Raumes stört uns nicht, denn wir sind Wesen des Alls. Selbst all die Zeiten und die unendlichen Weiten all der vielen Universen sind unsere Welt.

Jetzt können wir in die Heimat aufbrechen, wenn wir denn wollen, oder durch Sonnen schweben.

Jetzt sind wir wahrhaftig und vollständig *wir* geworden.

All, denken wir und schweben auch schon in funkelnder Schwärze. Weit hinter uns liegen Höhle und Menschenblutmeer. Hier ziehen wir auf unserer Bahn dahin, ein weißes Licht, ein winziger Stern unter Sternen, nicht ich, nicht du, nicht Mann, nicht Frau, nicht Zwitter, sondern alles zugleich, alles eins: *wir*. Niemals werden wir wieder allein sein. Wir sind es nicht, wir waren es nie, auch wenn uns hier alles ringsum schwarz und leer erscheint. So treiben wir dahin und träumen: Tore sind da, die durchschritten werden müssen. Eine Katze miaut so etwas wie: »Drei Tore«. Da ist ein

Ring aus blauem Feuer, durch das eine Pantherin springt. Ein Tor, das nur durch Innenschau überwunden werden kann, ein Sprung ins Dritte Auge. Ein Tor aus Schwärze, ein schwarzes Loch dort draußen, das die Universen verbindet. Drei Tore. Und ein weiteres ragt in uns gigantisch vor uns auf: das Tor der Riesen, das sich herablässt und auf unsere Winzigkeit schrumpft.

Wir erwachen aus unseren Torträumen. Äonen mögen vergangen sein, seit wir eins wurden, Jahrtausende irdischer Zeit oder auch nur Sekunden. Wir schweben über einem Planeten, auf dem das Leben erloschen zu sein scheint. Gewaltige Steingebäude ragen unter uns in den Himmel auf. Die meisten sind zerfallen, nur noch Ruinen, bis auf ...
Wir schweben hinab und treten zunächst als Licht in die Hallen ein, die seit Jahrtausenden verlassen warten. Dann bilden wir uns aus der Planetensubstanz einen Körper, dessen Formen fließen und sich wandeln: Manfred, Nairra, Moyo, NairraMoyo, eine Gestalt, die Merkmale von allen besitzt, eine fauchende Schwarze Pantherin und viele Wesen mehr. Eins aber haben alle Formen gemeinsam, und das ist ihre Winzigkeit in dieser gewaltigen Welt. Aha, irgendwo war da ein Tor, durch das Riesen schritten. Und hier ist eine verlassene Stadt, die Riesen erbauten. Ob sie es waren, die hier lebten und dann gingen?
Wir tasten mit all unseren Sinnen die Umgebung ab, mit den alten, die wir als Menschen besaßen, wie Augenlicht und Ohr und Nase, mit denen der anderen Tiere und Pflanzen der Erde, zu denen wir einst wurden, wie Ultraschall und Echolot, und mit den neuen namenlosen, die wir uns selber schufen. Wir entdecken kein Leben, wie wir es kennen. Und doch ...
Die Hallen spüren uns. Denn sie sind nicht tot, sondern erwachen aus ihrem Schlaf und passen sich uns an. Also schrumpfen sie auf Menschenkleinheit, wie einst das große Tor, durch das wir schritten, denn die, die vor uns hier waren und sie schufen, trugen gewaltigere Körper und größeren Geist. Und die Wände, die uns nun wie Haut umhüllen, verschmelzen mit uns.

Jetzt sind wir eins mit der alten Stadt, die flüstert uns nun all die Geheimnisse ihrer Erbauer zu. Wir sehen, hören, riechen, tasten, denken, fühlen und lieben wie sie. Wir und sie verschmelzen miteinander.

Dann löst sich alles ringsum auf. Nirgendwo sind da jetzt noch Hallen. Auch ist der Planet verschwunden. Da sind nur noch wir. Wir aber sind gewachsen, denn etwas von den Riesen dieser Welt ist in uns verblieben.

Wieder treiben wir körperlos als weißes Licht im All dahin. Alle Dinge tun wir zugleich: Wir schweigen, wir sprechen, wir singen, wir schreien, wir lachen und lächeln jenseits aller Menschen-Alien-Dinge.

Weiter geht unsere große Reise.

Noch wissen wir nicht, was all die Treffen der Vergangenheit bedeuten. Denn wir sind nur drei von sieben, die zu Einem wurden.

Noch ist da keine absolute Erleuchtung.

Noch sind wir nicht überall zugleich in allen Dingen.

Schwärze im WEISS

Gefallen
Lautloser Schrei
Aus WEISS
in Schwärze geworfen
ausgestoßen
öffnet ES SEINE Sinne
noch nicht.

Höllenwelten und Weltenschöpfer

Nein, hier geht es nicht um Feuer oder Eis unter der Oberfläche von Mutter Erde, wo die Menschenhöllen der Vergangenheit leben. Diese Höllenwelten hier sind bedeutend größer. Denn in einer von ihnen ist nicht nur die gesamte Erde mit all ihren Himmeln und Höllen, sondern auch das Sonnensystem, die Milchstraße und alle anderen Galaxien enthalten. Menschen haben diese Hollen andere Namen gegeben: »Universen«, »Kosmen«. Als ob sie alles enthielten oder gar die pure Ordnung wären! Das sind sie nicht. Wüsten sind sie, gigantisch, gewaltig, größer als ein Mensch sie sich jemals vorstellen kann. Und doch sind sie nicht mehr als schwarze Punkte im WEISS.

Weiß und Schwarz sind niemals gleich stark hier unten in der Schwärze. Denn, wen wundert's, in den Höllen gehorcht alles Höllengesetzen. In den Himmelswelten dort oben/außen/jenseits aber strahlen die Wesen und Dinge in leuchtendem Licht. Teufel und Dämonen sind nichts als Gefallene Engel, ausgestoßene Teile, Schwärze in einer dunklen Welt, Gezänk und Geschnatter in der Stille, Gestank im Wohlgeruch.

Manfred, Nairra und Moyo aber wurden aus Erde gemacht, aus ihr geboren, und ihre Körper kehrten in sie zurück: Asche zu Asche, Staub zu Staub. Sie waren Teil einer Welt, die Menschen das Universum nennen. Sie lebten und litten und starben, und hörten doch nicht auf zu existieren - ihre Seelen lebten weiter. Erst fanden sich die erste und die zweite Geliebte und verschmolzen zu NairraMoyo. Dann endlich fanden sich die Liebenden, NairraMoyo und Manfred sind nun eins.

Noch immer aber ist da der große Feind, der Dunkle, Schwarze, dem Manfred zunächst seinen Namen - Drefman - gab. Doch schon immer war ER nur ein Teil von ES, das einst auf Erden einschlug und auf den Grund des Ozeans versank. ES aber kommt von T-her, einem gänzlich in sich geschlossenem Universum. ES lebte und lebt und stirbt niemals. Viele Wesen tötete ER, auch Nairra und schließlich Manfred den Magier, bis ES mit IHM und IHR schließlich nach T-her zurückkehrte. Schwarz ist T-her, vollkommen schwarz. Alles ist dort EINS. Also verschmolz ES dort wieder mit dem einem Ganzen.

All die anderen Kosmen - wie auch das Universum, in dem die Menschen leben - sind dunkel, seit dem Urknall niemals gänzlich schwarz, sondern bergen leuchtende Galaxien in sich, rötlich oder türkis in Menschenaugen. Wir Menschen und die anderen Wesen, die nicht von der Erde stammen und doch so sind wie wir, wir alle leben in diesen Höllenwelten, den dunklen Kosmen - also nicht im WEISS und auch nicht in der Schwärze. Wenig wissen wir von dem einen Schwarzen, von T-her. Von anderen Dingen wissen wir von Tag zu Tag immer ein wenig mehr, so von den Sternen, die da leuchten und so die vollkommene Schwärze ins Bläulichschwarze verändern, und von dem einen Ganzen, in dem wir wohnen und das wir Universum, Kosmos, Weltall nennen. Doch ist es denn das zu Einem Gewendete, das zu einer Einheit Zusammengefasste - ein Universum? Ist es denn das geordnete Ganze - der Kosmos?

Bei all diesem Chaos und all der Entropie des expandierenden Alls! Und wie sollte es »alles« sein, wenn es noch anderes gibt!

Wie auch immer, wir leben darin, vielleicht sogar zugleich/zudem in einem/allen anderen parallelen und nichtparallelen Universen. Blauschwarz sind die Universen, die wie unseres sind, Sonnen aus Licht brennen in ihnen, Sterne, zu denen wir seit Anbeginn unserer Tage in den Nächten staunend aufschauten, winzige Punkte in gewaltiger Schwärze.

Also herrschen überall Schwärze und Dunkelheit?

Nein, da ist da noch das Eine, wir hörten schon davon, das andere, das weiße »Universum« aus Licht und Klang, erfüllt von Duft. Sein Name ist WEISS. Es ist zugleich in seiner reinsten Reinheit vollkommen und unvollkommen, weil es alles enthält. Winzige Punkte aus Schwärze bewegen sich in ihm, Flecken von Chaos in der Weißen Ordnung, dem wahren Kosmos. Und diese Flecken sind all die dunklen Universen, in denen Sterne erstrahlen, brennen und erlöschen, und das eine schwarze mit Namen T-her. Alles zusammen, schwarz und weiß und all die Farben, Chaos und Kosmos, alles zusammen ist - wie auch immer du es nennen magst, der du noch immer staunend dort im Schoß deiner Mutter Erde weilst und voller Sehnsucht in die Sterne schaust und nur erahnen kannst, was dort draußen alles ist, alles ist in Wirklichkeit EINS, das viele Namen zu vielen Zeiten auf vielen Welten trägt. Nenne alles NATUR, nenne alles BRAHMAN, JAHWE , GOTT, ALLAH oder TAO, nenne alles, wie du willst oder gib IHM keinen Namen. Was immer du auch tust oder nicht tust, du bist ein Teil davon, denn da du existierst, bist du ein Teil von ALLEM.

Wenn wir wollten, könnten wir Sterne aus uns gebären, Planetensysteme, Welten voller Leben entstehen lassen. Wenn wir denn wollten ...

Wir wollen es. Wir tun es. Wir geben nur den Anstoß und greifen nicht ein. Wir schauen den Dingen zu.

Alles entwickelt sich. So viel Leben, so viel Leid und Sterben und Tod.

Wir lachen, wir weinen, wir sind erleuchtet - Buddha, und lächeln nur noch.

Alles, alle Wesen, alle Dinge dieser Welt, die wir schufen, schaffen, sind wir. Also lieben wir sie alle, die da geboren werden, leben, sich töten und sterben, von denen einige aufblicken und uns um ihr Heil anbeten.

»Es werde!«, singen wir hier und tanzen.

Und wieder wird das All ein winziges Etwas heller: Sonnen erstrahlen in der Schwärze. Planeten bilden sich. Leben entsteht.

Wir tauchen ein und sind in Allem und atmen in jedem Einzelnen zugleich.

Wir leben, wir sterben. Ewig sind wir.

Wir erinnern uns an viele Entitäten.

Wir sind Klang - wir singen.

Wir sind Licht - wir leuchten.

Wir sind Stille - wir schweigen.

Wir - einstmals ich und du und du - Manfred, Nairra, Moyo.

Doch in uns ist noch mehr, ist noch wer.

ER ist es ja, der die Erde mit IHM einst verließ.

Oder ist es nur ein Schatten, eine Erinnerung an IHN, der uns zweifach tötete: erst Nairra und dann Manfred?

Nein, ER ist in uns, ein Teil von uns, die wir also gar keine Dreieinigkeit, sondern eine Viereinigkeit sind.

Und weil es so ist, ruft ES von T-her uns zu sich, das da so allein, in Schwärze gefangen, umgeben von WEISS, einsam im Lichtermeer, in Klang und Stille, in der Essenz von GOTT dahintreibt.

Denn ES ist gefallen. Denn ES ist verstoßen. Denn ES hat sich selbst aus den Himmeln verbannt.

Wir werden ES finden.

ES ruft.

Wir kommen.

Und weil wir Seinen Ruf hörten und ihm folgten, ließen wir unsere neu geschaffenen Welten hinter uns, auf denen ohne uns die Evolution weiter läuft, wo niemals Stillstand herrscht und sich immer alles von Neuem wandelt. Alles wird. Alles ist. Alles vergeht. Dort und hier und allüberall, also auch ...

Wir sind in IHM. Wir sind T-her. Wir brechen aus.

Die erste Bewegung

Irgendwann war da eine Bewegung, nennen wir sie die erste, auch wenn es nicht die erste war. Doch war es der erste erfolgreiche Versuch, das Gefängnis zu verlassen. ES hatte es geschafft.

Weil ES so stark war? Weil es irgendwann einmal einfach gelingen musste? Oder weil es so sein sollte?

Wie auch immer, es war gelungen, ES hatte sich von dem EINEN gelöst, trieb durch die Weiten und tauchte schließlich in einem sternenübersäten, schmerzhaft hellen Universum auf, am Rande einer Galaxis - welche Folter! - voller heißer Sonnen - wie sie brannten, welche Qual! Vor 65 Millionen Jahren irdischer Zeit ging ES auf der Erde nieder. Und die letzten der Großen, der Dinosaurier und Flugsaurier und vieler anderer Gruppen starben aus. Der große Artenwandel setzte sich fort, beschleunigte sich, begann. Andere Katastrophen gingen dieser einen voraus, verliefen parallel mit ihr, andere folgten und werden ihr folgen. So war es damals, so wird es sein - so ist es, wieder und immer wieder.

ES schaut sich um. Denn jetzt hat ES Augen - und ein Geschlecht. Also ist ES nun ER.

Und die schwarzen Schatten stöhnen auf, brummen, stottern, krächzen SEINE Namen, einen anderen bei jeder Art, bei jedem Volk, in jeder Sprache.

ER erinnert sich. Menschen waren da, auch sie mit Namen: Nairra, Manfred, der IHM einen Namen gab: Drefman.

Hinter allen Dingen ist der weiße, zeitlose Raum, wo der Himmel grenzenlos ist und voller Licht-Klang-Duft-Streicheln-Lachen-Liebe-Lächeln. Hier im WEISS treiben winzige dunkle Blasen. Manche dehnen sich aus, andere ziehen sich zusammen, wieder andere pulsieren. Viele sind miteinander verbunden. Zum WEISS, dem EINEN, gehören sie alle.

Wer in die Erdenhölle niederfährt, ist eine gepeinigte Seele oder aber ein gefallener Engel, der dort als Teufel den Teufeln dient und seine Sünden sühnt.

Wer aber in T-her erwacht, der ist ohne Licht, Teil der Schwärze, ist T-her. Wie dieses Universum, so ist auch T-her nur ein Teil vom GANZEN, eingebettet und doch getrennt. Aus den Himmeln, aus WEISS geworfen ist T-her, das Schwärze ohne Sternenlicht ist, Schwärze pur, für alle, die sehen und das Licht lieben, eine Kakofonie von Tönen, für alle, die hören und den Gesang lieben, Gestank, ein Peitschenschlag in den Nasen der Feinfühligen, ein Universum der besonderen Art, und doch nur *eine* Höllenwelt von so *vielen*, aber eine, die besonders ist, extrem extrem.

Also ist T-her kein Planet und auch kein Stern, wie Menschen sie kennen, zu kennen glauben, sondern ganz anders, das vollkommen schwarze in Eins Gekehrte, in sich konzentrierte Universum im strahlenden WEISS. Nichts lässt sich mit ihm vergleichen. T-her ist T-her. Ein Teil von T-her aber war ES, ist ES und wird ES immer sein.

Irgendwo zu (k)einer Zeit
»Ich bin das Größte!«, brüllt ES in den leuchtenden Raum hinaus, der voller Klang ist und in dem schwarze Blasen treiben. »Hört mich an!«, brüllt ES sich zu, »ich bin GOTT, der Schöpfer aller Dinge!«

Aber ES ist nicht GOTT, denn ES ist ES, nicht ich, nicht du, nicht er, nicht sie, nicht wir, nicht Farben noch WEISS, und auch nicht alle Schwärze, also kann ES niemals ALLES sein! Auch weiß ES nicht, woher ES stammt. ES war, ist und wird nur *ein* Gott unter vielen Göttern sein, wenn auch ein äußerst mächtiger. Und all diese kleinen Götter sind Teil des Ganzen, Teil des Multiversums, das aus unzähligen Universen besteht.

Also wird ES irgendwo zu (k)einer Zeit mit dem Fluch belegt, dem lautlosen Fluch, dem wortlosen Befehl aus den Schweigenden Räumen: »Sei schwarz, sei Hölle, sei ausgestoßen! Zerreiße! Fahre hinfort! Suche und finde nicht! Fahre nieder zu anderen Welten! Falle hinab und werde immer wieder neugeboren, hier und da, so auch auf Erden! Immer wieder wirst du deinen Schrei der Einsamkeit schreien. Voll von Gier nach Macht sollst du sein. Du wirst dich paaren. Doch deine Brut wird vergehen. Das ist es, wohin dich dein

Größenwahn trieb.« So singt das Ganze - ALLES - sein Lied über den Teil, der sich für allmächtig hält und doch so winzig ist, nur wenig mehr als nichts.

ES ist ein Teil des schwarzen Universums mit Namen T-her, der ausgesandt wurde, ausgestoßen, geboren. So fand ES die Erde, denn es war IHM bestimmt. Und ein Teil von IHM unter den Meeren löste sich und wurde ER auf dem Land. So sollte es sein, so geschah es. Und ER tötete Nairra, Manfreds große Liebe. Und schließlich tötete ER auch Manfred selbst. Dann verschmolz ER wieder mit ES. Und ES folgte dem Ruf nach T-her, SEINER schwarzen Heimat. So kehrte ES zurück. So hörte ES als selbstständige Einheit auf zu existieren, ist nicht mehr, ist mit all den anderen verschmolzen. Also gibt es auch IHN nicht mehr?

Wir erinnern uns, was einst in einem anderen Universum geschah, in einer Galaxis mit leuchtenden Sternen auf einem Planeten, den die dort lebende Menschen »Erde« nennen. Wir erinnern uns, was 65 Millionen Jahre vor unserer Geburt - der Geburt derer, die einst Manfred, Nairra, Moyo waren - geschah. Wie aber kann das sein?

Ach ja, schon verstehen wir, warum alles so ist. Wir können uns an diese ferne Zeit erinnern, weil ER mit uns verbunden ist, seit SEIN Schwert Nairra in zwei Hälften spaltete und ER Manfred in den HÖCHSTEN BERGEN tötete. SEIN Körper verschmolz mit IHM unter dem Meer und kehrte nach T-her zurück. Eine Kopie SEINES Geistes, SEINER Seele blieb in uns zurück, ist nun hier bei uns, ist Teil von uns, gehört dazu. So sind wir Vier nun eins. Und in uns brechen die Erinnerungen auf.

Einst schrie ES im Tageslicht dort oben an der Oberfläche des Meeres. Das war vor mehr als 60 Millionen Jahre, lange Zeit bevor es die ersten Menschenartigen gab.

Und wegen der Höllenschmerzen, die das Licht erzeugte, tauchte ES wieder in die schwarzen, kühlen Tiefen hinab, die IHM so ähnlich sind. Dort unten erkundete ES die Welt äonenlang. Dort unten schlief ES und träumte so vor sich hin. Dort unten träumte ES von seiner Heimatwelt T-her.

Dann eines Nachts erwachte ES - denn ES hatte die Lösung im Traum gefunden - und schuf aus sich die anderen, die dem Tag dort oben widerstehen konnten, und sandte sie empor.

Das letzte Mal geschah dies vor vier Millionen Jahren. So wurde ER geboren, der erst Nairra und dann Manfred tötete.

IHM voraus aber ging SIE vor zehn Millionen Jahren, das erste Geschlecht, die Frau. Mag sein, dass da auch noch andere ohne Geschlecht oder mit beiden Geschlechtern vorher waren, wer weiß. Menschen werden es niemals erfahren.

ES aber blieb unten in den Tiefen, aß und wuchs und teilte sich immer wieder, seit ES auf Erden vor 65 Millionen Jahren im Meer niederging.

Acht im Wir

Erde
Dort unten, dort unten,
was tun wir da?
Was taten wir da?
Damals, gestern
auf, unter und über der Erde?

Die magische Acht und das Treffen der Sieben.

Nun sind Wir hier zu acht in Einem.

Nein, Wir sind nicht mehr nur die zu einer Einheit verschmolzenen Nairra, Moyo, Manfred und ER. Jetzt sind Wir mehr als vier in Einem. Einst waren Wir sieben. Ein Achtes verband Uns zur achtfachen Einheit, zum Wir.

Auf Erden trafen Wir uns einst, als Wir noch einzelne Wesen waren, wieder und immer wieder. Also werden Wir gemeinsam als Erstes die Erde besuchen. Also tritt Manfred aus Uns heraus, erinnert sich. Also erinnern Wir Uns alle, wissen Bescheid, welche Bedeutung Menschen der Erde der magischen Zahl Acht einst beimaßen und es vielleicht noch immer tun:

Acht ist die Zahl der Gottheit in Babylon, also wohnt sie im achten Stock der gewaltigen Tempeltürme damals zur Zeit der ersten großen Städte.
Acht Menschen fahren mit Noahs Arche und überleben die Sintflut.
Am achten Tag stand Jesus auf aus seinem Grab, er, dessen Name im Griechischen die Acht gleich dreimal enthält.
Und gibt es sieben Höllen, so gibt es acht Paradiese. Denn GOTTES Güte und Barmherzigkeit ist größer als SEIN Zorn, spricht voller Demut der Islam. Acht Engel tragen den Thron GOTTES.
Acht Himmelspfeiler, acht Wunder, acht Kostbarkeiten, acht Musikinstrumente und acht Unsterbliche unter den

Menschen, jeder mit einem anderen Wesen oder Instrument: Blumenkorb, Esel, Fächer, Flaschenkürbis und Fledermaus, Flöte, Kastagnetten, Lotosblüte und Schwert, sind in China bekannt.

Acht Speichen hat das Rad des Glücks. Wie glücklich Wir sind.

Da ist das achte Tor, durch das der Suchende schreitet, um in die Lichtheimat einzugehen. Wir könnten es, denn das Licht aus WEISS ist in Uns, das sieben Seelen mit sich zur achtfachen Einheit verschmolz.

Wir schauen in Unsere Vergangenheit zurück, blicken hinab und »sehen« Uns zu und wundern Uns über all die Dinge, die Wir einst dort unten taten. Wir wundern uns und tun es zugleich nicht, denn Wir erinnern Uns ja. Wir spüren in uns die Wut, den Hass, den Kampf, Verlangen, Begehren und Liebeslust. Jetzt lachen Wir, weinen zugleich und lächeln über all die Cyborg-Menschen-Schnecken-Spinnenängste, -freuden und -leiden.

Warum kommen Wir ausgerechnet als Erstes auf die Erde zurück, wo Wir doch aus vielen Welten stammen?, könntest du fragen, wüsstest du von Uns.

Kämen Wir alle von hier, dann wäre es klar: Noch einmal die Heimat sehen, bevor ..., ja, was geschieht?

Wären Wir nur Figuren in einem Theaterstück, Buch oder Film eines Autors, der auf Erden lebt, dann wäre es auch nicht weiter verwunderlich. Denn Wir müssten tun, was er will.

Doch so?

Es geschieht, weil Wir, nein, nur die sieben Lebewesen Unserer achtfachen Einheit, also *wir* uns einst hier trafen, einmal, zweimal, immer und immer wieder.

Wir trafen uns an verschiedenen Orten, doch immer in der Nacht: auf einer Lichtung im Wald, mitten in einer Steppe, auf Hügeln im Nebelland, Pyramidenspitzen und Berggipfeln.

Nein, Wir kamen nicht zusammen, um gegeneinander zu kämpfen, den anderen zu töten, weil es nur *einen* geben kann - welch seltsame Idee, wer hat uns *die* denn eingeflüstert?

Eines Nachts stehen wir uns hier mit erhobenen Schwertern gegenüber. Zum lautlosen Klang, zum Puls einer kosmischen Musik, im Einklang schwingen unsere Schwerter zu einem Ton: synton. Jeder zieht es mit seiner Rechten oder Linken aus anderer Raumzeit, wo es liegt und träumt und wartet. Mit einem Donnern rast es von links heraus, mit weitem Schwung nach rechts und dann in der Mitte vor dem Körper nach oben, hoch erhoben der Mondin entgegen, leuchtend unter dem Sternenhimmel, blinkend und glitzernd, das Licht reflektierend.

Reglos stehen wir Sieben, die wir hier und jetzt menschliche Körper tragen, auf einer Lichtung im Wald. Wir atmen die Stille ein, die keine vollkommene ist, doch ohne einen Menschenlaut. Wir schließen unsere Augen. Der Gesang der Grillenmänner lockt uns nicht, sondern schläfert uns ein, die wir noch immer bewegungslos da stehen. Träume steigen in unseren Seelen auf.

Wir sehen uns alle.

Ich sehe sie und weiß, dass ich einer von ihnen bin. Denn es ist mein Schwert OM, dass ich an diesem Sommermorgen meinem Stern entgegenhalte.

Jetzt geht *er* strahlend und gewaltig auf - der Sonn. Morgenröte. Wie im Zeitraffer steigt er auf, hat seinen Zenit erreicht und fährt auch schon wieder hinab. Abenddämmerung. Dort scheint die Volle Mondin.

Und beide, Sonn und Mondin spiegeln sich im glühenden Stirnzentrum eines jeden von uns wider. Das ist das Licht von außen.

In uns allen erstrahlt Ajna-Chakra, das Dritte Auge, das Auge der Weisheit, das innere Auge in blauem, gelben und violetten Licht. All unsere Sinne sind erwacht, denn der sechsundneunzigblättrige Lotos hat sich geöffnet.

Wir sehen uns. Wir sind eins.

Wir, die wir aus verschiedenen Welten und Zeiten stammen, sind jetzt zu Einem vereint. So ist es jetzt. So wird es wieder sein.

Doch alles endet irgendwann: Die Schwerter sinken, versinken, verschwinden in den anderen Raumzeiten, aus denen sie kamen, als wir sie riefen, wo sie nun wieder geborgen verborgen sind.

Wir erwachen - jeder auf seiner Welt.

So war es einst einmal, zweimal, immer wieder.

So ist es jetzt nicht. Wir erwachen in einem Kreis. Wir stehen um ein loderndes Feuer. Wir schauen auf. Wir haben die Schwerter, doch nicht nur sie, sondern auch Speere erhoben, Pfeile abgeschossen, die dort oben verharren, als wären sie im Flug eingefroren. Dort oben im Zentrum berühren sich Klingenenden, Speer- und Pfeilspitzen.

Wir lassen die Schwertgriffe los und treten vor.

Sieben Waffen bleiben singend dort oben stehen. Für einen Augenblick. Denn schon sind sie verschmolzen. Sie bilden eine Waffenkuppel über unseren Köpfen.

Wir schließen alle Sinne: Tasthaare, Nasen, Ohren, Augen ...

Blitze schießen durch unsere Lebensenergiezentren, von den untersten Chakren bis zum höchsten siebten auf dem Scheitel empor.

Und unsere Körper nehmen die Körper der anderen an. Geist verschmilzt mit Geist. Und unsere Seelen singen gemeinsam. *In* uns erblicken wir WEISS.

Das ist GOTT, staunen wir und weinen und lachen und lächeln - sekundenlang - für alle Ewigkeit.

Alles endet. Wir erwachen in einem Kreis. Wir schauen hinab.

Das Feuer ist erloschen.

Wir senken unsere Arme, nehmen unsere Schwerter wieder an uns, halten die Speere wieder in den Händen, haben die Pfeile wieder in unseren Körperköchern.

Wortlos drehen wir uns um.

Wir gehen, ein jeder in eine Richtung - und Zeit? - in welche Dimensionen auch immer.

So war es, erinnere ich mich. So ist es. So wird es sein.

Zu *einer* Zeit auf *einer* Welt? - Da kommen Zweifel auf.

Auf *verschiedenen* Welten zu *einer* Zeit? - Relativität. Jede Welt hat ihre eigene Zeit!

Oder aber auf *einer* Welt zu *verschiedenen* Zeiten, auf

verschiedenen Welten zu unterschiedlichen Zeiten? - Das klingt wahrscheinlicher.

Wie auch immer, ich sehe sie, mich und die anderen zugleich synchron handeln, einmal, zweimal, immer wieder.

»*Highlander*-Reminiszensen«, flüstert die Stimme in mir.

Diese Worte von Ihm Dort Oben aber verstehe ich nicht.

Auch beim letzen Mal begann alles wie immer. Doch Halt, nein. Diesmal trafen wir uns nicht auf Erden, auch kamen nicht Menschen mit Schwertern zusammen, um diese über sich zu vereinen und schließlich wieder auseinanderzugehen. Jetzt nahmen wir die anderen mit unseren als auch mit deren Sinnen in ihrer wirklichen Gestalt wahr. Und am Ende waren wir nicht mehr sieben, sondern wurden vom Achten zum Wir vereint:

Wir sehen hinauf und sehen doch nichts, denn längst sind wir erblindet. Wir lauschen hinaus und können nichts hören, denn wir sind taub. Wir ziehen die Luft ein und riechen nichts. So geht es uns mit all unseren Sinnen.

Dann spüren wir die Kraft in uns, wie sie von unten emporschießt und von oben in uns fließt. Jeder von uns Sieben nimmt dieses Bild von uns in dieser Nacht an diesem Ort in dieser Welt in sich wahr. Dort oben über uns leuchten die sieben an den Klingenspitzen vereinigten Schwerter. Darunter stehen bewegungslos ihre Besitzer, also wir, sieben an der Zahl, männlich, weiblich und Zwitter, geschlechtslos und - nein, wir sind nicht alle Menschen der alten Art. Unter uns sind auch Wesen, die den irdischen Arthropoden und Mollusken gleichen. Unter uns ist auch einer, der halb Lebewesen und halb Maschine ist. Und dann stellt sich noch die Frage nach unseren Waffen: Sind es dann wirklich Schwerter, also irdische Waffen aus Metall mit ein- oder zweischneidigen Klingen, die wir da in unseren Händen halten? Und wenn da auch Speere und Pfeile und wer weiß was für andere Dinge wären, die einige von uns mit sich brachten, wie es schon einmal war? Was dann?

Drei der Sieben sind Menschen: Manfred der Magier, Nairra und Moyo. Diese Drei fanden sich als Erstes: zunächst die Frauen, dann vereinigten sie sich mit dem Mann. Hier und jetzt aber sind sie wieder drei.

Der Vierte ist da ER von T-her, von dem wir ja schon vieles vernahmen.

Und der Fünfte ist eine Schnecke? Dabei fallen dem Biologen Liebespfeile ein. Der Zwitter Weinbergschnecke, der dem anderen Zwitter den Liebespfeil in den Leib hineinschießt und von diesem dessen Pfeil erhält. Und nun ist hier dieses fast menschengroße Schneckenwesen aus einer feuchten, warmen Welt, in der Schneckenartige an Land und Tintenfischartige im Wasser die Herrschaft eroberten. Manfred nannte ihn einst »Schneckenkönig«. Gastropoide, Schneckenartiger wäre der richtigere Begriff für ihn und alle seiner Art. Unverkennbar ist seine Ähnlichkeit mit einer irdischen Schnecke, doch an seinem Kopf trägt er wie alle anderen auch nicht vier, sondern nur zwei mit Augen besetze Fühler. Und immer am Kopf, eingezogen in Ruhe und für den Gebrauch ausgestreckt befinden sich dort auch die Arme, wie wir sie von ihren Tintenfischverwandten auf Erden her kennen, deren Saugnäpfe und den biokybernetischen Ergänzungen und Verfeinerungen als Hände und Finger dienen. Und weil auch er ein Zwitter ist, ist er kein Er und keine Sie und auch kein Es, sondern ErSie oder SieEr, also auch kein König, sondern eine Königin zugleich, also ein(e) SchneckenkönigIn. Und wie Manfred ist auch der Schneckenkönig so ganz allein ohne Königreich und Volk als Seele posthum erwacht. Zuvor jedoch weilte er auf seiner warmen, feuchten Welt. In der Nacht werden dort die Gastropoiden munter, und den Tag machen sie zur Nacht, indem sie ihre Wohnungen und Straßen und Städte verdunkeln. Und weil ihre Haut die Feuchtigkeit braucht und außer dem Schleim so wenig Verdunstungsschutz hat, stehen, gehen und fahren überall zahlreiche Wassersprenger und -sprüher und bringen erfrischendes Nass.

Die Sechste ist die Spinnenkönigin, die zu Lebzeiten über ein gewaltiges Volk herrschte, denn ihre Art ist sozial, so, wie es Menschen angeblich sind oder sein sollten, bedeutend mehr als wir es von einigen Spinnenarten und von Termiten und Ameisen auf Erden her kennen. Auf ihrer Welt hat ihre Art eine weit fortgeschrittene Kultur geschaffen, also sich in den von ihr bewohnten Städten den Lebensraum selbst gestaltet. Und sie hat die Raumfahrt für sich entdeckt. Ach ja, auch Arachnoiden sind fürsorgliche Mütter und erzählen ihren Kindern Gutenachtgeschichten, so auch die wahre Geschichte von einer lydischen Weberin auf Erden namens Arachne, die die Göttin Athene zum Wettkampf herausforderte (siehe Rainar Nitzsche: Spinnentraumgespinste letzte Buchseite).

Das Siebte ist ein Cyborg aus der Andromedagalaxis, von künstlichen Intelligenzen erschaffen, deren fernste Vorfahren einmal fleischliche Lebewesen waren, doch längst Vergangenheit sind. Ob es Menschen waren, ja, Humanoide müssen es gewesen sein, wenn sie ihn denn nach ihrem Ebenbild oder aus sich schufen. Einst begegnete er den Grünen Wächtern, die ihm einen Gedanken verstärkenden Stirnreif schenkten und ihn Mentaxtamar nannten.

»Terminator«, lacht Er Dort Oben.

Doch ein Roboter mit Menschenhaut ist unser Cyborg nicht.

Und jetzt schweigt Er, denn die krönende Acht erscheint aus den Tiefen der Nacht: eine namenlose, körperlose Geistseele. SIE ist WEISS.

Gedankenschnell hat SIE uns erreicht und uns alle zum Wir vereint.

Wir nehmen es in Uns wahr.

Jetzt und von nun an bis in alle Ewigkeit sind Wir *ein* Bewusstsein.

Wir sehen das Feuer der vereinigten Schwerter in den Nachthimmel stürzen und …

Als Erstes zeigt sich jeder von Uns den anderen als der/die/das, was er/sie/es als Einzelne/r/s war:

Ich bin Manfred der Magier, wurde als Mensch auf Erden geboren, lebte ein Menschenleben, folgte eines Nachts meinem Leuchtende Pfad. Auf ihm suchte und fand ich meine große Liebe Nairra, verlor sie wieder, und fand eine zweite mit Namen Moyo. Rani heißt meine Tochter und Ra ist mein Sohn. Hier und jetzt ziehe ich wie einst, doch nun einfach aus mir mein Schwert heraus und halte OM senkrecht vor mir empor, ziehe es an mein Gesicht, so, dass die Schärfe der Klinge Nase und Stirn schneidet, ziehe es zurück, durch mich hindurch, in mich hinein. So verschmilzt es wieder mit mir. Wir waren schon immer eins, denke ich und sehe mir von außen zu, dem, dessen Körper sich nun rhythmisch zu einer Art indischer Schlangenbeschwörungsmusik bewegt. Mein Kopf rotiert mehrmals um seine Achse. Schon lange sind da keine Knochen mehr, die brechen könnten, die blieben beim Tod auf Erden zurück. Meine Arme erheben sich und bilden mit meinem Körper zusammen ein stehendes Kreuz. Meine Arme verwandeln sich in Flügel und werden wieder zu Menschenarmen. Engelsflügel entsprießen dort hinten meinem Rücken, wie es Menschenbilder einst zeigten. Ach nein, es sind ja die Flügel eines Drachen, in den ich mich längst verwandelt habe. »Ich, ich, ich«, singt meine Seele einen Augenblick lang und verschmilzt auch schon wieder zum Wir.

Jetzt zeigen sich auch die anderen in all ihren Formen, die anderen Sechs im Kreis, dessen Teil ich bin, ich war, ich bin, die Wir für alle Zeiten sind.

Nur die Achte, SIE, ist WEISS, bleibt WEISS, war und wird es immer sein.

Alles Denken hört auf - in mir, in dir, in dir und dir, in Uns.

Leere.

Und mein Schwert, sein Schwert und all die anderen Waffen, sie alle haben sich in Nichtwaffen verwandelt.

Und ich, du und du, wir Drei von der Erde und ER und die anderen Drei, wir alle schwimmen, kriechen, krabbeln, gehen, springen, fliegen, schweben in all den Körpern, die wir zu Lebzeiten und danach trugen, aufeinander zu.

Und Leere verschmilzt mit Leere.

Ein Lichtblitz, der kommt von WEISS.

Dann Schwärze.

Noch immer Schwärze.

SCHWÄRZE.

Einmal noch die Erde schauen

Durch den Sonn

Wir erleben den Weg, wie ihn sich einer von Uns einst erträumte und doch ganz anders »beschritt«.

Auch Wir, die Wir diesem Pfad folgen, tun es auf eine andere Art und in eine andere Richtung, als er es einst wollte.

Wer wird es wohl sein, der *eine* von Uns, der von der Erde stammt?

Manfred, wer sonst!

Nach seinem Tod in den Höchsten Bergen und der gescheiterten Wiederbelebung seines Körpers in Ägypten durch Moyo begann er seine Reise durchs All. Im Orbit des dritten Planeten erwachte seine Seele und wusste, dass sein Körper dort unten auf Erden gestorben war. Nach außen trieb es ihn, in eisigen Raum, immer weiter fort. Und doch wusste er, dass es außer diesem Weg auch noch einen anderen Weg geben könnte, sein Sonnensystem zu verlassen. Er erblickte ihn in sich, sah, wie er sich nicht von der Erde zur Mondin, zum Mars, zu all den anderen großen und kleinen Planeten und Monden dort draußen trieb, sondern wie er sich nach *innen* bewegte, wie er ganz allein und winzig klein seinem Stern entgegenschwebte:

Wann wird er meinen Körper verbrennen?, könnte ich denken, wäre ich noch körperhaft, dieser Sonn, der immer größer wird, denn rasend nähere ich mich ihm.

Vielleicht aber vergehen auch Seelen in seiner Glut.

Werde ich im Feuer zerfließen, Chaos werden, alles vergessen, was ich war und bin?

Doch anderes geschieht - jetzt.

Ich verbrenne nicht, ich zerfließe nicht zum wilden Tanz der Teilchen, sondern gehe körperlos im Vater auf.

Sonn, denke ich hier, wie einst dort unten, hinten, fern. Noch immer bin ich Teil der Erde, der Mutter und werde es immer sein. Ich bin dein Kind, denke ich und bin nun *Astronaut*, ja, der Einzige und erste Wahre dieser Art, denn ich reise nicht nur zu den Sternen, sondern *in* einem Stern durchs All.

LICHT

Wo bin ich? Wer bin ich?

War da was zuvor?

Und wenn da was war, was war es dann?

Das träumte Manfred einst.

Also träumen Wir alle es, denn Wir sind eins.

Aber Träume sind nichts als Schäume. Niemals ging er diesen Weg.

Und doch ... Träume können Visionen sein und Generationen von Wesen inspirieren. Wir, die Wir ungleich mächtiger sind als Manfred es jemals war, ja, sein konnte, denn er ist ja nur *einer* von Uns, Wir, die wir Sieben und Eins zugleich sind, Wir beschreiten nun diesen Sonnenweg.

Doch schlagen Wir die umgekehrte Richtung ein: Wir kehren durch den Sonn zu seiner Welt zurück.

Mars und Erde

Etwas taucht in diesem einen Kosmos am Rande dieser einen Galaxis in diesem einen Sonnensystem von unzähligen auf.

Und kein Mensch, kein Cyborg, kein Androide, keine Maschine, kein biokybernetisches Netzwerk noch sonst irgendwer nimmt es wahr und gibt Alarm.

Unbemerkt bricht der Eindringling aus den gelben Feuern von Sol hervor. Einen Augenblick später ist die winzige Fastnichtssubstanz auch schon an Merkur und Venus vorbeigetanzt, verharrt nun zwischen Erde und Mars.

Viel Zeit scheint vergangen zu sein, nicht etwa, weil da im Erdorbit nach der ersten großen mit Namen ISS neue Raumstationen schweben, sondern weil dort ganze Städte mit Menschennachfahren und Nichtmenschen darin im wahrsten Sinne des Wortes heranwuchsen. Denn sie bestehen nicht aus Metall und Kunststoff, sondern leben selbst, sind Wesen, die unter ihren Schutzgürteln gegen die Weltraumkälte und die kosmische Strahlung Leben der alten und der neuen Art in sich bergen. Und sie selbst und die in ihnen, die sehen können, erblicken unter sich die Erde mit ihren blauen Meeren und weißen Wolken, Gebirgen und gelbem Wüstensand bei Tag und den Lichtern der Städte bei Nacht. In diesen Farben sehen sie all das, wenn sie denn Menschenaugen und -hirne besitzen.

Ja, so kennen Wir sie, die gute alte Mutter Erde. Daran erinnern Wir uns, denn einige von Uns - Manfred, Nairra, Moyo - stammen ja von ihr.

Das ist die eine Seite, die trotz allen Wandels bekanntere, wie Uns scheint. Auf der anderen jedoch, dieser Planet hier, der vierte, der scheint neu, den kennen Wir ja gar nicht. Das kann doch niemals der rote Kriegsplanet sein, nein, das ist nicht der Mars mit der Farbe von Wirbeltierblut, den Manfred einst besuchte, denken Wir den Bruchteil eines Augenblicks lang und verstehen auch schon: Er ist es doch!

»Terraforming lautet das Zauberwort«, flüstert eine Stimme in Uns.

Jetzt sehen Wir, was geschah: Maschinen, Menschen, Cyborgs und Androiden, alte und neue Lebewesen, Bakterien, Pflanzen und Tiere kamen und blieben, die Atmosphäre wurde dichter, veränderte sich, das Eis schmolz, Flüsse und Seen und Meere entstanden wieder in ähnlicher Form, wie es sie vor über einer Milliarde Jahren noch gegeben hatte, und die Nachfahren der Menschen, wahre Riesen an Körpergestalt, wen wundert's bei der geringeren Gravitation, leben nun hier in dieser Neuen Welt.

Wir drehen uns wieder um und betrachten den Erdtrabanten, die Mondin, mit ihren Städten und Fabriken auf der Oberfläche und unter der Erde, mit all den kreisenden Satelliten im Orbit ringsum.

Dann schweben Wir über der neuen, alten Erde, die über Jahrmilliarden so viel Leben gebar.

Noch immer unentdeckt sinken wir hinab und verschmelzen mit der Atmosphäre, der Oberfläche, allen Dingen und Wesen dieses Planeten, ja des ganzen Sonnensystems.

»Schaut und staunt!«, singen die in Uns, die von der Erde sind, und entdecken selbst so vieles neu.

Wir sehen und hören und riechen und nehmen alles wahr, was ist, was war und manches auch von dem, was einst sein wird:

Aha, nach dem Ende des Pferdekutschenzeitalters ist es jetzt auch mit der Räderkultur vorbei. Nur noch hier und da fährt ein Automobil mit Solarelektroantrieb auf einer Straße. Wenige Fahrräder bewegen sich da noch mit Muskelkraft. Das Zeitalter der Lkws - das heißt Lastkraftwagen zur Information für die, die sie noch nie sahen, Motorräder und Motorroller, der Rollschuhe, Inlineskater und Skateboards ist längst vorbei. Denn wer keine Straßen braucht, benötigt auch keine Räder. Überall schweben Fahrzeuge durch die Lüfte, gleiten Schiffe über Flüsse, laufen Gehmaschinen auf dem Boden, hier auf Erden und in allen Kolonien, auf dem Mars und den Monden des Sonnensystems. Und gab es einst einmal solche und solche Automobile, so gibt es nun hier Gehmaschinen, die gar keine Maschinen der alten Art sind, also nicht einfach nur technische Geräte, sondern biokybernetisch, in allen Größen und für alle möglichen Zwecke. Bionik ist der Name für die Technik, die Natur zu imitieren, zu schauen, wie etwa Indische Elefanten gehen, nämlich sehr vorsichtig und behutsam die Hänge im Regenwald hoch, denn sie wollen mit ihrer großen Masse auf ihren vier säulenförmigen Beinen nicht ausrutschen und umfallen. So wurden sie zum Vorbild für große, schwere, vierbeinige Gehmaschinen. Die kleinen Alltagsdinge erledigen jedoch »Maschinen« auf sechs Beinen wie Insekten, auf acht wie Spinnen oder auf zahlreichen Beinpaaren entsprechend gebaute kleine Insektoiden, Arachnoiden und Chilopoiden. So jedenfalls müssten sie eigentlich heißen, tun sie natürlich nicht, werden einfach nur Arachnos, Chilos und Insektos genannt.

Auch neigt sich das Zeitalter der Holz-Lehm-Backstein-Betonhäuser dem Ende zu. Menschen und Tiere beginnen in organischen Wohnungen zu leben, die keine Ecken kennen, sich den Bedürfnissen der Bewohner anpassen, mit ihnen wachsen, verschmelzen, eins mit ihnen werden, eins mit ihnen sind: »Wir sind das Haus, komm herein in unser Heim.«

Menschen, Androiden und Tiere reisen nicht mehr über das Land. Denn alles, was sie brauchen, haben sie bei sich zu Hause. Nicht nur Wasser, Energie und Lebensmittel, auch Informationen aller Art, Lachen und Lust empfangen sie drahtlos in ihren Gehirnen.

Antiaurora und Styx

Wir aber sind eins mit dem Himmel über der Erde, mit den Bergen, den Wüsten, den Flüssen und Seen und dem Meer, mit den Savannen, Steppen, Prärien, mit dem Nebel-Land und mit dem Wald. Alles schauen, hören, tasten, fühlen Wir, was ist, was war und einiges von dem, was sein wird.

Und nun tritt ER aus Uns heraus, denn einst flog ER hier oben über den Wolken dahin. Alles zeigt ER Uns jetzt:

Antiaurora, das ist keine Morgenröte, sondern Schwärze, die Teilchen fliegen nach außen. Megablitze wüten hier über den Wolken, schlagen säulenförmig bis 100 Kilometer in die Höhe oder aber bilden Atompilze aus, tanzen weit unten christbaumartig, bleiben wie so vieles für Jahrmillionen namenlos, werden erst dann von Menschen »Kobolde« genannt werden. Unterhalb der Wolken donnert es bei der Luftverdrängung durch die extreme Hitze gewöhnlicher Blitze, hier oben aber erzeugen sie Infraschall, den Wir hören können.

Wir alle lauschen, sehen und tanzen mit IHM hier oben durch die Vergangenheit.

Tropfen tropfen Jahrtausende lang, Kalk lagert sich ab zu Kalzit. So werden Stalaktiten geboren und wachsen hinab. Stalagmiten wachsen hinauf und verbinden sich mit den Stalaktiten zu Säulen, die sinken ab und Wasser dringt in die Höhle ein, durch die Wir hier schwimmen. Viele sind Wir. Unsere Vorfahren waren Menschen. Wir tauchen auf. Wir stoßen das Wasser aus den Kiemen und verschließen sie. Wir atmen wieder durch Lungen ein und aus und ein und ...

Wir entfalten unsere Flügel und erheben uns in die Lüfte. Wir finden die andere Höhle, die wunderbare, die von Schwefelsäure ausgewaschene, wo Kristalle im Licht glitzern, das unsere Körper aussenden. Wir schauen uns um. Wir nehmen das Funkeln wahr und werden selber Kristall. Hier singen Wir, und singend warten Wir auf die, die Uns eines Nachts wecken werden.

Wir träumen von einem Fluss in einer dunklen Welt. Still und schwarz fließt er unter der Erde dahin. Und die Höhlenwände flüstern einen Namen, den Menschen der Göttin, Tochter der Okeanos und der Tethys, die ein Fluss ist, einst gaben. Und der Name lautet wie?

Über ihn setzt der Fährmann Charon die Toten. Münzen sollen ihn entlohnen. Er aber ist kein Mensch, sondern ein Dämon. So nimmt er das Metall unter den Zungen hinweg. Doch öffnet er auch die Münder der Zungenlosen, nimmt das Fährgeld von den leeren Augenhöhlen der Geblendeten, von all denen, die da blind und stumm durchs Totenreich wandeln sollen.

So war es immer. So wird es immer sein?

Auch dem Mund dieses einen Toten hat er die Münze entnommen. Also setzt er ihn über.

Drüben wird er seinen Körper essen. Dann wird er seine Seele durch die Unterwelt ziehen lassen, so wie er es schon immer tat.

»Styx« ist der Menschenname des Flusses, der fünf Mal den Hades umrundet und in dem Achilles getauft wurde, sein ganzer Körper, bis auf die Sehne, an der Paris Pfeil ihn traf, auf dass auch er starb und zum Fluss zurückkehren sollte.

Jetzt am jenseitigen Ufer, als der Dämon Charon seinen Mund öffnet, der sich gewaltig gewachsen in ein Maul mit Reihen von messerscharfen Haifischdolchen verwandelt, die er in sein totes Opfer schlagen will, erwacht dieses von den Toten.

Es ist kein Mensch, der da leblos vor ihm liegt. ER ist es, der jetzt lachend aufspringt. Und auch SEIN Körper wächst, doch bis zur Decke empor. Nun ist ER ein Riese, der brüllt den kleinen Dämon mit Namen Charon an - einen Augenblick lang, schon schnappt ER zu, verschluckt ihn in einem Stück.

Und von dieser Zeit an wurde kein Sterblicher mehr über den Styx gesetzt. Feuerhöllen und Himmel jenseits der Wolken und der Zeit waren nun angesagt.

Wüste, Savanne, Wald und Stadt

Unsere Kinder stehen dort unten mit erhobenen Schwertern, hier unten in einer glühenden Nebelwolke, in der schwarzen eiskalten Nacht einer unendlichen Wüste stehen sie und schauen sich nicht an.

Ach, es sind ja gar nicht Unsere Kinder, Wir sind es ja, als Wir noch Einzelwesen waren und uns von Zeit zu Zeit trafen, ohne zu wissen, warum.

Jetzt wissen Wir es. Wir kamen zusammen, weil Wir zusammengehörten, eins sind und immer schon waren.

Und da sind wieder einmal zwei von uns, so gänzlich farblos und verbissen, welch krasser Gegensatz und Widerspruch: Schwarz ist der eine, und strahlend weiß der andere.

Dort steht der Weiße in den Wüsten, auf einem der zahlreichen Hügel und hebt seine Arme empor. Licht flutet aus dem Zentrum seiner Stirn zwischen den Augen, das ist das Dritte Auge, das sechste Chakra mit Namen Ajna. Gras und Büsche und Bäume lässt er wachsen. Mit seinem Atem erwacht die Natur. Jetzt zieht er das leuchtende Schwert von seiner rechten Seite, an der es nicht hing. Er zieht es durch den Spalt, aus dem anderen Raum hinein in unsere Welt. Wieso, weshalb und warum jetzt?

Es ist zu spät, denn schon trifft ihn der schwarze Speer, dröhnend im Gewitterdonner, geboren aus der Schwärze dieser mondinlosen Nacht. Ein schwarzer Blitz trifft ihn mitten ins Zentrum seines Bauches, steckt dort zitternd, nagelte ihn an einen Eichenstamm. Längst ist ihm sein Schwert aus den Händen entglitten.

Der Schwarze kommt höhnisch lachend heran.
Der Weiße schaut ihn nicht mehr an, er ist schon tot.
Der Schwarze nimmt das Schwert und - wird weiß.
Schwarz ist gestorben.

Kann sterben, was ewig lebt?

Irgendwo anders auf dieser einen Welt von Millionen wird Schwarz geboren, dort, wo Weiß gesiegt, wo Weiß einen weißen Speer warf und ein schwarzes Schwert nahm, in diesem einen Augenblick, wo Schwarz hier starb.

So war es immer, so ist es, so wird es immer sein.

So ist alles schwarz und weiß - die ganze Welt.

Irgendwann und irgendwo endet die Wiederkehr des Gleichen, werden beide eins, sind schwarze und weiße Magie, was sie schon immer waren - zwei Seiten der *einen* Medaille - eins.

Irgendwann und irgendwo treffen sich Schwarz und Weiß in den Farben SEINER Stille, der in allen Dingen und Wesen lebt, der da »sitzt und schaut« den ewigen Kreislauf von Geburt, Leben und Tod, der einfach ist und lächelt.

ER ist Buddha, der erste, der Einzige, der alle Buddhas in sich trägt.

Einer SEINER vielen Menschennamen aber lautet GOTT.

Ein dicht vermummtes, von Tüchern umhülltes Wesen sitzt dort in der menschenleeren Wüste, in der Einsamkeit, in die von jeher Menschen zogen, um Erleuchtung oder Erlösung zu finden.

Hier sitze ich mit geschlossenen Augen und meditiere. Dann bete ich und schließe mit: »Allahuakbar«. Denn so ist es: GOTT ist groß. Und es gibt nur einen GOTT, und das ist ALLAH.

»Im Namen des VATERS, des SOHNES und des HEILIGEN GEISTES«, höre ich mich die Welt segnen.

»JAHWE, ELOHIM, der HERR, ER, dessen Namen niemand nennt«, singen mein Mund und meine Seele.

Staunend schaust du den Wandel: Seine Kleidung löst sich auf, wird Staub, verweht mit dem Wind. Sein Gesicht, sein ganzer Körper wandelt sich, wechselt Formen und Gestalt: Manfred erscheint in all seinen Lebensaltern, doch auch Nairra, Moyo und ER, welche Körper sie auch trugen, sind da.

Wir alle sind nun hier dorthin zurückgekehrt, wo wir uns einst vor langer Zeit trafen, wo wir geboren wurden und lebten, wohin es uns auf unserer Flucht vor dem Licht verschlug. Wir alle sind nun hier versunken ins Gebet und preisen GOTT, den Einen. Das ist der, das ist die, das ist das, das viele Namen trägt, in allen Menschen- und Nichtmenschenkulturen: ALLAH, GOTT, JAHWE ... TAO.

Die Himmel tun sich auf. Es regnet, gießt, hört einfach nicht mehr auf. Gewaltige Fluten. Die Wüste ist ein einziges Meer. Weh den Reisenden, die in den Wadis vor den Stürmen Zuflucht suchten. Doch, was da aus den Himmeln fällt, sind weder kleine noch große Regentropfen, auch keine Schneekristalle oder Hagelkörner, sondern salzige Tropfen. Es scheint, es wären ...

»Ja«, flüstert die Stimme in Uns. »Weil alles so traurig ist, all dies Leid dieser Welt. Und bei weitem nicht alles, doch manches ist vorbestimmt, weil ich es so will, weil ich es mir so erträume.«

»Und deshalb weint in unserer Welt dieser wolkenlose Himmel solch gewaltige Tränenmeere?«, lächeln Wir Ihn Dort Oben weise an, erheben Uns aus der Wüste und lassen Uns in vielerlei Gestalt zugleich in allen Savannen, Steppen und Prärien der Erde nieder.

Jetzt erfühlen Wir den Ursprungsort der irdischen Dreiheit in Uns, von Manfred, Nairra und Moyo - der Menschheit insgesamt.

Nicht, dass hier etwa die Bäume dieselben wären. Und doch sind sie die gleichen, von einer Art: Schirmakazien. Der Ort ist fast identisch, an dem sie stehen. Der Ort, aber nicht die Zeit.

Hier schauen zu verschiedenen Zeiten Vormenschen und Menschen mehrerer Arten dieses Bild, das sich in ihr Gedächtnis für alle Ewigkeit einbrennt.

Wir sind in ihnen, Hunderttausende, Jahrmillionen von Jahren vor Unserer Geburt.

Akazien im Gegenlicht – ein leuchtend roter Sonnenuntergang, das ist es, was alle sehen, eine Generation nach der nächsten. Tief brennt sich dieses Bild ein.

Moyo wird einst in ferner Zukunft auf ihrem weiten Weg vom Zentrum Afrikas bis in den Norden nach Ägypten an diesen Ort gelangen und in den Abend blicken. Sie aber wird die Nacht nicht fürchten, denn dann wird sie eine Schwarze Pantherin sein, die Antilope jagen und auf eine dieser Akazien tragen, damit die Großen - Löwen - sie ihr nicht stehlen können.

Wald ist das Wort rings um den Ort mit Namen Stadt, an dem Manfreds, also Unsere Reise begann. Doch hier und jetzt im Norden der japanischen Insel Honshu ist von den Bäumen nicht viel zu sehen.

Und doch scheint es Uns, als erwachten sie zum Leben. Es ist, als lebten sie schon immer, jetzt und hier und immer und immer wieder, wenn Schnee und Wind wüten. Es sind die Schneemonster von Zao, vom Wind mit Schnee verwehte Bäume, die seltsame Kreaturen in unseren Köpfen entstehen lassen. Und mit ihnen kommen die Erinnerungen an sieben Krieger, die ihrem Herrn bis in den Tod dienten, so wie es sein soll. Sie heißen Samurai.

Hier ist einer der Sieben, der in seinem ersten Leben die meiste Zeit keinem Herrn diente, also ein Ronin war, und niemals besiegt wurde.

Der berühmte Schwertkämpfer Shinmen Musashi-no-kami Fujiwara no Genshin, besser bekannt unter dem Kürzel Miyamoto Musashi bahnt sich mit seiner Zweischwertertechnik unaufhaltsam seinen Weg durch die Leibwachen. Er tötet jeden, der sich ihm entgegenstellt, denn sein Schwert und er sind eins. Sein Auftrag ist es, den Herrn dieser Samurai zu töten. Er führt ihn gnadenlos aus. Wir schreiben das Jahr 1614 A. D. Und er, der in vielen Schlachten auf den Seiten der Verlierer focht und dennoch überlebte, der nie einen Kampf gegen einen Menschen verlor, steht nun hier vor Uns.

Stille.
Wir schauen uns in die Augen.
Stille.
Schließlich verneigt er sich, senkt sein Haupt, bietet so

seinen Kopf und sein Leben unserer Klinge an.

Wir lassen ihn am Leben. Denn einst diente er einem von Uns, Manfred, und gab sein Leben für seinen Herrn. Wir schicken ihn weg. In einer Sekunde ist er wieder dort, woher er kam. Dann rufen Wir die toten Menschenkörper zu Uns zurück. So werden die Gefallenen, die Zerstückelten, die weder Samurai noch Menschen sind, wieder ein Teil von Uns. Alle verschmelzen Wir wieder zu einem Wesen, das Wir schon immer waren. Wir, das sind Mann und Frau und Zwitter, und das ist auch ER, die Schwärze, und WEISS.

Wehmut ergreift uns und tiefe Trauer, die Uns niemand nehmen kann. Tränen aus tausend Augen weinen wir. Und tausend Hände wischen die Tränen von Wirbeltierschneckenaugen aller Größen und Farben.

Unsere Seele aber trauert noch immer. Denn ER, der einer von Uns ist, wurde nicht hier auf Erden geboren. Also wurde nicht nur ER als Teil von ES, sondern wurden *Wir* alle aus den Himmeln geworfen und nach T-her verbannt - aus WEISS von WEISS, das zugleich ein Teil von Uns ist, das Achte, das Uns erst vereinte. T-her schickte Uns aus. ES auf dem Grund dieses Meeres sandte Uns an die Oberfläche, in deren Licht es nicht existieren kann. Vier Millionen Jahre lang wandelten Wir über die Erde und sehnten uns zugleich so sehr zurück zum Großen Einen ES und zum Ganzen, das ist T-her. Andere in Uns, Nairra und Manfred, tötete ER, also töteten Wir Uns selbst. Dann kehrten ER, wieder mit ES verschmolzen, heim.

Und ist ER jetzt ein Teil von Uns, so war ER es schon immer. Denn alle Universen träumen im Multiversum. Dort trafen Wir Uns, treffen Wir uns, werden Wir Uns treffen - gestern, heute, morgen. So sind Wir hier eins und Viele zugleich, alle hier und dort, überall und nirgends.

Ein Waschbär überquert in der Nacht die viel befahrene Straße und findet den Müll hinter dem Haus, wirft die Tonne um, wühlt eifrig mit seinen Pfoten, die ihm die Nahrungswelt tastmäßig erschließen. So unterscheidet er mit seinen Pfoten im Wasser, was er da so berührt: Stein, Fischleiche, Krebs. Da braucht er nicht reinzuschauen, da weiß er gleich, was da ist, holt es mit seinen geschickten Händen raus und isst es auf. Und so macht er es auch mit dem Müll in den Städten: Er wühlt ihn durch und fischt sich seine Lieblingsspeisen heraus.

Tja, das ist eine Szene aus dem Leben eines Waschbärs, die Wir in Uns wahrnehmen, ist das, was sich da in der Nacht einer anderen Stadt auf einem anderen Kontinent der Erde - im Norden von Amerika vor langer Zeit einmal tat.

Seltsam erscheint es Uns, wieso Wir jetzt daran denken, wo zwischen Eurasien und Amerika und auch sonst überall auf Erden Wasserstädte auf, über und unter dem Meer liegen und andere Städte in den Lüften weit unterhalb der Raumstationen dort oben im Orbit schweben. Ob Er Dort Oben uns diese Bilder eingegeben hat?

Wir sind nun mitten in Europa, in dieser einen STADT mit Namen Kaiserslautern, aus der einst einer von Uns zu seiner weiten Reise aufbrach. Wohnungen gibt es hier überall in der Pfalz, nicht nur *über* der Erde, wie in alten Zeiten, sondern auch *unter* den Bergen leben geothermisch beheizte Licht-Pflanzen-Tier-Menschenwelten. Hier schweben Wir nun über der Erde. Unsichtbar für Menschen, Maschinen und die, die beides sind, gleiten Wir mitten zwischen den Häusern über den Straßen dahin und suchen die letzten beiden Wohnungen noch einmal auf, in denen Manfred einst lebte. Da sind das Dachzimmer in der Wilhelmstr. 21 und die Altbauwohnung im ersten Stock in der Gasstr. 34 gegenüber der Konditorei.

Es ist Ende Mai und so heiß wie seit einhundert Jahren nicht mehr. Schwärme von Mauerseglern rasen dort oben über den Dächern dahin, jetzt und hier, so wie auch damals, als er ihnen voller Sehnsucht von Plätzen, Bürgersteigen und Straßen nachsah. Fliegen, dachte er und konnte es lange nicht. Fliegen, denken Wir und werden Mensch, nehmen Manfreds Erdenkörper wieder an, finden Uns in einer Wohnung wieder, die es heute und hier gar nicht mehr geben dürfte, bei all der Zeit, die seitdem vergangen ist.

Manfred geht zum Fenster und öffnet es. Mauersegler hört er in den Lüften ihr »srih-srih« schreien, sieht sie vorüberrasen, spreizt seine Arme zur Seite, als wären es Flügel.

Und so geschieht es: Sie verwandeln sich, werden zu Flügeln mit spitzen, langen Schwingen. Er springt, schrumpft im Flug und landet auf dem Fensterbrett, das nicht unter seiner Last abbricht. Denn dort sitzt kein Mensch, sondern klammert sich einen Augenblick lang ein Mauersegler fest, lässt sich auch schon fallen und fliegt davon.

Wir alle steigen in diesem einen Vogel rasend in die Himmel auf. Dem fallenden Tag entgegen jagen wir den Fliegen über den Dächern von Kaiserslautern hinterher.

Dies alles geschieht, was einst nur eine Sehnsucht Manfreds war. Doch nichts währt ewig. Denn nun schert einer aus dem Reigen der in Menschenaugen dahinrasenden Mauersegler dort oben und unten dicht über den Dächern aus und vervielfältigt sich. Wo eben noch *ein* Mauersegler war, fliegen nun *sieben* in ein Leuchten eingehüllte Tauben weiter.

Sieben Tauben landen auf dem Platz vor der Stiftskirche, trippeln dort auf dem Boden herum, nehmen menschliche Gestalt an. Über ihren Köpfen leuchtet es blass weiß.

Und das geschieht fast unbemerkt. Denn der Platz ist fast leer. Wer verlässt schon heutzutage noch sein Heim. Das könnte ja gefährlich sein, auch wenn alle Körper-Geist-Daten-Backups regelmäßig und automatisch getätigt wurden. Zu anstrengend ist es allemal.

Und doch ist da entgegen aller Wahrscheinlichkeit ein kleines Mädchen, ähnlich dem am Beginn von Manfreds Reise dort oben im Rathausturm, das alles sieht: »Guck mal, Mami, die Menschen da waren eben noch Tauben!«, ruft es seiner Mutti zu.

Mutti meint: »Jaja«, und glaubt kein Wort, wie das Erwachsene, die sich nicht mehr daran erinnern können, dass sie selber einmal Kinder waren, nun einmal tun, nimmt sie an der Hand und geht mit ihr weiter.

Wir aber, die Wir wissen, dass die beiden keine Menschen, sondern Androiden sind, lächeln über die ewige Wiederkehr des Gleichen.

Diese sieben Menschen und ihr »Heiligenschein« von WEISS betreten nun die leere Stiftskirche, setzen sich ganz vorne auf eine Bank, schauen an den Säulen empor, erblicken dort oben die Bögen und erinnern sich an die zahlreichen Tore, die sie einst durchschritten, um aus einer Welt in eine andere zu gelangen, aus einem Universum in ein anderes und um im Multiversum aufzugehen, eins zu werden, so auch mit IHM, einem Teil von T-her, das aus WEISS verbannt wurde.

Hier an diesem geheiligten Ort - schon wieder flüstert da eine Stimme in uns: »Highlander« - sehen Wir Menschenversionen der Vertreibung aus dem Paradies. Wir sehen sie *in* uns, denn nirgendwo sind hier in dieser evangelischen Kirche Bilder an die Wände gemalt: In gelbes Licht gehüllt sitzt da ein alter Mann mit weißem Bart und spricht seine zornigen, mächtigen Worte, und der Zeigefinger seiner ausgestreckten rechten Hand weist hinaus: »Geh!«
So wird der Eine mit Namen Satan aus dem Kreis Gottes vertrieben.
Dann geschieht es wieder: »Geht!«, spricht der HERR zu den ersten Menschen der Erde.
So verließen Adam und Eva das Paradies.
Ach ja, das erzählten sich nicht alle, aber doch viele Menschen über ihren Beginn und überlieferten es von Generation zu Generation, Tausende von Jahren hielten sie die Erinnerung fest. Den, der sie aus Lehm erschuf nach seinem Ebenbild und ihnen seinen göttlichen Atem einhauchte, nannten sie einfach GOTT. Für sie war er der Einzige und Alleinige und Wahre unter all den Göttern, die ihre Vorfahren und Verwandten einst verehrten. Und doch trug und trägt auch der EINE viele Namen in vielen Sprachen.
Wir hier sehen und hören und fühlen, Wir lächeln über all diese Bilder und Klänge und Düfte und Empfindungen, Wir erinnern uns lächelnd nur an das EINE, das so VIELES aus sich erschuf, das Uns ganz ohne Zorn aussandte. Denn Wir sind nur Teile von IHM. Wir sind SEINE Augen und Ohren und ... Immer ist das EINE in uns Vielen, innen und außen und überall.

Dann steigen die Sieben und das WEISS auf, verschmelzen mit dem Kirchengestein und der Orgel, die wer oder was auch immer in diesem Augenblick spielt, deren Basspfeifen Raum und Zeit durchdröhnen.

Raum und Zeit - Gegenwart, Zukunft, Vergangenheit.
Und mit dem Orgelklang singt eine Stimme aus allen Dingen ringsum und aus tiefsten Tiefen in Uns: »Ihr erinnert Euch an Schwarz und Weiß?
Schließt Eure Sinne, die ihr längst Farben seid, schaut alles in Euch, wie es war, wie es ist, wie es immer sein wird!«

Er schließt die Augen und sieht: Schwert und Arm werden eins, sein Arm ist sein Schwert, und sein Schlag ist Blitz durch schwarze Nacht. Weißes Licht bricht aus dem Raum, den es zerschnitt, hervor.
Er öffnet seine Augen wieder: Alle Farben sind gegangen. Hände und Arme, Füße und Beine, sein ganzer Körper ist strahlende Weiße in einer weißen Welt. Geblendet schließt er die Augen und ...

Er schließt die Augen und sieht, wie Schwert und Arm eins werden, sein Arm ist sein Schwert und sein Schlag ist Blitz durch weißen Tag. Licht schluckende Schwärze bricht aus dem Raum, den es zerschnitt.
Er öffnet seine Augen wieder: Alle Farben sind gegangen. Hände und Arme, Füße und Beine, sein ganzer Körper ist undurchdringliche Schwärze in einer schwarzen Welt. Er schließt die Augen und ...

Wir sehen - wir verstehen. Dann spalten Wir Uns in zwei, in Drefman und Manfred auf, um alles noch einmal zu erleben.
Da sind zwei Schwerter: das Schwarze Schwert der Nacht mit Namen MO in Drefmans Händen und das Weiße Schwert des Tages OM, das Manfred hält. Als sich ihre Klingen an der Grenze zwischen Nacht zu Tag, im Morgengrauen, nach langem bewegungslosen Kampf ihrer Meister - Blicke und

Nichtblicke - kreuzen, als Schwarz aus weißem Wesen und Weiß aus schwarzem Wesen hervorbrechen, als beide Wesen und beide Schwerter in tausendfachem Farbenspiel verschmelzen, da werden all die Düfte und Farben in die Welt hinaus geboren und die Zehntausend Klänge brechen aus OM/MO, dem *einen* Klang, den Wir alle gemeinsam singen, hervor.

Wir werden wieder eins und wissen, dass dieser Kampf niemals zuvor stattgefunden hat. Und doch, jetzt haben Wir ihn Uns erträumt. Also ist er wahr geworden.

Eins mit allem Leben könnten Wir sein, Wir fühlen Uns in zahlreiche Lebewesen ein: organische, nichtorganische, Mischwesen und Wesen aller Konsistenzen, seien sie durch natürliche Evolution oder künstlich von Menschen und ihren Maschinen hervorgebracht worden, auf Erden entstanden oder auf dem Mars und den anderen Kolonien.

Wir nehmen alle und alles wahr, lachen, weinen und tanzen vor Glück bei dieser Lebensvielfalt in Uns und um Uns herum. Denn einst lebten Wir hier - und andernorts. Denn einst starben Wir hier an diesem Ort - und auf unseren Welten. Auch diese Heimatwelten des Cyborgs, des Schneckenkönigs und der Spinnenkönigin werden Wir besuchen.

Von Schwärmen und Heeren

Wir lassen die Erde und das Sonnensystem hinter uns zurück, ziehen weiter durch Raum und Zeit. Wir alle schweben hier in den Weiten, jeder für sich, alle vereint. Wenn Wir wollen, sind Wir Viele, ein Schwarm, der Millionen, ja, Milliarden von Einzelwesen enthält. So treiben Wir nun dahin und träumen als Schwarm von anderen Schwärmen, die ER von T-her einst auf Erden traf. Wir alle teilen SEINE Erinnerung.

All die Menschenplagen kommen nicht von IHM und sind auch keine Teufelsdinge, sagt die moderne Biologie des 20. und 21. Jahrhunderts. Und sie hat Recht.

Doch Schwäche, Schreie, Schmerzen, Sterben, Tod locken Aasesser an. Das aber sind die, die die Körper der Toten verwerten, die sich von Fleisch der Leichen und den

Gedärmen ernähren. In ihnen leben die Toten weiter.

Andere aber nähren sich nicht von Körpern, sondern vom Leid der Zurückgebliebenen, derer, die nicht tot sind, sondern leben. Einer von diesen ist ER, ein Teil von ES, das da Jahrmillionen lang schlummernd und träumend unter dem Meer der Erde lag, seit ES vor 65 Millionen Jahren mit dem großen Meteoriten kam, den ES auf SEINER weiten Reise von T-her in ein dunkles Universum, in eine Galaxis von vielen mit sich nahm. IHN sandte ES einst nach oben auf die sonnendurchflutete Oberfläche aus. Das geschah, das war vor langer Zeit.

Jetzt fliegt ER im Schwarm über die Weiten Afrikas, fliegt mit den »Zähnen des Windes«, wie die fliegenden Wanderheuschreckenmassen von den dunkelhäutigen Menschen, die hier leben, genannt werden. Jetzt ist ER ist unter den Millionen, die Gräser aller Art verzehren und sich nicht darum scheren, ob sie wild wachsen oder von Menschen für Menschen angebautes Getreide sind. Sie kommen und essen und essen und paaren sich und legen ihre Eier ab für die, die nach ihnen kommen und sich erst springend langsam fortbewegen, sich häuten und somit wachsen, bis auch sie ausgewachsen und geschlechtsreif sind.

So geschieht es immer wieder einmal. Menschen müssen hungern, und ihr Vieh geht zugrunde. Denn wo die Heuschrecken waren, bleibt Kahlheit zurück - wenn auch nur für einen Augenblick in der langen Menschheitsgeschichte.

Und ER schaut hinab aus Abermillionen Facettenaugen.

Und ER hört und riecht und fühlt die Welt mit Heuschreckensinnen.

Und ER ist ein Teil, ist der ganze fliegende Schwarm der Insekten und ist auch in den schreienden Menschen, die vergeblich versuchen, mit Lärm und Bewegung die Heuschrecken zu vertreiben.

Andernorts zur gleichen Zeit auf Erden aber kriecht ein Heerwurm, ein 15 Zentimeter breites Band, 15 Meter lang über dem Waldboden dahin. Es sind die Larven einer Trauermückenart, die ihren Verpuppungsplatz suchen, werden Biologen Jahrhunderte später sagen.

Doch jetzt und hier sind sie nur eins: Anzeichen eines kommenden Krieges oder von Krankheiten, die die Menschen befallen werden. Und die Volksweisheit behält wieder einmal Recht. Denn es herrscht Krieg überall im Land. Doch das ist kein Würmerkrieg, kein Insektengemetzel. Menschenheere ziehen plündernd inmitten Europas dahin. Ihre Soldaten versorgen sich selbst, rauben, vergewaltigen, morden und bringen so den Überlebenden unermesslich viel Leid. Und welch ein Wunder, aus all dem Schmerz entstehen Menschenkinder, von denen viele sterben, ehe sie sich fortpflanzen können, viele, doch nicht alle.

Dann kommen die Ratten mit den Schiffen und führen die Pest mit sich, und die Menschenzahl schrumpft gewaltig.

Und wiederum ist ER zugegen, mal unter dem Menschen, mal unter dem Rattenheer. Irgendwo und irgendwann beugt ER sich als Soldat irgendeines Heeres, welches, spielt ja keine Rolle, ER dient ja ohnehin nur ES und T-her, beugt sich über ein Menschenbaby, schaut es an und tötet es nicht, auch wenn es ein Leichtes für IHN wäre. Warum sollte ER auch, es sterben ja genug.

Und dieses Mädchen wird Kinder haben und deren Kinder werden Kinder haben. Und immer so weiter durch die Jahrhunderte und alle Kriege hindurch werden seine Nachkommen nicht aussterben, bis im 20. Jahrhundert christlicher Zeitrechnung einer Frau namens Rosemarie ihr erster Sohn Manfred geboren wird, die natürlich nichts davon wissen kann, dass ER es einst war, der ihre Urururur...großmutter mütterlicherseits am Leben ließ.

Wusste ER, was aus einem ihrer Nachkommen werden würde und ließ sie deshalb am Leben, damit alles in ferner Zukunft geschehen konnte, so wie es geschah, damit Manfred geboren wurde, seinem Leuchtenden Pfad beschritt und er ihn schließlich besiegen und töten konnte?

Konnte ER Manfreds ferne Vorfahrin und all die davor und danach gar nicht töten, weil durch alle Generationen hindurch Drachenmagie wirkte, denn Smorré-Aié ist Manfreds andere Mutter.

Oder tat ER nur nichts, weil auch ER nur eine Marionette von Ihm Dort Oben ist? War dann also alles vorherbestimmt?

Jetzt wird es IHM klar: ER wollte es damals nicht, ER konnte es nicht wegen all der Magie, ER sollte es auch nicht. Dann tritt ER wieder zurück und in Uns ein.

Einen Augenblick lang taucht Manfred auf. Tränen fallen aus seinem geisterhaften Gesicht.

Weint er, weil er seine Ahnen sah, die, wie es nun einmal der Lauf der Natur ist, lange Zeit vor ihm starben, deren Herzen zu schlagen aufhörten, die ihren letzten Atemzug taten und ihren letzten Gedanken oder Traum hatten, deren Körper den wilden Tieren überlassen, in Erde gebettet oder dem Feuer übergeben wurden?

Nein, er ist traurig, weil er nicht weiß, wohin seine Eltern, Großeltern, Urgroßeltern und alle zuvor, also auch sie, über die ER sich beugte, wohin ihre Seelen alle nach dem Tod gingen?

Wir wissen es nicht, denn Wir sind nicht allwissend, Wir sind nur eine achtfache Einheit, sieben Einzelwesen und ein Licht.

Es werde Licht!

Wenn Wir wollen, können Wir überall sein. Denn eine von Uns, denn SIE ist WEISS und fügte Uns zum Wir zusammen.

Also sind Wir nun an den äußersten Grenzen dieses einen Universums angelangt, aus dem die meisten von Uns stammen.

»Ist dies der älteste Planet, den einst das erste Weltraumteleskop der Erde namens Hubble entdeckte?«, fragt Uns die Stimme von Dort Oben.

13 Milliarden Jahre alt ist dieser Planet, der die zweieinhalbfache Masse von Jupiter hat und ein Paar ausgebrannter Sterne im überfüllten Zentrum einer Ansammlung von mehr als 100 000 Sternen umkreist.

Und nun sind Wir hier bei ihm, den niemals ein lebender Mensch erreichen kann, und werden vor Ehrfurcht erschauernd mit ihm eins.

WEISS tritt aus Uns und zeigt Uns allen den Beginn dieses einen von so vielen Universen:

»Es werde Licht!«, sprechen Unsere Münder, singen Unsere Seelen.

Und die Welt bricht aus Uns hervor und dehnt sich aus.

Und Licht erstrahlt in der Schwärze.

Und die Evolution beginnt.

Wir sind nicht alles, sondern nur eine Einheit aus acht Wesen von so vielen, ein winziger Teil des EINEN GANZEN, das ALLES ist und VIELES zugleich und unzählige Namen trägt, von denen einige da lauten: BRAHMAN, JAHWE, GOTT, ALLAH.

So schaffen Wir hier ein Universum, ein dunkelblaues All, das für sechs von Uns wie Heimat ist, für Manfred, Nairra, Moyo von der Erde, für den Schneckenkönig und die Spinnenkönigin aus fernen Welten und den Cyborg aus einer anderen Zeit.

SEINE Heimat ist anders, ist T-her.

Auch dieses Universum werden Wir besuchen.

IHRE Heimat, die Uns zu einem verschmolz, ist WEISS, in dem alle dunklen und schwarzen Universen eingebettet sind, aus dem alles stammt und in das alles zurückkehrt. Denn alles ist ein Kreis, ein Torus, ein …

Wir verschmelzen wieder und »schauen« uns um.

Wir dehnen Uns aus, wie es einst mit dem Urknall geschah, ins Universum der Sechs hinein.

Dort sind Wir nun überall zugleich und in allen Dingen.

Wir sehen, wir hören, wir fühlen und denken und wissen und …

Irgendwo und irgendwann liegen da leuchtende Kieselsteine auf unserem Weg, acht an der Zahl.

Einer ist völlig schwarz, ein anderer das reinste weiße Licht, die anderen aber leuchten violett, blau, grün, gelb, orange und rot in Menschenaugen.

Und wenn wir sie aufnähmen, jeder einen, dann wären es wohl Leuchtende Pfade für Uns?

Und wir würden Uns trennen.

Folgen Wir ihnen?

Wir trennen Uns nicht mehr, sondern schauen empor.

Dort leuchten helle Punkte im Dunkel.

Wir nähern uns ihnen und sehen Sonnen in der Schwärze des Alls schwebend sich bewegen - nein, es müssen Lichter ganz anderer Art sein.

»Lampen«, flüstert die Stimme in Uns.

Wir aber fragen Uns, wer dort wohl leben mag? Ob Er Dort Oben es wohl ist?

Wir sind

Alles ist
und wandelt sich.
Nichts ist.

WEISS

Ich - wir

Meine Stimme schreit: »Ich bin!«
Und Erde erbebt.
Mein Geist brüllt: »Ich bin!«
Und Sonn erzittert.
Unser Geist singt: »Wir sind!«
Und All bricht auf,
ein Lichtermeer.

WEISS

Das ist der wahre Kosmos:
Ordnung, die Ordnung gebiert.
Kontraktion.
Wenige schwarze Punkte des Chaos:
winzige Universen vergehen im WEISS.*

*: = STILLE, GERUCHSLOSIGKEIT, TASTLOSIGKEIT, ...

Das Tor des Himmlischen
ist
das Nichts.

Tschuang-Tzu

Ein Duft, ein Klang, ein Bild aus einer fernen, nahen Welt, die alle schwarzen Universen enthält.

»Lauscht dem WEISS, das alles umhüllt, in dem alles ist, aus dem alles wurde und wird, in das alles endet. Hört das WEISS, das ewig ist!«, spricht die Stimme in Uns.

Und so flüstern auch unsere Seelen diese Worte, die Wir viele sind und eins. Und ich und du und ich, Wir alle - welch ein Wunder: auch ER - Wir alle singen und lachen und tanzen und weinen und - lächeln. Denn SIE zeigt Uns das WEISS.

Noch sind da wenige winzige schwarze Punkte, die in *diesem* Licht kein Lebewesen sehen könnte, gäbe es hier welche. *Noch* sind da wenige winzige Disharmonien in *dieser* STILLE. *Noch* ist da ein wenig Gestank in *dieser* GERUCHSLOSIGKEIT.

»Universen« nennen Menschen diese schwarzen Punkte, diese blauschwarzen und schwarzen Schwärzen voller Lärm und Gestank. Ach, in einem von ihnen leben sie, lebten einige von Uns. Das schwärzeste von allen jedoch ist T-her. Wir wissen es ja längst, denn ER ist ein Teil von Uns.

Und alles ahnt in allem GOTT: in DUFT und Gestank, in STILLE und Ton, in WEISS und Schwarz und allen Farben.

Wir fühlen/verstehen/verschmelzen mit ALLEM.

Dann sind da nur noch Duft und Klang und Licht und Staunen. Für einen »Augenblick«, den es im WEISS gar nicht gibt, kehren Wir zu unseren Heimatwelten zurück, jeder von Uns, jeder für sich. Wir wissen nicht, warum es geschieht. Aber so ist es eben.

Drei kehren zur Erde zurück.

Manfred ist einer von ihnen: Träume ich? Welche Träume, wenn es denn Träume sind? Mein Gehirn entwickelt sich noch. Ungeboren schwebe ich dahin, wachse im Mutterleib, von ihr durch eine Nabelschnur ernährt. Dann steigt der Druck, immer wieder, immer mehr. Schreie meinen ersten Schrei in dieses neue Leben hinaus. Aus Wasserwelt und Wärme ins Luftreich gepresst/gefallen/gezogen, mit dem Kopf nach unten und dem Klaps: Wasser sprudelt aus den Lungen: Das ist mein erster Atemzug als Mensch, mein erster »Schritt« in diese für mich so neue Welt, die größer ist als die davor. Ich bin geboren.

Ich gehe hinaus in die sternenklare Nacht dieses heißen Sommers. Dort auf der Wiese unter dem Licht der Vollen Mondin schaue ich nun auf. Dann drehe ich mich von ihr weg, drehe mich um, um das Leuchten der Sterne zu sehen. Nach Hause, denke ich.

»Ach, wie süß, wie einst E. T., der kleine Pflanzen sammelnde Extraterrestrier mit dem menschlichen Kindchenschemakopf in einem Film«, spricht die Stimme in mir.

Dabei sollte ich wissen, dass ich längst zu Hause bin, denn Mutter Erde ist mein Ursprung, meine Heimat, mein Körper wuchs aus ihr, und die Erde kreist im All, und das Universum ... - alles ist eins. Also bin ich zu Hause.

Und doch will ich nach Hause. Denn ich weiß, dass ich nicht aus Höllen in Höllen geboren wurde. WEISS, denke ich bei meinem Blick hinauf in die Schwärze, wo allzu wenig Sterne nur allzu schwach funkeln. Tränen fallen jetzt, wo ich mich an dieses strahlende WEISS erinnere. Ich weine und weine, weine noch immer, Zeit vergeht, rast dahin. So werde ich älter und älter und ... trete in das Ende des *einen* Traumes ein, den WEISS träumt.

WEISS ist das GANZE, dem Menschen viele Namen im Laufe der Jahrmillionen gaben. Heute sprechen sie von ALLAH, GOTT, JAHWE, nennen es einfach nur NATUR oder auch NICHTS, weil da nichts sei, woran sie glauben könnten - also glauben sie ja doch.

ALLES ist EINS.

Jetzt habe ich es geschafft. Ich steige empor. Doch da sind weder Treppe noch Leiter. Keine Engel jubilieren. Keine verstorbenen Verwandten geleiten mich. Keine Menschendinge sind dort bei mir. Ich schwebe in das Licht, das mich nun streichelnd empfängt. Jetzt bin ich heimgekehrt. Ich ...

Wir - Wir acht sind wieder beisammen, eins.

Wir

Das sind alle Wesen
aller Zeiten in allen Welten
Das ist das EINE
- nenne es GOTT -
das da träumend treibt in sich.
Das ist das Metakosmische Meer

Wir sind Viele
Wir sind ALLES
Wir sind EINS
in allen Räumen und Zeiten
in allen Welten
im WIR

Ein Junge von drei Jahren

Ein Menschenkind sitzt da, nein, nicht ein wenig ängstlich mit einem jungen Löwen auf dem Schoß im Zoo, wie komme ich ausgerechnet auf solch eine seltsame Idee?, sondern mit gerade aufgerichtetem Oberkörper und verschränkten Beinen sitzt es im Lotossitz.

Und das in seinem Alter, allerhand, beachtlich, erstaunlich.

Letzte Gedanken an Vergangenheit und Zukunft, letzte Worte: »Will spielen«.

Seine Stimme erlischt.

Dann sprechen zahlreiche Stimmen aus dem Mund dieses einen kleinen Jungen, der weder von Dämonen, noch vom Teufel besessen ist.

Denn diese Vielheit ist zugleich die Einheit, eine Stimme, die Donner ist und Klang und Stille zugleich.

Und diese eine Stimme spricht:

»Nichts war zuvor, und nichts wird sein,
denn nur das Jetzt existiert.
In mir - in dir - in Uns
dreht sich das Rad der Geburten.
Yin und Yang im TAO

Welten über Welten
Diesseits und jenseits aller Dinge zugleich
lächeln die Erleuchteten
alle in Einem - Eins in Allem
Wir«

Die zweite Bewegung

Verglichen mit der ersten Bewegung vor 65 Millionen Jahren geschah die zweite erst vor einem Augenblick:

Etwas löste sich aus WEISS, nicht solch Gewaltiges wie ES aus T-her, nichts so Großes wie SIE, sondern nur ein winziger Hauch eines Tropfen. In einer klaren Sommernacht tauchte dieser in Manfreds Seele ein, der so erwacht seinen Leuchtenden Pfad in sich und vor sich erblickte und seine lange Reise begann. Hinter sich ließ er seine Kindheit zurück, wo nur der Augenblick zählt und die Konzentration auf eine Sache ungeheuer faszinierend sein kann. Hinter sich ließ er seine Jugend, die Zeit mit der Hoffnung auf eine endlose und glückliche Erwachsenenzeit ohne jede Einschränkungen. Er ging seinen Lebensweg voller Leid und Schmerz, Liebe und Freude, wurde alt und immer älter. Und mit dem Alter tauchten die Erinnerungen wieder auf: Namen von Orten und Städten, von Menschen und Tieren, die einst einmal vor langer Zeit für ihn von Bedeutung gewesen waren.

Die dritte Bewegung

Denn aller guten Dinge sind drei.

Doch ist sie denn gut, und waren es denn die ersten beiden?

Diese dritte wird es vielleicht geben - oder auch nicht.

Und gibt es sie, so wird Folgendes geschehen: Wir acht in Einem werden ein Universum durch ein Schwarzes Loch verlassen und in die Welt von IHM gelangen, woher ES kommt, wo ES existiert, wo keine Sterne scheinen. Denn auf dieser Welt ist alles schwarz. Schwarz ist dieses Miniuniversum und eingeschlossen von strahlendem WEISS. Wir alle kennen seinen Namen. Er lautet T-her.

Und wenn wir dort eindringen, werden auch Wir schwarz sein!? Oder aber diese Schwärze wird enden, und Wir mit ihr?

Wie alles endet?

Wir verlöschen erst,
wenn *Er Dort Oben* es will, der unsere Namen trägt.
Ach, nein - *wir* tragen ja *Seine* Namen!

Worte des Magiers

Warst du wieder eingeschlafen? Bist du nun wach? Hast du alles nur geträumt?

Jetzt sind deine Augen offen. Du schaust dich um.

Dir gegenüber ist niemand, der dir irgendetwas erzählt haben könnte: kein alter Mann, kein junger Mann, kein Kind.

Also ist der Erzähler immer jünger werdend schließlich doch gegangen?

Du schließt deine Augen und siehst in dir, wie sich der kleine Junge im Zeitraffer von drei zu zwei, zu einem Jahr zurückentwickelt, zum Baby wird.

Jetzt wird er aus dem Bauch seiner Mutter ins Leben hier draußen gepresst.

Du siehst den Embryo schrumpfen und sich zum Ei zurückentwickeln, das eben noch befruchtet, den Spermazoiden ausstößt, sich aus der Gebärmutter entfernt und im Eileiter hinauf zum rechten Eierstock wandert, während das Spermium mit vielen seiner Konkurrenten die Harnröhre im Penis des Vaters emporsteigt und schließlich den rechten Hoden erreicht.

War da jemals ein Erzähler?

Und wenn da einer war, wurde er gar als alter Mann geboren?

Wer glaubt denn so etwas!?

Träumtest du also nur von seiner immer leiser werdenden hohen Kinderstimme, einem Babyschreien und seinem Verstummen?

Denn das ist es, woran du dich jetzt erinnerst.

Sind diese Erinnerungen aber echt, dann war alles real, geschah es ja.

Siehst du, jetzt ...

Schau den alten Mann mit runzliger Haut, grauem Bart und weißem Haar, der noch einmal aus dem Tod ins Leben zurückkehrte und sich erinnerte, so wie es alle Menschen gegen Ende ihres Lebens tun, der einfach nur Erlebnisse seinem Gedächtnis entnahm, die einst geschahen und längst vergangen sind. Es sind nur Gedankensplitter, weder vollkommen noch in exakter Chronologie. An dies und jenes, an ein wenig hiervon und davon erinnern Menschen sich.

Schau ihn dir noch einmal an, der mit seinem Erinnern und beim Erzählen seiner Lebensreise durch sieben und »eine« Welt immer jünger wurde und jetzt geboren und pränatal deine Welt, die Außenwelt verlassen müsste. Wieso ist er jetzt plötzlich wieder so uralt, achtzig Erdenjahre mag er auf dem Buckel haben, so alt wie zu Beginn, als er uns zum ersten Mal von seinem Leuchtenden Pfad berichtete?

Ist er etwa in einem Kreislauf gefangen und in einen ewigen Wechsel von Geburt, Altern, Sterben - dieses Leben kennen wir ja alle - auf der einen und Geburt als alter Mann, Jüngerwerden mit dem Erinnern und Sterben als Baby - das kennen wir nur von ihm - geraten?

Wie auch immer. Einst muss er jung gewesen sein. Einst erlebte er all diese Dinge. So wurde er alt und starb. Einst wurde er als alter Mann immer jünger, erinnerte sich, erzählte davon und verschwand.

Jetzt steht er wieder uralt vor dir.

Schau ihn ein letztes Mal an und reiche ihm die Hand zum Lebewohl!

Er lächelt dich an und sagt kein Wort, nie mehr!

Und all dies geschieht hier und jetzt, einmal nur für alle Zeit, in dieser Nacht an diesem Ort, hier draußen im Garten hinter deinem Haus, in diesem warmen, aber doch so kurzen Sommer.

Du schaust in das leuchtende Sternenmeer empor.

Dort oben leuchtet groß und weiß die Volle Mondin.

So strahlend und hell sahst du sie selten zuvor, denn klar ist der Himmel über der Erde jetzt und hier, wie er es vor Zeiten vielerorts, wenn auch niemals überall, war.

Und auch der Alte schaut empor.

Einige Sekunden, Minuten, Ewigkeiten geschieht nur das, sonst nichts.

Dann tropft eine Träne aus seinem rechten Auge, rinnt eine andere aus seinem linken. Beide Tränen fließen hinab. Er breitet seine Arme aus und hebt sie empor. Sein Körper löst sich auf. Tausend in allen Farben funkelnde winzige Sterne verharren singend einen Augenblick, füllen sanft, ganz ohne Laut das Vakuum, das er hinterließ, verblassen nach und nach.

Aha, denkst du, Wunder gibt es immer wieder: Aus etwas wurde ein Mensch. Aus dem Menschen wurden Sterne. Wandel über Wandel.

Wenn das aber so ist, was war dann ich zuvor?

Was werde ich sein, wenn ich kein Mensch mehr bin?

Nie mehr ich und doch Materie, Energie, Geist und Seele in welcher Form auch immer?

Nichts vergeht, alles fließt - alles ist, fällt dir ein. Du schaust auf.

Empor rasen jetzt die neugeborenen Sterne. Sie verschwinden im schwarzen Himmel dieser Nacht.

»Halt!«, flüstert die bekannte Erzählerstimme aus dem Nichts, erst hell und klar, dann wieder kräftig und dunkel, aber zugleich zitternd und schwach, als wäre er doch noch irgendwo am Leben, als wäre er alt und jung zugleich: »Etwas muss ich dir noch sagen. Ja, vor meinem Tod sah ich mein Leben rasend schnell vorüberziehen, wovon schon viele Menschen erzählten, die nicht starben, sondern gerade noch gerettet am Leben blieben - Nahtoderfahrungen.

Ich aber sah noch mehr. Ihn Dort Oben nahm ich in mir wahr.

Doch Er war nicht mehr mein Gott, vor dem ich knien, zu dem ich weinend aufschauen musste. Er war nicht mehr die Stimme, die alles besser wusste und mir immer wieder half.

Und ich war nicht mehr hilflos, schwach und klein, nicht mehr nur ein Wesen aus Seinem Geist. Er, dessen Namen Rainar ist, sah mich lächelnd - nicht von oben herab, sondern von unten aus spiegelndem Wasser an. Schau selbst, wie es war, fühle es - jetzt.«

»Hallo Manfred und ihr anderen der göttlichen Acht!«, formen lautlos Seine Lippen im Spiegel, flüstert Seine Stimme tief in Uns.

Hallo Rainar, denken Wir und lächeln zurück.

Dann tauchen Wir alle in Manfreds Gestalt mit seinem Gesicht voran in den stillen See ein und dringen in Rainars Körper, Geist und Seele ein.

Jetzt sind Wir vollkommen eins, haben wiedergefunden, was immer verbunden war. Wir erinnern Uns, verstehen: All diese Welten, die Manfred durchschritt, sind nur Abbilder von Welten, in denen Rainar lebt. So folgte Manfred einem Pfad durch Rainars Gedankenwelten, der in einer STADT lebt, die von WALD umgeben ist, der einst die Große Wüste betrat und die anderen Welten in der Ferne sah. So ist es noch immer. So wird es ewig sein. Alles ist eins. Wir verstehen, sehen nun vieles noch einmal aus anderer Sicht: Einst am Rand der zweiten Welt mit Namen WALD sah Manfred einen Menschen in grünem Mantel lächelnd Worte auf Papier schreiben. Er Dort Oben war es, also Rainar, nun einer von Uns, Wir. Und auch der, der Manfred und seinen Samurai den Weg freimachte, und der, dessen gewaltiger Kopf aus Stein sie alle verschluckte, war Er.

Also verstehen Wir nun, da Wir acht nun auch mit unserem Schöpfer eins sind, dass Wir es auch mit allen Wesen aller Welten sind, denen einer von Uns begegnete, in den er sich verwandelte: die sieben Samurai oder die Rabin und die Drachin im NEBEL-LAND, die Sieben Delfine, Pottwale und Tintenfische und all die anderen Wesen der WASSERWELTEN, der Skorpion und die Katze in der WÜSTENWEITE, die Einsiedler in den BERGEN IN DEN HIMMEL und all die anderen Wesen in den KOSMEN.

Und einige der Menschennamen, die uns gegeben wurden, die Wir uns gaben, nahm Rainar von sich, der noch andere Vornamen trägt und Buchstaben einfach vertauschte: So ist Nairra ein Anagramm von Rainar, Drefman eins von Manfred, Seinem dritten Vornamen.

Er Dort Oben

Tränen weint der Träumer in seinem kleinen Zimmer unter dem Dach. Dort zunächst, dann aber auch in der größeren Wohnung, nachdem er sich und seine Sachen im wahrsten Sinne des Wortes um die Ecke brachte. Tränen weint der Träumer bei seinen eigenen Klängen, denn er fühlt das Leid seiner Welt.

Deshalb also weint er.

Manchmal aber kommen fantastische Gedanken auf rauschenden Flügeln geflogen. Hier und da, plötzlich sind sie da.

Sie zeigen ferne Welten.

Fern? - sie sind doch so nah!

Da fragt er sich, ob sie wirklich *in ihm entstehen*?

Oder *fängt* sein Geist sie ihm nur *ein*?

Es sind Bilder von fremden Landschaften und Städten, von Wesen aus anderen Räumen. Von seinen eigenen Wiedergeburten oder von Parallelgestalten?

Dann kritzelt sein Kugelschreiber übers Papier, tippt sein rechter Zeigefinger im Einfingersuchsystem auf Buchstabentasten einer elektrischen Schreibmaschine, während die linke Hand für die Groß- und Kleinschreibung zuständig ist, sprechen seine Lippen Worte in ein kleines Diktiergerät, manchmal so undeutlich und schnell, dass er sie beim Abhören nicht mehr verstehen kann, huschen seine Finger schließlich nach dem Erlernen des zehnfingrigen Schreibens und dem Computererwerb über die Tasten seines PCs und verrutschen bisweilen doch, sodass nur noch ein Kauderwelsch von Buchstaben auf dem Monitor vor seinem Gesicht erscheint. Er versucht sich zu erinnern, und was ihm einfällt, schreibt er auf.

Und wieder kann es sein, wenn er die Worte, Sätze liest, dass er Tränen weint. Nur deshalb, weil er mit den Wesen leidet, die er sich selbst erschuf?

Denn einige seiner Geschöpfe, ob es nun Menschen, Leoparden, Drachen oder Spinnen sind, sehen in den Himmel empor oder schauen in sich hinein. Dort oben, dort innen erblicken sie ihn und fallen bittend auf die Knie oder senken ihr Haupt voller Demut in den Wüstenstaub. Denn sie beten ihn an und nennen ihn »Gott«.

Doch *was* ist er schon in *seiner* Welt?

Wer kennt ihn da?

Er ist dort keine Größe in dieser Welt voller Götzen und Schreine und einiger großer und vieler kleiner Religionen. Keine Götter leben in seiner Welt, sondern Menschen. Er ist ein Mensch, nicht mehr, einer von 6,5 Milliarden. Die meisten seiner Mitmenschen wissen gar nichts von ihm. Und die ihn kennen, kennen ihn anders.

Und er selbst, was weiß er schon von sich? Wer bin ich?, fragt er sich ständig. Was habe ich nur getan?

Und wieder sind da Tränen der Trauer, unter die sich aber immer wieder auch Lachen und Freudentränen mischen.

Mau

Von anderen Wesen

Und all die Dinge,
die einst die Stimme in dir flüsterte,
sind wahr?
Doch wessen Mund sprach da?
Wenn Er Dort Oben es war,
wessen Bilder leben dann in *Ihm*?

Alles waren Wir, sind Wir und werden Wir sein. Alles ist klar, alles ist ja so einfach, wäre da nicht …

Wir alle in Einem, die Acht und Rainar schauen auf allen Ebenen in allen Dimensionen in die Himmel empor und sehen *sie* zu Uns neugierig hinunterschauen.

Augen leuchten dort. Ja, es könnten Katzenaugen sein. Wir wissen es, es sind die Augen einer Katze.

Dort über uns funkeln ihre Augen grün aus der Schwärze des Alls, gewaltig und heller als alle Sterne. Eng sind ihre senkrechten Pupillen nun. Denn es ist Tag und hell - oder hell und doch nicht Tag, wohin sie schaut?

Wie groß die Iris doch ist, wie schwarz und klein die Pupille, als wäre da irgendwo draußen so viel Licht wie auf Erden nur bei hellstem Sonnenschein. Ist es das WEISS?

Jetzt schließen sich die grünen Augen dieser einen Katze namens Mau. Einmal kurz zucken sie hinter geschlossenen Lidern, ein zweites Mal nun, dann wieder und immer wieder, wie es auch Menschenaugen tun, wenn sie …

Wovon sie wohl träumen mag?

Werden Träume wahr?

Ein Schnurren wächst und ist nun überall. Ein einziges Schnurren durchdringt alle Welten.

Wir hörten es ja schon so oft. Wir alle nehmen es wahr, hören, erkennen Worte, verstehen. Es ist, als sprächen Wir diese Katzen-Menschen-Sprache:

tat tvam asi
(Das bist du selbst)

Das sind die drei Worte, die sich immer wieder wiederholen, die die grünen Augen von Mau in uns singen, deren Pupillen jetzt voll und schwarz und rund dem erscheinen, der außerhalb sein mag.

So lauscht sie dem Rauschen dieser *einen* Sommernacht, auf Erden vielleicht oder andernorts, so nah, so fern. Dunkel und schwarz ist dort die Welt, kein Problem für einige von uns, die die Dunkelheit lieben, doch Menschen sähen dort nichts, die als Tagwesen das Licht mit sich in die Dunkelheit nehmen. *So* leise klingen die Laute, dass wir sie nicht hören können.

Jetzt zucken ihre Augen wieder hinter geschlossenen Lidern.

Schaut in den Spiegel die Katze mit dem rotbraunen Fell, das färbt sich grau, gestreift und schwarz, schillert jetzt metallisch leuchtend im herrlichsten Blau, einem irdischen Morphofalter gleich.

Und dich, lieber Leser frage ich: »Weißt du eigentlich, wovon 'deine' Katze am Tag träumt, wenn sie bei dir daheim in deiner/ Wohnung liegt und schläft?«

Du weißt es nicht!

Von Mäusen träumt sie, von Grillen und Heuschrecken, von Vögeln, auf die sie lauert und die sie fängt, wenn sie hinausschleicht am Abend und in der Nacht. Vielleicht sind da aber auch, ja so wird es sein, Albträume vom Hund des Nachbarn, der sie verfolgt und dem sie niemals auf einen Baum entkommen kann? Träume von anderen Katzen und Katern, von Katzensex - doch auch von Liebe? Träume von kleinen Katzenkindern, die sie einst gebar, von ihrer Kindheit gar? Träumt sie nicht auch von Menschen, von dir vielleicht, in deren Heim sie wohnt?

Von Menschen träumt die Katze, doch niemals Menschenträume. Katzen träumen Katzenträume.

Und du weißt nicht, wie »deine« Katze dich sieht, hört, riecht, schmeckt und fühlt, wenn sie sich Nachts zu dir schleicht, auf dein Bett und deinen Körper springt und tapsend ihre Pfoten auf und ab bewegt, als könntest auch du ihr - wie ihr ihre Mutter einst - Milch geben, wenn sie sich dann schnurrend setzt, während deine linke Hand sie krault und streichelt.

So ergeht es dir hier unten auf Erden Anfang des 21. Jahrhunderts.

Diese Katze aber, nicht die deine, nicht Schrödingers Katze und auch nicht die von *Alice im Wunderland*, *diese* Katze *hier* sieht Uns alle hier unten an - ist Uns so *nah*. Diese Katze ist eine von denen, die vor Jahrtausenden schon in Ägypten verehrt wurden. Sie ist *die eine*. Sie ist nicht Bastet mit Menschenkörper und Katzenkopf, welch anthropozentrisches Bild. Sie ist Mau, die Katzengöttin mit Katzenkörper, womit sonst? Als Bindeglied zu den Menschen schuf sie Bastet.

Wir schauen in ihre grünen Augen, die längst wieder offen sind. Groß und schwarz sind ihre Pupillen. Denn es ist Abend geworden: Rot und gewaltig versinkt der Sonn im Westen. Wir sehen sie ein erstes und ein letztes Mal.

»Hallo Manfred, Nairra und Moyo, hallo Spinnenkönigin, Schneckenkönig und Cyborg, hallo ER von T-her und SIE aus WEISS, hallo alter Mann, hallo Rainar«, spricht die Katze in Uns, als kämen da Menschenworte aus ihrem Mund, der sich überhaupt nicht öffnet.

Unsere Ohren dort draußen hören nur ein Miauen, wie Wir es von all den anderen Katzen kennen, die sich einst den Menschen und seine Hütten als ihr Heim erwählten.

Die Worte in Uns lösen sich auf, werden zum Summen, das wird zum Lied: »Manchmal träume ich auch bei Tag. Und wenn der Tag am Abend endet ...

Und dieser eine Traum, der endet - jetzt!«, singt die Seele der Katze in uns.

Wir sehen alles noch einmal von Beginn, weiter als Wir es je erlebten und aus eigener Kraft verstehen könnten. Wir sehen alles rasend vergehen. Nichts bleibt:

Kein Autor mit Namen Rainar, kein Etwas, das sich in einen alten Mann verwandelt, kein Erinnern an den Aufbruch, kein Aufbruch, kein Dok, keine Wohnung, kein Stammtisch, keine Stadt, kein Manfred, kein Wald, kein Nebelland, keine

Gräsernen Meere, keine Wasserwelten, keine Wüstenweite, keine Berge in den Himmel, keine Welten über Welten, kein WEISS, keine Universen, kein Sonn, keine Mondin, keine Erde, kein Mensch und - keine Katze, die sich all dies erträumt, kein Buch, kein Leser, kein Rezensent ...

Nichts und niemand existiert.
Alles ist.
Niemals, nie und nirgendwo,
kein Ende.
Warum weinst du?
Nichts vergeht!
Alles, was je geschah,
wird niemals ungeschehen sein.
Worte des Magiers

Epilog

Im Anfang war nur EINS.
Kein großer, kein kleiner,
kein Rainar.

EINS zu Vielem

Lieber Leser, liebe Leserin,
gleich wirst du das Buch zur Seite legen. Vielleicht hast du sogar alle vier Pfadromane hintereinander gelesen, so, wie es sich für einen wahren Fan gehört, manches verstanden, anderes wiederum nicht. Vielleicht hat dir das eine oder andere auch gefallen. Wie auch immer, du hast das Werk gelesen, also leben all die Wesen und Dinge in dir weiter. Du hast es geschafft.

Tatsächlich?

Endet alles irgendwann, was einst begann?

Ein neuer Abend wird kommen - und eine neue Nacht.

Und die Träumerin Mau, die Katzengöttin, wird neue Träume träumen, wird sich erinnern und erzählen.

Wir alle träumen.

Wir alle leben schon immer in anderen Träumen.

Rainar Nitzsche,
Bad Salzungen, Bernkastel-Kues, Frankfurt/M.,
Idar-Oberstein, Kaiserslautern,
Deutschland, EU, Eurasien, Erde,
Sonnensystem, Milchstraße, Universum,
Multiversum, WEISS
1984-2017 A. D.

P. S. oder: Was sind denn Arachnoiden?

Und *du* glaubst wirklich, eine *Katze*, und ist sie auch eine Göttin, würde sich *Menschen*welten erträumen, all dies, was du gelesen hast, wäre nichts weiter als ein Katzentraum von einem Menschenmann gewesen, der sein Abbild mit Namen Manfred auf der Suche nach sich selbst einem Leuchtenden Pfad folgen ließ?

Das glaubst du doch nicht wirklich.

Denn du weißt ja, dass Dichter lügen.

Doch stell dir etwas anderes vor! Gehe einen Schritt weiter!

Vielleicht ist ja doch nicht alles nur Lügengespinst, vielleicht stimmt ja alles, von dem du bisher hörtest, bis auf die Kleinigkeit, die dir noch vorenthalten wurde, nämlich dass auch die Katze nicht frei in ihren Träumen ist, sondern ... Diese eine Katze namens Mau befindet sich nicht auf der Erde, schon lange nicht mehr, sondern in einem gewaltigen Sternenschiff.

Alles zeichnen wir Arachnoiden auf, mag es noch so unbedeutend sein, denn wir sind neugierig. Wir lernen. Ständig lernen wir Neues, sodass es auch andere intelligente Wesen gibt, die weniger als acht Beine besitzen, sogar auf nur zwei Beinen durch die Welt torkeln - die müssten doch schon beim kleinsten Windzug, erst recht bei einer größeren Erschütterung geradewegs umkippen.

Wir haben hier in unserem kleinen Zoo, den wir auf unserer Reise sammelten, eine Katze von einem blauen Planeten. Bei ihr ist ein Mensch, so nennt er sich, der sich in mehrere Personen aufgespalten hat. Dann sind da noch eine winzige Schnecke, ein Cyborg und ein schwarzes formloses Wesen, das behauptet, aus einer lichtlosen Welt zu stammen, ganz im Gegensatz zu diesem überall neugierig herumschwirrenden weißen Licht, das uns noch gänzlich unerklärlich ist.

Jetzt aber wollen wir erfahren, wie alles zusammenhängt. Unsere Königin persönlich nimmt sich der Katze mit Namen Mau an. Sie hält sie mit ihren beiden Händen an den Tasterenden, beißt sie dann kurz mit ihren Kieferklauen und spinnt die schon Betäubte nun ganz sanft ein. Nein, sie wird nicht sterben. Sie ist nur bewegungslos. Dieses spezielle Gift, eines von vielen, die nur unsere Königin besitzt, wird Mau träumen lassen, von all den Dingen, die sie einst erlebte, ertastete, hörte, roch und sah. Wir alle nehmen es jetzt wahr - mit all unseren Sinnen, denn wir alle sind *ein* Volk. Aha, von Menschen träumt sie, von einem Menschen in einer Menschenstadt zunächst, der Rainar heißt, seltsam, wirklich eigenartig, dass ein Katzentraum so beginnt. Sie sollte doch von Katzendingen träumen.

Und nun wird klar, weshalb sich in diesen Büchern die Dinge so vermischten, Katzen- und Menschenträume, all ihre Sinneswelten, Erinnerungen, all dies. Alles ist in allem verschachtelt: Welten über Welten, Wesen in Wesen, die du dir erträumtest, die dich sich erträumten, die das EINE träumt.

Also sind da weder Anfang noch Ende, Geburt noch Tod, kein böses Erwachen, kein Open- und kein Happyend.

Und doch ist all dies real, was in den Pfadwelten geschieht, was hier beschrieben steht, ein kleiner Teil der großen Realität.

Viele Dinge erlebten Manfreds und Moyos Kinder und Kindeskinder.

Manches mehr schufen sich ER und SIE und ES von T-her.

Was alles erdichtet dieser Rainar noch?

Wovon träumt die Katze?

Und erst diese Arachnoiden?

Und wie sehen all die Wesen in dir aus, der/die du dies alles gerade gelesen hast? Wie hast du sie dir erschaffen?

Anhang

Sieben Ebenen

1 - Die große Leere - Nichts und alles

Nichts existiert: Alles ist Traum und Illusion, alle Ebenen vergehen und sind ohne Bedeutung. Zugleich ist alles real, existiert. ALLES ist das energiedichteste Sprudelnde außerhalb, woraus unser Universum entstand. Im Urknall erzeugt es die explodierende Leere, also Raum und Zeit, Materie und Leben. ALLES ist WEISS *und* schwarze Flecken, Universen, zugleich. ALLES ist das Multiversum, das alle Welten und Wesen in sich birgt, aus sich gebärt und in sich aufnimmt, immer und immer wieder, von Ewigkeit zu Ewigkeit. Andere Namen für ALLES aber lauten TAO, BRAHMAN, JAHWE/GOTT/ ALLAH.

2 - Kosmen

Eins von vielen Universen ist unser Kosmos, der sich immer weiter ausdehnt und dessen Entropie, Chaos, wächst. Ein anderes, gänzlich schwarzes Universum ist T-her. T-her kontrahiert, geht der Ordnung entgegen. So sendet T-her Teile aus, um SEIN Chaos zu erhalten, wiederzugewinnen, zu vermehren. Eins dieser Sucher ist ES, das vor 65 Millionen Jahren irdischer Zeitrechnung auf der Erde einschlägt. Alle Universen aber, also auch 'unseres' und T-her, liegen im WEISS, sind ausgestoßen, sind eingebettet, sind dunkle oder schwarze Flecken in einem Meer aus Licht, Duft, Klang …

3 - Die Arachnoiden

Diese Spinnenartigen sind eine raumfahrende Kultur von sozialen Wesen, deren Vorfahren Spinnen waren. Bei einem Besuch der Erde fangen sie sich eine Katze mit dem dazugehörigen Menschen ein. Alles, was die vom Spinnengift betäubte Katze träumt, zeichnen sie n-dimensional auf. Es sind zahlreiche Abenteuer. Eine erste Zusammenfassung dieser Träume erhält auf Erden den Titel »Der Leuchtende Pfad des Magiers«.

4 - Die Katze

Mau, die rotbraune Katze, erträumt sich einen Menschen namens Rainar, der sie und die anderen ihrer Art über alles liebt. Und das ist gar nicht verwunderlich, denn sie liebt *ihn*, denn *er* ist ein Teil von *ihr*. Doch Mau ist keine bei Menschen lebende Katze wie die in Rainars Welt, keine Hauskatze, die nach derzeitigem Erkenntnisstand mindestens bis vier zählen kann, sondern eine Göttin, die sich einst Bastet als Bindeglied zu den Menschen schuf. So wundert es auch nicht, dass Manfreds zweite Liebe, eine Massaifrau namens Moyo, neben ihrem menschlichen auch den Körper einer Schwarzen Pantherin annehmen kann. Wer hat ihr wohl diese Fähigkeit gegeben?

5 - Er Dort Oben

Er Dort Oben, ja das ist nur ein Mensch, es ist der kleine Autor Rainar am PC: Seine Gedanken, Träume, Projektionen sind Realität für die Wesen darin. Deshalb schauen einige von ihnen auf und beten ihn als ihren »Gott«, ´den Schöpfer ihrer Welt, an. Die meisten Seiner Wesen aber wissen nichts von Ihm und leben ihr Leben - und so ist es gut.

6 - Wir

Eines Nachts erblickt Manfred seinen zukünftigen Lebensweg in Form eines leuchtenden Pfades vor sich. So verlässt er seine Welt STADT. Er schwebt um den Rathauswolkenkratzer herum und gelangt in die zweite Welt mit Namen WALD. Eben noch von seinen Stammtischbekannten in Kaiserslautern Dok genannt, hat er sich jetzt in *Manfred den Magier* verwandelt und reist durch sieben und eine Welt. *Nairra* heißt die große Liebe, die Manfred findet und wieder verliert. Denn sein schwarzer Gegenspieler *Drefman* tötet sie mit einem Streich seines Schwertes MO. Als Drachensohn ruft Manfred Nairras Seele zurück. So wird sie als Massaimädchen *Moyo* wiedergeboren, die ihr Dorf verlässt und auf ihrem Weg nach Norden zu den Pyramiden von Gizeh ihren zweiten Körper, den einer Schwarzen Pantherin, entdeckt.

Drefman ist nur *ein* Name von vielen, die *ER* trägt, der

ein Teil von *ES* ist, das vom Mutteruniversum T-her ausgesandt vor 65 Millionen Jahren mit dem großen Meteoriten auf der Erde niederging. ES schickt IHN als SEIN Auge und SEINE Hand an die Oberfläche, in dessen Licht ES nicht existieren kann. So zieht ER über die Erde und schaut auch bei den Vorfahren der Menschen vorbei. ER tut, was ER will und tötet auch Manfred.

Sieben Wesen begegnen sich irgendwo und irgendwann einmal, dreimal und immer und immer wieder, bis sie dem Achten begegnen. Drei von ihnen sind Menschen: Manfred, Nairra und Moyo. Der Vierte ist ER von T-her. Das Fünfte ist der *Schneckenkönig* - ein kleiner Zwitter. Die Sechste ist die *Spinnenkönigin* - sie herrscht über ihr Volk, wie wir es sonst nur von Termiten und Ameisen kennen. Das Siebte ist ein *Cyborg* - von künstlichen Intelligenzen erschaffen, deren fernste Vorfahren einmal fleischliche Lebewesen waren, doch längst Vergangenheit sind. Alle Sieben leben ihre Leben von Anfang bis Ende, treffen sich aber von Zeit zu Zeit. Schließlich verschmelzen sie alle posthum bzw. nach dem Ende ihrer Einzelexistenz (ER) zu *einer* Einheit mit Namen Wir. Und dieses geschieht im Multiversum durch die achte Kraft, *SIE, eine* körperlose Geistseele, reinster Teil von WEISS.

Wir, das ist Vielheit in Einheit und Einheit, die Vielheit werden kann: Denn fern der Menschenwelt, fern auch von T-her ist Etwas, das zu Beginn unserer Geschichte einen Teil von sich aussandte, der uns alles erzählt. Es ist ein *Alter Mann*, der uns von seinem Leben berichtet und beim Erinnern immer jünger wird, bis er schließlich wieder unseren Augen und Ohren entschwindet. Er ist nicht nur Manfred, wie der Leser meinen könnte, wenn er Manfreds Abenteuer in Ich-Form erzählt, denn er berichtet in Du-Form von NairraMoyos Leben und in ER-Form von Drefman/ER/ES. Also ist dieses Etwas alle Drei, ja alle Sieben zusammen, die sich einst im Irgendwo mit erhobenen an den Spitzen vereinten Schwertern begegneten, und ist auch Teil des Achten. Doch dies ist auch nur ein Bild in Menschenaugen, Menschengeist und Menschenseele, nicht mehr.

7 - SEINE und Manfreds Geschöpfe

ER zeugt viele Kinder auf Erden, die alle nicht sonderlich alt werden und sich nicht fortpflanzen. Denn das ist der Fluch, der auf allen von T-her lastet. Es sind dies zwei kleine Eisbären, die ein Rivale tötet, Nacktmullkinder mit der Königin in ihrem Staat, Krötenkaulquappen und Riesenquallenmedusen. Und warum ist es, wie es ist? Weil ER ein Wesen von T-her und nicht von der Erde ist. Und doch weiß kein Mensch heute, ob und wenn ja, wie stark er in die menschliche Evolution eingegriffen hat. Denn vier Millionen Jahre lang weilte ER auf Erden, und währenddessen entstanden, lebten und vergingen viele Vormenschen- und Menschenarten.

Manfred erschafft sich einen kleinen Menschen, einen *Homunkulus*, der nicht allzu lange überlebt. Kinder zeugt er mit Moyo: die Zwillinge Rani und Ra. Auch schlüpften seine Kolkrabenkinder - und kein Mensch weiß, was aus ihnen wurde - die Raben aber wissen es. Auch als Chilopoide wird er auf einer gravitationsstarken Welt vielfacher Vater. Als kleiner Gott erschafft er zahlreiche Wesen, so auch Dinosauroiden auf einer von Dinos beherrschten Welt, aber auch Menschen - nach seinem Ebenbild und viele andere Wesen aus seinen Erinnerungen auf einer zweiten Erde.

Worte und Erinnerungen

(Lyriktitel von Rainar Nitzsche in Kapitälchen)

ALLES IST
AUS DEN HIMMELN GEWORFEN
DAS IST
DAS IST DER WAHRE KOSMOS
DAS SIND ALLE WESEN
DORT UNTEN, DORT UNTEN
DU ERWACHST
DURCH DIE TORE GEHEN
ES ZIEHT VORBEI DER WANDERER
FÜR ALLE MENSCHEN NACH MIR
Gleich einem ruhigen tiefen
GRÜSSE
HÖRST DU ES? ...
ICH SAH DIE WOLKEN NICHT
IM ANFANG WAR NUR EINS
IM WELTRAUM REISEN, HEISST
LÄCHELND
LAUTLOSER SCHREI ...
MEINE STIMME SCHREIT: »ICH BIN!«
Mit aufgerichtetem Haupt
NICHTS UND NIEMAND EXISTIERT
NICHTS WAR ZUVOR UND NICHTS WIRD SEIN
SCHAU IN DIE NACHT
SCHWÄRZE - DUNKLE LINIEN SIEHST DU
SO
Das Tor des Himmlischen
UND ALL DIE DINGE
WARUM WEINST DU?
WEISST DU, WO DIE KATZE JAGT BEI TAG..
WIR
WIR VERLÖSCHEN ERST
ZWEI SCHATTEN WIRFT DEIN KÖRPER HIER

WIR SIND
GEFALLEN
OUROBORUS
WEISS
WIR
ERDE
ERINNERUNGEN
WIR
UNTERWEGS
MANFRED
Buddha-Geist
FÜR ALLE MENSCHEN NACH MIR
WORTE DES MAGIERS
ICH SAH
EINS ZU VIELEM
IM WELTRAUM
LÄCHELND
GEFALLEN
ICH - WIR
Lu Hsiang-Chan
WORTE DES MAGIERS
DIE STIMME
KOSMOS
DU SCHAUST EMPOR
ES WERDE LICHT!
Tschuang-Tzu
VON ANDEREN WESEN
WORTE DES MAGIERS
ZWEI WELTEN - EIN WESEN
WIR
WORTE DES MAGIERS
ZWEIFARBENWELT

Wichtige Personen, Lebewesen und Begriffe

Acht: SIE, ein Teil von WEISS, also von GOTT in seiner reinsten Form, ist die Achte und verbindet die *Sieben* zusammengehörenden Seelen zur Einheit *Wir*.

Ajna-Chakra: s. *Chakra*

Alter Mann: s. *Manfred der Magier*

Andromedagalaxis: Sie ähnelt unserer Milchstraße, ist jedoch mit 150 000 Lichtjahren im Durchmesser anderthalbmal so groß und mit nur 2 Millionen Lichtjahren Distanz die nächste Galaxis. Sie bewegt sich auf uns zu und wird in einigen 10 Milliarden Jahren mit unserer Milchstraße verschmelzen.

Arachnoide: a) Spinnenartiges, intelligentes, soziales Wesen, Raumfahrer. Seine Vorfahren waren Spinnen. - Arachnoiden fangen sich bei einem Erdbesuch einen Menschen und eine Katze ein und zeichnen alles auf, was die vom Spinnengift betäubte Katze träumt. b) *Spinnenkönigin*, eine der *Sieben*. c) Achtbeiniger Cyborg der Nachautoära auf der Erde (Arachno).

Asteroid: s. *Planetoid*

Ballonwesen: Winzige Wesen mit gewaltigen Gasblasen, die das Luftplankton der Himmelsbergwelt des Zweifarbenplaneten bilden. Einige sind durchsichtig wie Quallen, andere von der Farbe der roten Sonne. - Manfred verwandelt sich, eine Gasblase spinnend, vom Skolopender in ein Ballonwesen.

Bardo (tibetisch)*:* Das ist ein Zwischenzustand. Sechs Formen können unterschieden werden: Das sind zum einen drei Schwebezustände des Lebens (Geburt, Traum, Versenkung). Die anderen drei (Tod, höchste Wirklichkeit und Werden) sind im 49-tägigen Prozess von Tod und Wiedergeburt enthalten. - Manfred wird geboren, träumt oft die seltsamsten Dinge, wie es alle Menschen und viele Tiere tun, weilt in Versenkung, stirbt auf Erden durch den Hauch der Drachin, wird als Drachensohn geboren und verliert endgültig durch IHN auf Erden sein Leben. Seine Seele erwacht im Orbit und reist durchs All, gelangt in ein anderes Universum. Sein altes Ich ist vergangen, aufgegangen, wiedergeboren neu erwacht geht es in anderen auf. Als alter Mann wird er noch einmal wiedergeboren, wird jünger und jünger und erinnert sich dabei an vieles.

Bastet (Bast, Pascht): Ägyptische Göttin, Personifikation der Salbe. Zunächst in Löwengestalt mit Sachmet verschmolzen, seit dem Neuen Reich mit Katzenkopf dargestellt. Ihr Hauptkultort war Bubastis. Sie ist die dunkle Begleiterin der Hexen. - Hier ist die Katze Mau (s. u.) die Göttin.

Chacha: Gegenstück zur irdischen Katze, denn sie ruht in der Nacht und jagt am Tag.

Chakra (Cakra, Plural: Chakras, Sanskrit: Rad, Kreis): Die Bezeichnung für ein Zentrum im Energieleib des Menschen. Chakras sammeln, verändern und verteilen Energieströme (Kundalini, Prana). In ihnen gehen Seelisches und Körperliches ineinander über. Im *Kundaliniyoga* werden die Chakras vom ersten untersten bis zum siebten obersten erweckt. *Ajna-Chakra* ist der Name des sechsten. Es ist das Dritte Auge zwischen den Augenbrauen, Bewusstsein. Sein weißes Leuchten weist den Weg durch die Nacht. Aus ihm entspringt Manfreds Leuchtender Pfad. Sein Wille, sein übersinnliches Sehen, seine Weisheit, seine Liebe zum Kosmos, zum Ganzen, das ist das Zentrum der Weißen Magie, der 96-blättrige Lotos. Es ist aber auch das Zentrum der Schwarzen Magie, die den, der sie ausübt, verherrlicht und bewusst zerstört! Das siebte Chakra heißt *Sahasrara,* es ist die Krone über dem Scheitel des Kopfes, der tausendblättrige Lotos. Hier ist der Ort, an dem Shiva wohnt, wo Wir zu Hause sind, höchste Glückseligkeit und Erkenntnis sind hier - kosmisches Bewusstsein. OM atmet hier das universelle Ich. Dieses violette Leuchten ist die Leere.«

Chilopoide: a) Manfred nimmt diese Gestalt in Wüstenwelten mit hoher Schwerkraft an, die einem irdischen Hundertfüßer mit hartem Panzer und einer Menge Beinen, zwei Paaren pro Körperglied ähnelt. Unterhalb des Kopfes besitzt er jedoch menschenähnliche Arme mit Händen. b) Hundertbeiniger Cyborg in Hundertfüßergestalt der Postautomobilära auf der Erde (Chilo).

Cyborg: Kybernetischer Organismus, halb Lebewesen, halb Maschine. - Dieser hier ist einer der Sieben, lebt in der Andromeda-Galaxis und erhält von den grünen Humanoiden, den Wächtern einer Höhle, einen Gedankenverstärker in Form eines Stirnreifs sowie den Namen *Mentaxtamar*.

Dinosauroiden: Intelligente Wesen, die Beherrscher eines von Manfred geschaffenen Planeten. Sie stammen von Dinosauriern ab, besitzen drei Finger und drei Zehen, gehen aufrecht und haben mit Hilfe ihres großen Gehirns eine Kultur entwickelt. Mehrere Dinosauroidenarten entwickeln sich. Eine überlebt und existiert für Hunderttausende von Jahren, bis sie von selbst geschaffenen und optimierten Wesen abgelöst wird.

Drefman: s. *ES*

Drei: Das sind ES und ER und SIE von T-her auf Erden. Das sind Manfred der Magier, seine Liebe Nairra und der dunkle Drefman, der nicht lieben, sondern nur zerstören kann. Und es sind auch die drei Menschen, die auf ewig in Liebe miteinander verbunden sind: Manfred, Nairra und Moyo.

Dunkle Materie: Das ist die nicht sichtbare Materie im Universum, deren Existenz aus der Beobachtung der Galaxienrotation, der Bewegung der Kugelsternhaufen und der Dynamik der Galaxienhaufen erschlossen werden kann. Unser Universum besteht nach heutigem Kenntnisstand zu 73% aus Dunkler Energie, zu 23% aus Dunkler Materie, zu rund 4% aus gewöhnlicher Materie (Sonnen, Planeten mit allen Lebewesen, Monde etc.) und zu 0,3% aus Neutrinos.

Enceladus: Mond des Planeten *Saturn*.

ER: s. *ES*

Er Dort Oben: Das ist der Mensch, der sich die Pfadwelten träumt, Manfreds »Gott«, der ihn und seine Welt erschuf. Sein Name lautet Rainar (s. Cover, Titelblatt dieses Buches).

Erde 1 bis 3: a) Die Erde, von der Manfred der Magier, Nairra und Moyo stammen und die sich vor 4,6 Milliarden Jahren zusammen mit den anderen Planeten aus der Kollision kleinerer Gesteinsbrocken bildete. b) Ein roter Planet, der von Manfred zu einer Welt voller Leben umgestaltet wird, in dem sich Dinosauroiden zur dominanten Spezies entwickeln. c) Ein von Manfred in einem anderen Universum neu erschaffener Planet, auf dem nach seinem Bild erschaffene Menschen leben (siehe Bibel AT).

Erleuchtung: s. *Erwachen*.

Erwachen (Bodhi, Satori, Kensho): Abrupte Wahrnehmung des wahren Wesens aller Dinge. Es können verschiedene Grade unterschieden werden: kurz, teilweise, vollständig (wie sie Shakyamuni Buddha erfuhr). Das *Herzsutra* drückt diese Erfahrung mit Worten aus: Die Form ist nichts als Leere, die Leere ist nichts als Form. Erwachen ist das große Leben und zugleich der große Tod. - Manfred erwacht für kurze Zeit teilweise und lächelt. Erst als Wir in Einheit mit NairraMoyo, IHM und den anderen der Sieben innerhalb der Achten erwacht er vollständig und geht im EINEN auf.

ES: Ein Schwarzes Wesen, das aus T-her stammt, ja ein Teil von T-her ist, dem völlig schwarzen Universum, welches in WEISS liegt. Mit dem großen Meteoriten schlägt ES vor 65 Millionen Jahren auf der Erde ein, schläft und träumt dort unten im Meer. Von Zeit zu Zeit schickt ES Teile von sich nach oben. Eins dieser Teile ist ER, der über das Festland wandelt und in den Lüften schwebt. Vor 2,5 Millionen Jahren war ER für die Vormenschen in Afrika ein Gott, denn er veränderte sie und half ihnen beim Überleben. Als Manfreds Gegenspieler Drefman tötet ER im *Leuchtenden Pfad* die Sieben Samurai und Nairra, im dritten Teil dann kommt es zum entscheidenden Kampf in den Höchsten Bergen. ER siegt, Manfred stirbt. Dann ruft ES SEINE Teile wieder zu sich, vereinigt sich mit IHNEN und kehrt nach Hause, nach T-her zurück. ER aber wird im Multiversum Teil der Acht, denn auf immer ist ER mit Manfred, Nairra und den anderen verbunden.

ESA (European Space Agency): 1975 gegründete europäische Weltraumorganisation mit Sitz in Paris. Entwickelte u.a. die Ariane und ist an der ISS beteiligt.

Europa: a) Westlicher Teil des Kontinents Eurasien. b) Mond des Planeten *Jupiter*.

Gabrielle: Mond des Planetoiden *Xena*.

Galaxis (Galaxie, *Milchstraße*): Name nach der Milch, welche die den Herakles stillende Göttermutter Hera über den Himmel verspritzte, als dieser zu ungestüm zubiss. Spiralgalaxis, zu der unser eigenes Sonnensystem gehört. Ihr Band erstreckt sich als breiter, milchig-heller Streifen über den Nachthimmel. Sie ist eine vier- oder fünfarmige Balkenspiralgalaxie und besteht aus 300 Milliarden Sternen und großen Mengen interstellarer Materie. Ihre Ausdehnung in der galaktischen Ebene beträgt 100 000 Lichtjahre, die Scheibendicke 3 000 Lichtjahre und die der zentralen Ausbauchung 16 000 Lichtjahre. In ihrem kugelförmigen galaktischen Halo befinden sich neben etwa 150 Kugelsternhaufen alte Sterne und Gas sehr geringer Dichte. Dazu kommen große Mengen *Dunkle Materie*. Ihr Alter beträgt 13,6

Milliarden Jahre und ihr Zentrum ist von der Erde aus hinter dunklen Gaswolken verborgen. Man hat dort eine starke Radioquelle entdeckt, wobei es sich um ein supermassives *Schwarzes Loch* handeln dürfte. Mit *Andromeda* und einigen anderen kleineren Galaxien bildet die Milchstraße die *Lokale Gruppe*. Unser Sonnensystem umkreist das Zentrum der Milchstraße in einem Abstand von 25.000 bis 28.000 Lichtjahren etwa 15 Lichtjahre nördlich der Mittelebene der galaktischen Scheibe. Ein Umlauf um das Zentrum, ein *Galaktisches Jahr*, dauert 220 bis 240 Millionen Erdenjahre. Gänzlich unbekannt ist, wie viele Planeten und wie viele belebte Welten, die sich unabhängig von der Erde entwickelten, es in unserer Milchstraße gibt?

Gastropoide: Schneckenartiges intelligentes Lebewesen, s. *Schneckenkönig*.

Gliese 581: 20,5 Lichtjahre von uns entfernter Roter Zwerg, der von einigen Planeten umkreist wird. Hierzu gehört der bisher kleinste bekannte Planet außerhalb unseres Sonnensystems, der den Namen Gl581c erhielt. Er hat den anderthalbfachen Radius der Erde und ist fünfmal so schwer. Ein Jahr dauert nur 13 Tage. Auf ihm dürften Temperaturen zwischen 0 und 40 Grad Celsius herrschen. Wasser wäre flüssig, Leben möglich. - Diese Sonne wird hier als *Sol 2* bezeichnet.

GOTT: a) Der/die/das EINE, JAHWE, GOTT, ALLAH - ETWAS, das ALLES ist und allmächtig, das alles umfasst - WEISS und Schwarz und alle Farben, Himmel und Höllen, männlich und weiblich und ohne Geschlecht, wie auch immer IHN sich Menschen und alle anderen denkenden, fühlenden Wesen vorstellen mögen. Auch die LEERE und ihr Vergehen darin - NIRVANA - ist GOTT. b) Auch Er Dort Oben wird von manchen Wesen aus Manfreds Welt 'Gott' genannt, weil er sie schuf. Doch man könnte ihn bestenfalls als *einen* sehr kleinen unter vielen Kleinen Göttern bezeichnen.

Grüne Humanoide: Bewohner eines Planeten einer anderen Galaxis. Ihre wenig behaarte Haut ist aufgrund einer chlorophyllähnlichen Substanz in Chloroplasten grün gefärbt. Mit ihr fangen sie das starke Licht ihrer Sonne ein, so ernähren sie sich pflanzengleich (Wasser und Mineralien nehmen sie durch Trinken zu sich). Sie bewachen den Stirnkristall in einer Höhle und überreichen ihn *Mentaxtamar*, dem anderen Magier.

Herzsutra: s. *Erwachen*

Hubbleweltraumteleskop (*Hubble Space Telescope, HST*): Es ist das derzeit einzige Weltraumteleskop, ein Gemeinschaftsprojekt der NASA und ESA, ein 13 m langes Spiegelteleskop, dessen Hauptspiegel einen Durchmesser von 2,4 Meter hat. Die Brennweite beträgt über 57 Meter. Die zum Betrieb notwendige Elektrizität wird durch Solarzellen erzeugt. Das HST wurde am 24. April 1990 mit der Raumfähre Discovery in den Erdorbit gebracht. Es bildet den Kosmos im Infrarot, im sichtbaren Licht und im Ultraviolett ab. Einmal in 95 Minuten umkreist es die Erde in 590 Kilometer Höhe. Die ersten Fotos waren wegen eines Produktionsfehlers im Spiegel enttäuschend. Erst seit seiner Reparatur 1993 liefert es fantastische Bilder aus dem Weltall. Bekannt wurden die Aufnahmen von fernsten Galaxien zum Studium ihrer Entwicklung, die Untersuchung der sich beschleunigenden kosmischen Expansion durch Beobachtung ferner Supernovae und der Nachweis von Schwarzen Löchern in den Kernregionen naher Galaxien. 1999 erfolgte eine Generalüberholung, die nächste Optimierung ist für 2008 geplant.
Hundertfüßer: s. *Chilopoide*
Insektoide: Insektenartiges Lebewesen der Zukunft in der Nachautoära, Cyborg, Maschinenwesen, läuft wie Insekten auf sechs Beinen (Insekto).
Io: Mond des Planeten *Jupiter*.
ISS (International Space Station): Internationale Raumstation, die derzeit erst zu einem Teil in Betrieb ist.
Japetus: Mond des Planeten *Saturn*.
Junge (10 Jahre alt, 3 Jahre alt): s. *Manfred der Magier*
Jupiter: Der fünfte Planet des Sonnensystems wurde nach dem römischen Göttervater benannt. Mit 143 000 km im Durchmesser ist er der größte Planet. Seine Masse beträgt 2,5 mal so viel wie alle anderen Planeten zusammen, das sind 318 Erdmassen. Im Unterschied zu den inneren Planeten Merkur, Venus, Erde und Mars sowie allen Monden ist er ein Gasriese, der zu 90 Prozent aus Wasserstoff sowie aus Helium besteht. Berühmt ist sein Großer Roter Fleck. An der Oberfläche herrschen -108 °C. Er besitzt Ringe, die erst spät entdeckt wurden. 63 Monde umkreisen ihn. Die bekanntesten sind die Galileischen Monde *Europa, Ganymed, Io, Kallisto.* Ein Jupiterjahr entspricht elf Erdjahren und 215 Tagen, ein Jupitertag ist kürzer als zehn Stunden. Er ist

der sich am schnellsten drehende Planet des Sonnensystems.

K. I. (englisch A. I.) : Künstliche Intelligenz.

Kobolde (spikes): Meist säulenförmige, aber auch wie Atompilze aussehende Blitze über den Wolken, die nach oben schlagen, bis in 100 km Höhe reichen und erst in den letzten Jahren näher erforscht wurden.

Kometen (Haarsterne, Schweifsterne): Kleine Himmelskörper, die sich auf einer elliptischen Bahn um einen Stern bewegen und in Sonnennähe Koma und Schweif erzeugen. Sie bestehen aus einem Kern, einer Hülle und dem bekannten Schweif, der 10 bis 100 Millionen Kilometer weit ins Weltall reicht. Ihr Erscheinen wurde in der Menschheitsgeschichte als Schicksalsboten und Zeichen der Götter verstanden. Kometen könnten organische Moleküle enthalten und diese bei Einschlägen auf Planeten bringen (Panspermie). Die bekanntesten Kometen sind der Halley'sche Komet, Shoemaker-Levy und Hale-Bopp.

Kosmos: s. *Universum*.

Kugelhaufen: Dichte Ansammlungen von Sternen. Sie umgeben unsere Milchstraßenscheibe, liegen oberhalb und unterhalb verstreut im Raum und enthalten zwischen 50 000 und 50 Millionen Sterne. - Manfreds Seele durchreist einen Kugelhaufen in der Milchstraßenperipherie.

Kuipergürtel: Tausende von Planetoiden umkreisen in einem Gürtel jenseits von Neptun den Sonn. Er entstand vor 4,6 Milliarden Jahren bei der Geburt des Sonnensystems. Einige der Kometen haben hier ihren Ursprung.

Kundaliniyoga: s. *Chakra*

Leuchtender Pfad: Ein gewundener Lichtstreifen in der Schwärze der Nacht, der Manfred aus der Stadt Kaiserslautern fortruft und dem er von da an bis zu seinem Lebensende im Himalaja und darüber hinaus folgt. Zugleich ist er Manfreds innerer Weg zur Erleuchtung, zur Vollendung, zur Selbstverwirklichung, ein Weg des Heils, der Befreiung, also ein spiritueller Weg.

Lichtjahr: Ein Lichtjahr ist die Strecke, die das Licht in einem Jahr zurücklegt und beträgt etwa $9,46 \times 10^{12}$ km = 9 460 000 000 000 km. Zum Vergleich: Der mittlere Sonnenabstand von der Erde beträgt 149 597 893 km, unsere Mondin ist 384 400 km von der Erde entfernt.

Lokale Gruppe: Unsere Milchstraße, die Nachbargalaxis M 31, besser als Andromeda»nebel« bekannt, Große und Kleine Magellansche Wolke sowie weitere Nebel und Sternhaufen im Umkreis von fünf bis sieben Millionen Lichtjahren gehören zur Lokalen Gruppe innerhalb des Virgosuperhaufens.

Lotossitz: Volle Lotus-Haltung (Padmasana): Aufrechter Sitz mit ineinander gefalteten Beinen, rechter Fuß auf linkem Schenkel, linker Fuß auf rechtem, die Hände ruhen zusammengelegt zum Dhyani-Mudra im Schoß. Günstig für Atmung und Meditation, im Hatha-Yoga und Zen angewandt. - Manfred schwebt öfter im Lotos über der Welt und über die Welt dahin.

Manfred der Magier: Der Held und Icherzähler des ersten PFAD-Bandes, einer der Drei im zweiten Band, wurde am Ende von Band 3 der Pfadromane von IHM getötet. - Hier erwacht im Erdorbit seine Seele. Damit beginnt Manfreds Reise durch den Weltraum. Irgendwann wird er eins mit seiner Liebe NairraMoyo und den anderen der *Sieben* durch das *Achte* aus WEISS. Als uralter Mann zurückgekehrt erinnert er sich und erzählt sein Leben, wobei er immer jünger wird, bis er schließlich wieder verschwindet. Er erkennt seinen Zwillingsbruder, Ihn Dort Oben, der ihn schuf. Er weiß, dass er ein erdachtes Wesen ist, und weiß doch, dass er lebt.

Mars: Der vierte Planet des Sonnensystems wurde wegen der blutroten Farbe (Eisenoxid) nach dem griechischen Gott des Krieges Mars genannt. Heute ist er eine trockene Wüstenwelt. Er besitzt den halben Erddurchmesser, ein Viertel der Erdoberfläche, ein Zehntel der Erdmasse, 38% der Erdschwerkraft und ist zweigeteilt in die Tiefebene des Nordens, die durch Einschlag eines Planetoiden und Lavaaustritt entstanden ist, und die alten, stark verkraterten Hochländer des Südens. *Olympus Mons* in der *Tharsis Region* ist mit 27 km der höchste Berg, die *Valles Marineris* sind das größte Canyongebiet des Sonnensystems, denn sie erstrecken sich längs des Äquators über 4000 km und sind bis zu 7 km tief. Ein Marsjahr dauert 687 Erdentage, ein Marstag hat 24 h 37 min. Es gibt Jahreszeiten. Die dünne Atmosphäre vor allem aus Kohlendioxid speichert wenig Wärme. Deshalb sind die Temperaturunterschiede zwischen Tag und Nacht groß. Im Sommer schwanken sie am Äquator zwischen 20°C und -85°C. Die Polkappen bestehen hps. aus Kohlendioxid-, aber auch aus

Wassereis. Sie schmelzen teilweise im Sommer. Staubstürme gibt es im Frühjahr auf den Ebenen. Methanspuren sind vorhanden. Sie könnten vulkanischen Ursprungs oder von Mikroorganismen erzeugt sein. In der Hesperianischen Periode bis vor 1,8 Milliarden Jahren hatte der Mars eine dichte Atmosphäre, Wasser floss oberirdisch in Flüssen. Gab es damals dort Leben? In welcher Form? Gar eine Zivilisation? Kamen Lebenskeime vom Mars auf die Erde?

Mau (Miu): Das ist der Name der ägyptischen Katze. - Manfred in Gestalt eines Katers begegnet ihr bei den Pyramiden. Bastet ist nur ein Mischwesen, welches Mau einst erschuf, um mit den Menschen besser kommunizieren zu können. Mau ist die Katzengöttin im Jenseits, die sich die Menschenwelt mit Ihm Dort Oben erträumt.

Menschen: Die ersten Menschen unserer Gattung - *Homo habilis, H. rudolfensis* - lebten vor 2,5 Millionen Jahren. Unsere Art, der wir den Namen *Homo sapiens* gaben, weil wir ja so klug und weise sind, existiert seit 150 000 Jahren. Wie lange wird sie weiterbestehen? Wird sie aussterben wie so viele Menschen und Menschenartige vor ihr? Oder wird sie sich weiterentwickeln, aufsplitten in neue Arten bei all den Möglichkeiten, die in ihr stecken, und bei der gewaltigen Größe des Universums mit all seinen Nischenbildungsmöglichkeiten? So oder so wird auch der *Homo sapiens* vergehen.

Mentaxtamar: Das ist der Name, den die Grünen Humanoiden einem Cyborg in der Andromedagalaxis geben. Der Name bedeutet in etwa: »Der Namenlose aus der Nacht, der den Stirnkristall trägt«.

Milchstraße: s. *Galaxis*

MIR (russ. Friede): Erste Raumstation der Menschheit im Erdorbit. Sie wurde 1986 von der Sowjetunion in den Erdorbit gebracht, mehr als 16 000 Experimente wurden auf ihr durchgeführt, bevor sie aufgegeben werden musste und am 2001 kontrolliert in den Südpazifik stürzte.

Mondin (weiblicher Name des Erdmonds): Sie entstand vor 4,5 Milliarden Jahren nach der Kollision eines marsgroßen Himmelskörpers mit der Erde aus herausgeschlagenem Gestein beider Körper und umkreist einmal in 27 Tagen, 7 Stunden und 43,7 min im mittleren Abstand von 384 405 km die Erde. Bei einem

Umlauf erfolgt eine Achsenumdrehung, d.h.,wir sehen von der Erde aus immer dieselbe Seite. Erst 1959 konnte die bis dahin so geheimnisvolle dunkle Rückseite durch eine Sonde beobachtet werden. Bis heute ist die Mondin der einzige von Menschen besuchte Himmelskörper. Ihr Durchmesser beträgt 3476 Kilometer. Sie besteht aus Kern, Mantel und Kruste mit einer Sandschicht (Regolith) und geringen von Kometen eingebrachten Wassermengen in Form von Eis in den Kratern der Polarregionen. Die Oberflächentemperatur beträgt -143 bis -127°C. Wir unterscheiden *Maria* (einst als Meere angesehene dunkle Tiefebenen, die in der Frühphase durch Einschläge entstanden und mit Magma vollliefen), *Terrae* (Hochländer mit bis zu 15 Meter dicker Regolithschicht und Gebirgen bis zu 10 Kilometer Höhe), *Krater* (von Mikrokratern bis hin zum Südpol-Aitken-Becken mit 2500 km Durchmesser, auf der Vorderseite mehr als 40 000 Krater von mehr als 100 Meter, auf der Rückseite ein Vielfaches davon) und *Rillen* (ehemalige Lavakanäle). Da die Mondin mit bloßem Auge sichtbar ist, findet sie sich überall in der menschlichen Mythologie wieder. Die älteste bekannte Darstellung befindet sich auf einer 5000 Jahre alten Karte aus dem irischen Knowth, sie ist auch auf der Himmelsscheibe von Nebra zu sehen. Die Mondin wurde als weibliche oder männliche Gottheit verehrt. Intensive Beobachtungen und Kartierungen mit dem Fernrohr folgten ab 1609 und mittels der Raumfahrt in den 60er Jahren des 20. Jahrhunderts. Die erste Landung von Menschen erfolgte 1969, Mondgestein wurde mitgebracht. 1979 wurde der erste Mondmeteorit auf der Erde entdeckt. Während seiner Erdumkreisung ist der Erdtrabant als Neumond, Vollmond und abnehmender Mond zu sehen. - In der magischen Welt der Pfadromane gibt es nur die *Volle Mondin*. Trabanten anderer Himmelskörper werden hingegen »Monde« genannt.

Moyo: s. *Nairra.*

Multiversum: Hier wird darunter die Gesamtheit aller Universen verstanden, basierend auf der M-Theorie, nach der unser Universum und auch andere durch die Kollision von Blasen in einem elf-dimensionalen Raum entstehen. Jedes Universum kann gänzlich unterschiedlichen Gesetzen der Physik gehorchen - alles ist möglich.

Nairra: Manfreds große Liebe, die von Drefman getötet und als Massaimädchen *Moyo* wiedergeboren wird.

NASA (National Aeronautica and Space Administration): Sie ist die Raumfahrtbehörde der USA, die durch den Wettkampf mit den Russen um die ersten Satelliten, Menschen im All und die Landung der ersten Menschen auf dem Mond (Apollo) bekannt wurde und die meisten Anteile an der ISS besitzt.

Neptun: Der achte Planet erhielt seinen Namen nach dem römischen Gott des Meeres. Er besteht aus einem steinernen Kern, über dem eine Eisschicht liegt, und besitzt eine Atmosphäre aus Wasserstoff und Helium. Die Oberflächentemperatur beträgt -218°C. Stürme wehen mit bis zu 2000 km/h. 13 Monde sind bekannt, u.a. *Triton*. Er hat ein schwaches Ringsystem. Ein Jahr sind 165 Erdjahre, 1 Tag und 16 Stunden.

Nirvana (Sanskrit: Verlöschen, Pali: Nibana, japanisch: Nehan): Befreiung des Menschen von Leiden, Tod und Wiedergeburt beim Aufgehen des vergänglichen Ich im höchsten, transzendenten Bewusstsein, dem Eingehen in eine völlig andere Existenzweise, eine Stätte der Unsterblichkeit.

OM (AUM, Pranava): a) Mächtigste mantrische Silbe und Symbol. Bedeutung: Die materielle Welt und die Bewusstseinszustände Wachen, Träumen und Tiefschlaf sind durchdrungen von dem *einen* höchsten unendlichen Bewusstsein. b) In den Pfadromanen ist OM zudem der Name von Manfreds Schwert.

Oortsche Wolke: Sie umgibt das gesamte Sonnensystem wie eine Schale in einer Entfernung von 1,5 Lichtjahren und enthält Staub, Gestein und Eiskörper aus der Entstehungszeit. Sie ist das Ursprungsgebiet der Kometen, die durch Gravitationseinflüsse benachbarter Sterne aus ihrer Bahn geworfen werden.

Phoenix: s. *Sonden*.

Pioneer: s. *Sonden*.

Planet X: siehe *Xena*

Planetoid: Kleiner planetenähnlicher Körper in der Umlaufbahn um den Sonn, heute in der Astronomie verwendeter Name für einen Asteroiden, der nun einmal nicht »sternartig« ist. In unserem Sonnensystem gibt es wohl Millionen von ihnen, 220 000 sind bekannt. Die größten sind *Pluto*, *Planet X* (*Xena*), Orcus, Sedna, Ceres, Varuna. 90% befinden sich im Asteroidengürtel zwischen *Mars* und *Jupiter*. Die Trojaner fliegen in den Bahnen dieser Planeten, die Zentauren zwischen Saturn und Uranus, die Transneptune treiben im *Kuipergürtel* dahin.

Pluto: Er zählte bis vor kurzem noch zu den Planeten und wurde als der neunte und äußerste angesehen, auch wenn es immer wieder Spekulationen über einen zehnten Planeten noch weiter draußen gab. Inzwischen wurde Pluto als Zwergplanet eingestuft, das ist ein runder Planetoid. Seinen Namen erhielt er vom römischen Gott der Unterwelt. Er ist der größte und hellste der Transneptune, seit 1930 bekannt und besteht aus Gestein. Die Oberflächentemperatur beträgt -220- bis -230°C. Er hat nur einen Mond namens *Charon*. Ein Plutojahr dauert 246 Erdjahre, ein Plutotag sechs Erdtage.

Ra: Moyos und Manfreds Sohn, Zwilling von Rani.

Rani: Manfreds und Moyos Tochter, Zwilling von Ra, die Erstgeborene.

Sahasrara-Chakra: s. *Chakra*

Samsara (Sanskrit: Wanderung): Das ist im Hinduismus der Kreislauf von Geburt, Leben, Tod und Wiedergeburt des Menschen. Im Buddhismus und Zen ist Samsara der Kreislauf der Existenzen, die ein in Hass, Gier und Wahn gefangenes Wesen bis zur Erlösung, dem Eingehen ins Nirvana, durchmachen muss.

Satelliten: Das sind Himmelskörper, die einen Planeten umkreisen. Unsere *Mondin* ist der einzige natürliche Satellit der Erde. Zahlreiche künstliche Satelliten befinden sich derzeit im Erdorbit, die der Überwachung und der Kommunikation (TV, Satellitennavigationssystem) dienen.

Satori (jap. Zen-Begriff: von satoru »erkennen«, – Kensho): Erfahrung des *Erwachens*, der *Erleuchtung*.

Saturn: Er ist der 6. und zweitgrößte Planet im Sonnensystem, trägt den Namen des römischen Gottes des Ackerbaus und ist von der Erde mit bloßem Auge sichtbar. Dieser Gasriese besteht zu 96% aus Wasserstoff sowie Helium. Berühmt sind seine Ringe. Auf der Oberfläche ist es -139°C kalt. 48 Monde umkreisen den Planeten, u.a. *Enceladus, Japetus* und *Titan*. Ein Saturnjahr entspricht 29 Erdjahre und 167 Erdtage, ein Saturntag dauert 10 h 14 min am Äquator, 10 h 39 min an den Polen.

Schaitan: arab. für Teufel, für die Dschinns, die weit von GOTT entfernt sind. Der Name ihres Anführers lautet Iblis, der sich nicht vor dem ersten Menschen Adam niederknien wollte, da er sich als ein Feuerwesen für etwas Besseres hielt als ein aus Ton geschaffener Mensch.

Schneckenkönig: Einer der *Sieben*, ein Zwitter, keine Schnecke, sondern ein schneckenartiges intelligentes Wesen, ein *Gastropoide*.

Schwarzes Loch: Das ist ein Bereich im Raum, der so massereich ist, dass nicht einmal Licht seiner Schwerkraft entkommen kann. Er ist also unsichtbar und kann nur indirekt anhand der Bewegungen von Nachbarsternen oder bei Eintritt von Gas und Staub nachgewiesen werden. Besonders kleine Schwarze Löcher zerstrahlen nach einer Zeit, da sie relativ viel Energie in Form der Hawking-Strahlung abgeben, vorausgesetzt sie nehmen keine neue Materie auf. Vier Arten von Schwarzen Löchern werden unterschieden. *Stellare Schwarze Löcher* entstehen als Endzustand eines blauen Sternes bei einer Supernovaexplosion. *Mittelschwere Schwarze Löcher* sind die Folge von Sternenkollisionen. *Supermassive Schwarze Löcher* finden sich vermutlich in den Zentren der meisten Spiralgalaxien. Sie wirken dort als Gravitationsmittelpunkt, Materie einsaugend lassen sie die Galaxien rotieren. Das supermassive Schwarze Loch im Zentrum der Milchstraße trägt den Namen Sagittarius A und besitzt 2,6 Millionen Sonnenmassen. Nur drei Lichtjahre entfernt wurde ein zweites Schwarzes Loch mit vergleichsweise geringen 1300 Sonnenmassen entdeckt. *Primordiale Schwarze Löcher* haben sich als »Raumverwerfungen« bereits im Urknall gebildet und könnten sich wegen ihrer Kleinheit schon aufgelöst haben. Die Grenze, bei der auf der einen Seite noch Licht entweichen kann, auf der anderen Seite nicht mehr, heißt *Ereignishorizont*. Bei einem nicht rotierenden Schwarzen Loch hat dieser eine Kugeloberfläche.

Shunyata (Sanskrit: Sunyata, Sunnata, japanisch Ku = Leere): Alle Dinge und Wesen sind nichts als Erscheinungen, von Leere durchdrungen. Das Wahre Wesen der Welt ist Shunyata. Die Letzte Wahrheit ist die nur direkt erfahrbare Leerheit aller Phänomene.

SIE: a) SIE ist der erste vor zehn Millionen Jahren abgespaltene Teil von ES von T-her, die vorzugsweise in den Süßwassern der Erde lebt. b) SIE ist nur der Hauch einer Seele, ein Teil von

WEISS, also GÖTTIN in IHRER reinsten Form, die als Achte, die Sieben zum Wir vereinigt.

Sieben: Wir begegnen sieben Samurai, sieben Fledermäusen, sieben Delfinen und sieben Zwerginnen. Sieben zentrale Chakren gibt es im menschlichen Körper. Es sind aber auch sieben Wesen, die sich einst auf Erden trafen, sich immer wieder auf verschiedenen Welten begegnen, deren Waffen und Körper verschmelzen. Es sind dies drei Menschen: Manfred, Nairra und Moyo sowie ER von T-her, der Schneckenkönig, die Spinnenkönigin und ein Cyborg. Alle verbindet zu einem die *Achte*, SIE, die nur ein Hauch von WEISS ist.

Skolopender: s. *Hundertfüßer*

Sol: s. *Sonn*

Sol 2: s. *Gliese 581*

Sonden: Sie sind unbemannte Raumfahrzeuge zur Erforschung des Alls. Menschen schickten sie zur Mondin und den Planeten unseres Sonnensystems. Am 4.8.07 startete *Phoenix* zum Mars, um dort Ende Mai 2008 am Nordpol nach Leben zu suchen. *Pioneer 10* wurde 1972 gestartet, fotografierte Jupiter und trägt eine vergoldete Aluminiumplakette mit der Abbildung vom Sonnensystem, der Flugroute und dem Umriss von Mann und Frau. Der Funkkontakt riss inzwischen ab, doch die Sonde fliegt weiterhin auf den Stern Aldebaran zu. *Voyager 2* startete 1977, fotografierte Jupiter und Io sowie Saturn und Titan, besuchte Uranus und Neptun und ist mit über 17 Milliarden Kilometer Distanz zum Sonn das derzeit am weitesten von der Erde befindliche menschliche Artefakt, das zur Zeit den »heliosheath«, den Außenrand des Sonnensystems, wo der Sonnenwind nur noch sehr schwach ist, durchfliegt. 2015 könnte sie den interstellaren Raum dahinter erreichen. Sie trägt die Datenplatte *Sounds of Earth* mit Grußworten in 55 Sprachen, Tierlauten und Musik. Diese soll einer zukünftigen Zivilisation von der Erde und der Menschheit berichten. - Manfred besucht kurz Voyager 2.

Sonn: (die männliche Form der **Sonne**, bewusst gebraucht, da seine Energie unsere Mutter Erde befruchtet, zu Leben führt, lat.: sol): Er ist das Zentralgestirn unseres Sonnensystems. Das Klima auf der Erde wird im Wesentlichen (Vulkanismus und Gezeiten kommen hinzu) durch seine Strahlungsenergie angetrieben. Er enthält 99,9 % der Gesamtmasse des Sonnensystems und ist ein G2-Stern, der gelborange leuchtet, und besteht zu 75 % aus Wasserstoff und zu 25 % aus Helium. Es lassen sich mehrere Schichten unterscheiden: Kern (Ort der Kernfusion), Strahlungszone (Gammastrahlung wird durch Zusammenstöße der Photonen in Röntgenstrahlung umgewandelt), Konvektionszone (die Energie bewegt sich als Plasma), Fotosphäre (5700 °C, Energieabgabe als Licht) und Chromosphäre (rötlich bei Finsternis). *Sonnenflecken* auf seiner Oberfläche sind relativ kühle Bereiche der Sonnenatmosphäre, wo starke Magnetfelder vorherrschen. Zwischen den Flecken bilden sich Magnetfeldlinien in Form von Schleifen aus. Längs dieser Linien wird ionisiertes Gas festgehalten, das in Form von *Protuberanzen* oder Filamenten sichtbar wird. Der *Sonnenwind* ist ein Teilchenstrom, der weiter als 10 Milliarden Kilometer reichen kann. Bei Sonneneruptionen können sowohl Geschwindigkeit als auch Dichte des Sonnenwindes stark zunehmen und auf der Erde neben Polarlichtern auch Störungen in elektronischen Systemen und im Funkverkehr verursachen. Unser Sonn wurde von vielen Kulturen als Gottheit verehrt. Sein Verschwinden bei einer Sonnenfinsternis löste große Ängste aus. So glaubte man in China, ein Drache würde ihn verschlingen, und man versuchte, ihn mit großem Lärm zu verscheuchen. Andererseits ist der Sonn aufgrund des durch die Erdrotation erzeugten Tag- und Nachtwechsels die natürliche Uhr der Menschen und führte zur Entwicklung des Kalenders, der für den Ackerbau überlebenswichtig wurde. Unser Zentralgestirn ist unter vielen Namen bekannt. In Ägypten wurde Ra bzw. Re, Atum als Sonnengott verehrt. Pharao Echnaton ließ später nur noch Aton, die personifizierte Sonnenscheibe, als einzigen Gott zu. In Griechenland fuhr Helios mit seinem Sonnenwagen täglich über das Firmament. Galt zunächst die Erde als Mittelpunkt des Universums, um den sich Sonn, Mondin und die Planeten auf exakten Kreisbahnen bewegten, so setzte sich allmählich durch Kopernikus und Galilei das heliozentrische Weltbild mit dem Sonn im Zentrum der Welt durch, bis schließlich klar wurde, dass auch unser Stern nur einer unter Milliarden ist. Unser Sonnensystem entstand vor 4,6 Milliarden Jahren durch das schwerkraftbedingte Zusammenziehen einer interstellaren Gaswolke. Der Sonn wird nicht immer gelb leuchten, sondern sich in einen Roten Riesen verwandeln und im Alter von 12,5 Milliarden Jahren zu einem von einem planetarischen Nebel umgebenen Weißen Zwerg werden.

Spinnenkönigin: Herrscherin über ein Volk von spinnenartigen intelligenten Wesen, s.a. *Arachnoide*, *Sieben*, Rainar Nitzsche: *Spinnen-Traum-Gespinste* im Anhang

Stirnreif: Er verstärkt das geistige Potenzial, insbesondere die Psi-Kräfte seines Trägers. Somit kann er Leben erhalten oder nehmen und nur der, der eine gewisse geistig-seelische Reife erreicht hat, sollte ihn tragen. Sieben grüne Humanoiden überreichen ihn *Mentaxtamar*.

T-her: Schwarzes Universum, Heimatwelt von *ES,* also auch von SEINEN Teilen *SIE* und *ER*. ES wurde zur Erde gesandt, wie auch andere Teile in andere Universen geschickt wurden, um zu erkunden, zu erfahren und - wer weiß, was zu manipulieren?

Tao (Dao, chin. Weg, jap. Do): Das ist der Weg und die Lehre, das ist das allumfassende Erste, Urquelle allen Seins, in die alle Dinge wieder zurückkehren. Es ist die Eins, das höchste Letzte, Unbeschreibare, in dem alles ist: die beiden Pole Yin und Yang, die durch ihr Wechselspiel dieses, unser Sein entstehen lassen. Im höchsten Yang ist Yin geboren, und im höchsten *Yin-Yang*. Also hat der Magier eine männliche und weibliche Seite (Manfred - NairraMoyo), eine schwarze und weiße Hälfte (Drefman/ ER - Manfred in Weiß). Alles ist eins, alles Tao.

Titan: Mond des Planeten *Saturn*.

Triton: Mond des Planeten *Neptun*.

Universum (lat. in eins gekehrt / Weltall / Kosmos: griech. Weltordnung. Gegensatz zum Chaos): Das ist die ganze Welt, der gesamte mit Energie und Materie gefüllte Raum, in dem wir leben. Unser Weltall expandiert, d.h., dehnt sich seit seinem Beginn mit dem Urknall (Sterne wurden geboren: »Es werde Licht!«) ständig weiter aus. Sein Alter wird mit 13,7 Milliarden Jahre angegeben, seine heutige Größe auf mehr als 27 Milliarden Lichtjahre im Durchmesser und 75 Milliarden Lichtjahre Ausdehnung geschätzt. Es enthält bis zu 100 Milliarden Galaxien und besteht nur zu einem kleinen Teil aus uns bekannter Materie und Energie. Den größten Teil machen dunkle Materie und dunkle Energie aus, die für die beschleunigte Expansion verantwortlich sind. Die ältesten bekannten Objekte sind *Quasare* in einer Entfernung von über 10 Milliarden Lichtjahren.

Vierdimensional betrachtet hat das Universum eine Kugelform. Es besitzt ein endliches Volumen, ist aber dennoch unbegrenzt, d.h. man kann man sich in jede Richtung fortbewegen, ohne an eine Grenze zu stoßen. Die sichtbaren *Strukturen* sind: Filamente - Superhaufen - Galaxienhaufen - *Galaxien* - Sterne - Planeten - Zwergplaneten, Monde und *Planetoide* (Asteroide), *Kometen* sowie Staub. Am Ende ist das Universum erkaltet, d.h. alle Sonnen sind erloschen. Schließlich explodieren die Schwarzen Löcher. Übrig bleibt die Vakuumenergie. Falls unser Universum Teil eines Multiversums ist, wurde es nach einer Theorie aus einer Blase gebildet.

Uranus: Der siebte Planet trägt den Namen des griechischen Himmelsgottes Uranos, besitzt einen steinernen Kern, darüber einen Ozean aus Wasser, eine Atmosphäre aus Wasserstoff und Helium sowie eine um 90° gedrehte Achse. Die Oberflächentemperatur beträgt -197°C. 27 Monde sind bekannt, darunter *Ariel, Oberon, Titania* und *Umbriel*. Ein Jahr dauert 84 Erdjahre, ein Uranustag dauert ca. 17 h. Auch er besitzt ein schwach ausgeprägtes Ringsystem.

Voyager: s. *Sonden*

Waschbär (*Procyon lotor*): Kleinbär, der ursprünglich aus Nordamerika kommt, inzwischen aber auch in Europa anzutreffen ist, wo er als Allesesser in Städten Mülltonnen durchwühlt. Er besitzt ein Tapetum lucidum, einen Restlichtverstärker in den Augen, riecht und hört gut, benutzt zur Nahrungssuche vor allem den Tastsinn seiner Pfoten, d.h. im Wasser wäscht er seine Nahrung nicht, sondern ertastet ihre Beschaffenheit.

WEISS: Mit Menschenaugen betrachtet: ein reinweißer Raum. Und doch sind da winzige schwarze Flecken darin, die kein Menschenauge sehen könnte wegen der strahlenden Helle WEISS. Jeder schwarze Fleck ist ein Universum. Eins ist unser bläuliches *Universum*, ein anderes ist *T-her*, eine schwarze Höllenwelt. WEISS kann auch akustisch als STILLE interpretiert werden oder geruchlich oder wissenschaftlich als metakosmisches Meer - *Multiversum* etc.

Weltall: s. *Universum*

Wir: s. *Acht* , *Sieben*

Xena (2003 UB313): Er wurde jüngst im Kuipergürtel entdeckt und als der 10. Planet - *Planet X* - gefeiert. Er ist aber wie Pluto nur ein Zwergplanet und besteht aus Gestein, umhüllt von Eis mit einer dünnen Atmosphäre aus Stickstoff und Methan. Die Oberflächentemperatur beträgt -242°C. Er hat nur einen Mond: *Gabrielle*. Ein Xenajahr dauert 560 Erdjahre.

Yin-Yang (chinesisch): Das sind die beiden polaren Kräfte, die durch ihr Wechselspiel unser Universum entstehen und sich ständig wandeln lassen, sie sind die Bewegung im *TAO*. *Yin* ist das Weibliche, Passive, Empfangene, Dunkle, Weiche, dessen Symbole Mondin, Wasser und Wolken sind. *Yang* ist das Männliche, Aktive, Schöpferische, Helle, Harte, dessen Symbole Sonn, Feuer, Drache und die Farbe rot sind. In jedem Menschen sind Yin und Yang vorhanden. Befinden sich beide im Gleichgewicht, bedeutet dies Gesundheit.

Zehnjähriger Junge: s. Manfred der Magier

Zen (japanische Abkürzung von Zenna, chinesisch: Chan, Sanskrit: Dhyana: Versunkenheit): Zen-Meister und -Lehrer (Roshi) führen den Schüler, mittels Versenkung im Zazen (Sitzen in Versunkenheit) oder durch die Lösung von Koans zur Selbstwesensschau, zum vollen Erwachen (Erleuchtung), wo alle dualistischen Unterscheidungen wie Ich/Du, Körper/Geist, wahr/falsch aufgehoben sind.

Zwei: Das sind die sich Liebenden, Mann und Frau: Manfred und NairraMoyo. Das sind die beiden Frauen Nairra und Moyo. Das sind die sich Bekämpfenden: Manfred und Drefman/ER. Das sind die Zwillinge Rani und Ra. Das sind die Schwerter OM und MO. Das sind schwarz und WEISS (scheinbar). Das sind ER und SIE von T-Her. Das sind Manfred der Magier und Er Dort Oben, also die Pfadwelten und die Welt, in der der Autor lebt. Das sind so viele Seiten so vieler Dinge.

Die Pfadwelten

Die Reise durch sieben irdische Bioregionen und das All in den vier PFAD-Romanen, macht acht Welten:

1 STADT **Der Leuchtende Pfad des Magiers**
2 WALD Der Leuchtende Pfad des Magiers...
3 NEBELLAND **Wandlungen der Drei**
4 GRÄSERNE MEERE Wandlungen der Drei
5 WASSERWELTEN Wandlungen der Drei
6 WÜSTENWEITE **Wüsten-Berges-Himmels-Weiten**
7 BERGE IN DEN HIMMEL Wüsten-Berges-Himmels-Weiten
8 WELTEN ÜBER WELTEN **Ins All - Im Eins**

Die Pfadromane - Titel und Ausgaben

Neu sind die Taschenbuchausgaben der Pfadwelten. Sie erschienen 2016 bis 2017. Als E-Books erschienen 2015 die neu überarbeiteten Bände 1 bis 4 sowie die Gesamtausgabe in einem Band.

Zum Zeitpunkt des Erscheinens dieses Taschenbuchs sind noch einige Exemplare der handsignierten, nummerierten und limitierten Erstauflage aller vier Bände erhältlich, die in den Jahren 1998 bis 2008 erschienen. Nur die Originale enthalten verfremdete Fotos des Autors. Von Band 1 wurden nur 200 Exemplare, von den Bänden 2-4 lediglich 50 Exemplare gedruckt.

Band 1:
Rainar Nitzsche: Der Leuchtende Pfad des Magiers.
Er ist in sich abgeschlossen und enthält die Kapitel Stadt und Wald.
Original: 180 Seiten, ISBN 978-3-930304-03-5
E-Book: ISBN 978-3-7380-3245-1
Taschenbuch: 168 Seiten, ISBN 978-3-7431-1376-3

Band 2:
Rainar Nitzsche: Wandlungen der Drei.
Enthalten sind die Kapitel Nebelland, Gräserne Meere und Wasserwelten.
Original: 194 Seiten, ISBN 978-3-930304-13-4.
E-Book: ISBN 978-3-7380-3449-3
Taschenbuch: 208 Seiten, ISBN 978-3-7431-9600-1

Band 3:
Rainar Nitzsche: Wüsten-Berges-Himmels-Weiten.
Er bildet den Abschluss der auf der Erde spielenden Trilogie.
Original: 180 Seiten, ISBN 978-3-930304-17-2
E-Book: ISBN 978-3-7380-3471-4
Taschenbuch: 212 Seiten, ISBN 9783743159600

Band 4:
Rainar Nitzsche: Ins All - Im Eins.
Hier handelt es sich um ein Seelenreise durchs All mit kurzer Rückkehr zur Erde und der Klärung der Handlungsebenen.
Original: 208 Seiten, ISBN 978-3-930304-14-1.
E-Book: ISBN 978-3-7380-3529-2
Taschenbuch: ISBN 9783743172883

Alle vier Romane in einem Band:
Rainar Nitzsche: Die Pfadwelten.
E-Book: ISBN 978-3-7380-5012-7

Inzwischen erschien ein kurzer Roman, der die Abenteuer eines der Wesen, die im Band 4 durch den Kosmos reisen, beschreibt:

Alexa E. Bach: Der Schneckenkönig.
Taschenbuch: 76 Seiten, ISBN 978-3-8423-5587-3
E-Book: ISBN 978-3-7412-4852-8